大海雀

绘者：*John James Audubon*

海鹦

绘者：*John James Audubon*

刀嘴海雀

绘者：*John James Audubon*

麻鹬

绘者：*John James Audubon*

黑水鸡

绘者：*John James Audubon*

雪鸮

绘者：*John James Audubon*

凤头麦鸡

绘者：*John Gerrard Keulemans*

长脚秧鸡

绘者：*Archibald Thorburn*

The Outrun
岛屿之书

[英] 艾米・利普特罗特◎著
高天航◎译

山東文藝出版社

图书在版编目（CIP）数据

岛屿之书 / (英) 艾米·利普特罗特著；高天航译. — 济南：山东文艺出版社，2017.7

ISBN 978-7-5329-5474-2

Ⅰ.①岛…　Ⅱ.①艾…②高…　Ⅲ.①长篇小说—英国—现代　Ⅳ.①I561.45

中国版本图书馆 CIP 数据核字 (2017) 第 084975 号

图字：15-2017-154 号

Amy Liptrot

THE OUTRUN

岛屿之书

[英] 艾米·利普特罗特　著　高天航　译

主管部门　山东出版传媒股份有限公司

出版发行　山东文艺出版社

社　　址　山东省济南市英雄山路 189 号

邮　　编　250002

网　　址　www.sdwypress.com

读者服务　0531-82098776（总编室）

　　　　　0531-82098775（市场营销部）

电子邮箱　sdwy@sdpress.com.cn

印　　刷　三河市兴达印务有限公司

开　　本　880mm × 1230mm　1/32

印　　张　8.5

字　　数　280 千字

版　　次　2017 年 7 月第 1 版

印　　次　2017 年 7 月第 1 次印刷

书　　号　ISBN 978-7-5329-5474-2

定　　价　39.80 元

每个人的心里，都有一座属于自己的岛屿。

奥克尼群岛
ORKNEY ISLANDS

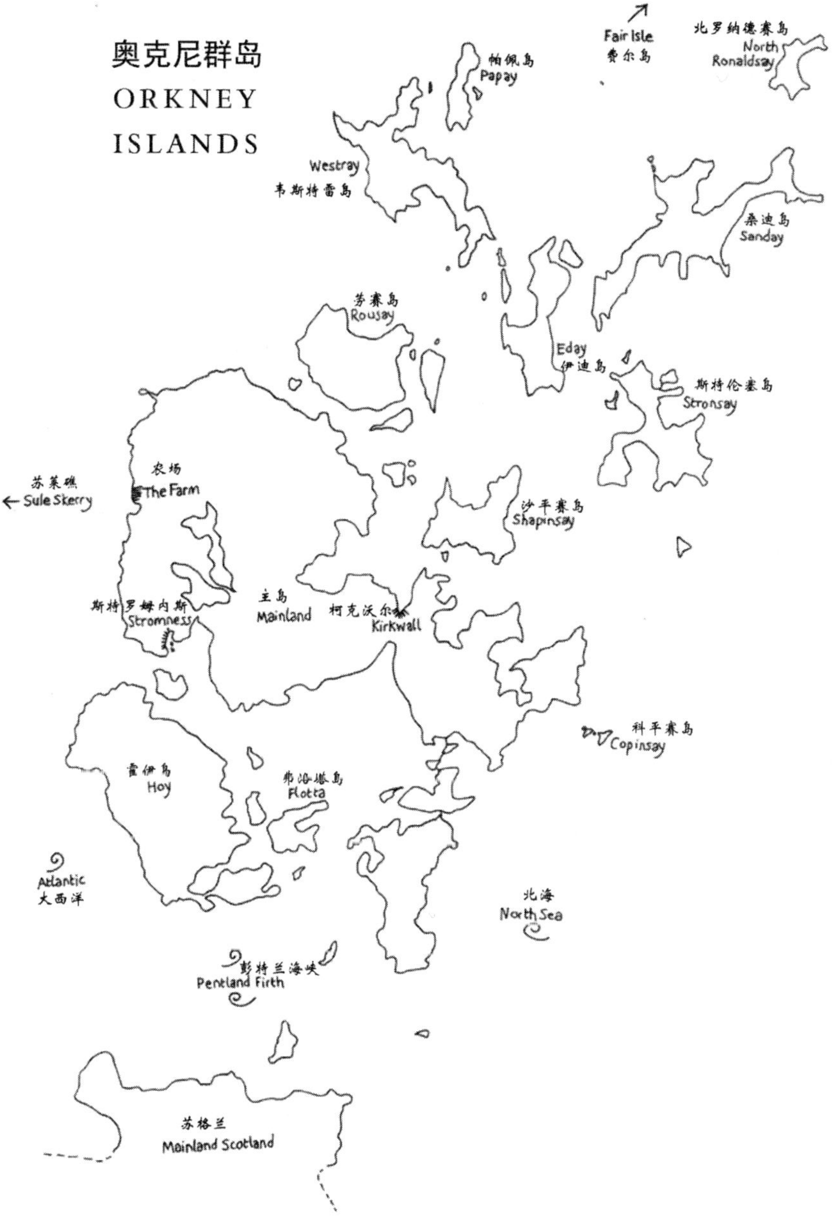

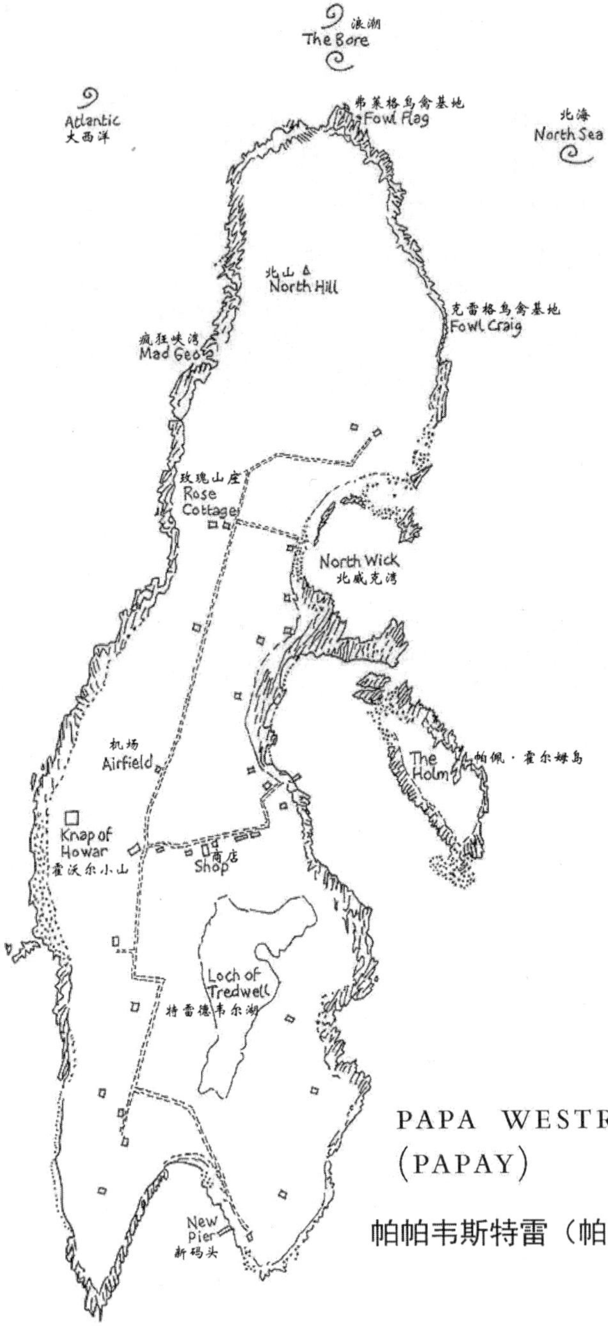

PAPA WESTRAY
(PAPAY)

帕帕韦斯特雷（帕佩岛）

目录

序幕

直升机的螺旋桨呼呼旋转，一个抱着孩子坐在轮椅上的少妇被人推着沿机场跑道走来，她要和另一个坐在轮椅上的男人见面——他正被推着从她对面走过来。

那天，这一对同为二十八岁的人相聚在机场附近的医院里——少妇生下了她的第一个孩子；那个男人则因为大喊大叫、无法自控，被送到医院里去接受镇静治疗。

奥克尼是苏格兰北部的一片群岛，位于北海与大西洋之间，常年被海水冲刷、海风吹袭，却拥有良好的公共设施——医院、机场、电影院、两所中学、一家超市。不过，这儿确实缺少一样东西——为脑子不正常、有可能伤己伤人的病人所开设的精神病院。如果一个人患了这方面的毛病，就必须把他送到南边的阿伯丁[①]去接受治疗。

在高空，从一架载着石油工人飞往大型钻井平台或装着邮包从苏格兰大陆飞来的航班上往下看，地面的机场跑道一马平川，一棵

① 阿伯丁，苏格兰东北部城市，阿伯丁郡首府。

树也不见。这座机场每当刮大风或起大雾时便会定时关闭。除此之外，在这片地势低洼的群岛和深远的天穹之间，根据空中交通管控，每天不时上演悲欢离合的剧目。

这是一个五月的夜晚，雏菊收拢了花瓣，海雀[①]与三趾鸥[②]带着给雏鸟捉的海鳗回到崖壁上的巢穴，堤坝旁的羊舍里都安静下来——我的故事便要从这里讲起。我在岛上出生的当天，我父亲就被带出了岛——早产三周的我给家里带来了一段狂躁的插曲。

母亲向父亲介绍了我——他的小女儿，还赶在他被带上直升机之前，在他膝上把我放了一下。母亲还说了些什么，但她的话语都被直升机螺旋桨的声音淹没，飘散在风中了。

---

① 海雀，海雀科鸟类的统称，海雀科是典型的海鸟，平时在海洋上觅食，只有繁殖期才回到海边大陆或海岛。

② 三趾鸥，鸥科中型海鸟。夏羽头、颈为白色，背、翅覆羽为灰色；冬羽和夏羽基本相似，但头顶和后颈为灰色。常成群活动。

1 世外桃源

回到岛上的第一天，在一片带刺的荨麻丛里，我靠着一台旧冰箱，观察着海面上的天气状况。潮起潮落的声音听起来与伦敦的汽车声并没有多大不同。

这座农场位于奥克尼群岛中最大的一座岛的西海岸，与奥斯陆和圣彼得堡市位于同一纬度，隔着悬崖和大洋与加拿大遥遥相望。如今农耕方式早已进步，农场里添了新的厂房和机器，不过旧农舍和老工具也还留着，丢在海边含盐分的空气中任其腐蚀——一个坏掉的拖拉机斗成了羊食槽子，曾经拴牛的牛棚现在被旧机械零件和旧家具堆满了。在谷仓里，我把一条绳子绕过房椽系紧做成秋千，挂在上面荡悠，一扇旧门已经锈进了地面。

往南，农场沿着海岸一直延伸到斯盖尔湾的沙地，那里的沿海沙滩有一英里[1]长，新石器时代留下的著名古村落遗址斯卡拉布雷[2]就位于此。往北，农场顺着悬崖攀上了石楠丛生的高地。每一片野地都有自己的名字："前沿领域"，这是回家的必经之路。"产羔草场"，这里四面都被堤坝环绕。最大的一片区域名为"世外桃源"，位于农场的最高处，临海。受海风和大浪的侵袭，这里的草都长得矮小。"世外桃源"是专供羊母亲和小羊羔使用的。每年夏天，当小羊羔离开了育婴草场之后，就会来到这里吃草。高地牛也会在这里过冬，它们浑身通红、长着犄角，在辽阔的天空下扬蹄飞奔。

一些关于农业的历史纪录把农场分成了两部分：靠近农舍的是"即将被废弃"的可耕地；更远处未耕作的野生草场，多半位于山坡上，是"已废弃"的土地，或称为"世外桃源"。过去，"世外桃源"有时被用作几个农场的公共放牧区。这片土地是一片农场的最边缘地带，尚未完全开发，家畜和野生动物混杂，人类不常到此地来。在奥尼克的民间传说中，精灵住在土丘或山间空地，一些关于这种小小的山民的神话故事说它们夏季会出现在荒蛮的野地里搞恶作剧。

从照片上可以看出，20世纪80年代初，我曾坐在父亲的肩膀上在"世外桃源"那儿照了张相。当时是因为英国来朋友了，父母在向朋友们展示他们刚刚买下的一片荒地。我的父母当时一直都惦记着买个农场，所以他们一路从南寻到北，终于找到了这片他们能够买得起的地。亲戚朋友看见这块地都相当惊讶，不晓得我父母能否

① 英里，英制长度单位，1英里约合1.6千米。

② 斯卡拉布雷，新石器时代的人类村落，已有约五千年的历史，是欧洲保存最完整的新石器时代古村落遗址，被称为"苏格兰的庞贝"。

像当地农民一样在上面种出东西来。奥尼克岛上的人都已看惯了这样的情形：一对来自南方的理想主义的夫妇，来这岛上仅熬了一个冬天就急急忙忙地逃跑了。

我就是在这一大片悬崖边长大的，所以从来都不会恐高。父亲会像个孩子似的带我们在悬崖边散步。有时我会挣开母亲的手，故意往下看波涛翻滚的海水。灰色的石板——陡直的峭壁和大块的石板——是这个物产丰富、由自然神力形成的小岛的边缘。这是我的世界。

我们家曾有一只柯利牧羊犬幼崽掉下了悬崖。当时它正在大风中追野兔，没注意到峭壁，后来我们再没见过它。

还有一天，刮着风，我离开了寒冷如冰窖的家，几年间第一次信步走到了“世外桃源”，深深地呼吸着那里的空气。那里没有树，因此显得格外空旷、辽阔宽广。

所有的岩石都朝大海倾斜。我穿着雨靴，沿着岩石的缝隙行走，这样才不会打滑。我原本扎成马尾的长发被吹散了，发丝飘进我的眼睛和嘴巴里，和海浪一起拍打我的脸颊。我记得小时候，我也曾这样跟着牧羊犬，穿过大门，翻过堤坝。

我找到了小时候最喜欢的地方：一块摇摇晃晃地搭在悬崖边上的岩石板。十几岁时我常来此地，挂着耳机，穿戴整齐，带着一肚子的沮丧遥望远方，一心就想逃离。我坐在石头上眺望，可以看到海浪撞碎在岩石上，还可看到海鸥、战斗机掠过海面。

天气晴朗时，往南越过彭特兰海峡，可以看到苏格兰大陆的起点——一片群山的顶峰：本·霍普峰、本·劳耶尔峰、开普·莱茨峰。再往西，几乎远到了地平线那里，还有苏莱礁，那里曾经树立着英国最偏远的人工控制的灯塔。我可以辨认出漂浮在海面那些正被工程师测试的波浪能发电设备。下面的崖壁底部是裸露的岩石，我十一岁的时候看到过一艘渔船低潮期在此搁浅。

我坐在岩石板上往北极目远眺,可以看到马威克海角，上面有一座尖塔，是为纪念基奇纳勋爵而修建的。1916年，基奇纳勋爵乘坐的英国皇家海军“汉普郡”号被德国潜艇布下的水雷炸沉，他与船上的655名船员中的643人一同命丧大海，葬身之处正是从这里往西北两英里的地方。剩下的12名生还者则在此地安家，当了农民。

其中一位生还者名叫W. M.菲利普斯，曾做过水手，他总是绘声绘色地给我们描述沉船那晚的悲惨状况：“我的靴子都掉了，不过身上倒还齐齐整整地穿着衣裳，我最后跟船说了声再见，就一头跳进汹涌的海里去啦。”后来他爬上了一块挺大的浮木——他还经常跟我们细细描述是怎么爬上去的。当时那上头的人已经太多了，那些明明穿着救生衣的人却要求他“滚下去”：“他们面带冷笑，仿佛在宣告‘要先来后到’。有一个才十八岁的孩子答应着跳进了波涛汹涌的海水里，把这唯一的生还机会留给了曾与自己共事的同胞水手。”

浮木上的人一旦被吹到岩石上，便会撞得粉身碎骨，因此他们提心吊胆了好几个小时，直到最终在内比海峡一处海湾靠岸——他们上岸之处正位于“世外桃源”这里。沿着这段海岸线走，我忍不住想象那块浮木，就如菲利普斯描述的：“它夹在两边的悬崖峭壁之间，就好像是圣灵之手把它放在那儿一样。”我也不禁想到我们这儿的农民在黑暗中沿着海岸寻找生还者、在岩石之中为死难者收尸的情景。

奥克尼几乎整日刮风。在农场上，西风是最糟糕的了，因为西风会裹挟着海水而来，甚至还会吹得岩石都在一夜之间挪了窝。到了次日早起，地图都不得不更新换代。而东风则是最美好的——它是迎着海浪刮的，可以吹散云雨，迎接太阳。老式农舍都是矮墩墩特别结实的那种，就像许多奥克尼当地人的身材一样，因为唯有这样方能够抵挡住当地的狂风。然而这种自然力并没有作用到我身上，所以我长成了瘦高的长脚鹭鸶样儿。

沿着熟悉的海岸线走着，我尽量让自己心里踏实下来。住在这里早已是十几年前的往事了，而我脑袋里孩提时代的记忆已被当下生活中的很多事给挤出去了：那些将我的记忆带回奥克尼的童年往事啊！当我挣扎着打开记忆之门时，我想起了一句我曾反复对那些攻击我的人说的话："我比你强！"

冬末之时，这里的土地会被海水冲刷成棕色，"世外桃源"似乎更加荒芜了，但我深知这片土地的秘密：那条残破而杂草丛生的堤坝可追溯至新石器时代；六英里外的布罗德盖石圈[①]中的一些石块就来自北部地区的一家采石场；山坡上躺着一块碎裂的巨石，与石圈巨石相似，也许是四千多年前运往石圈的过程中遗落的。我记得那些在此筑巢的北极燕鸥[②]，到了繁殖季，它们简直就跟轰炸机似的，成群结队地在我们头顶呼呼俯冲，翅膀几乎能碰到我们。到了夏天，

---

① 布罗德盖石圈，新石器时代的石圈遗迹，最初由六十块巨石构成，距今有四千多年历史，是奥克尼群岛著名的历史遗迹。

② 北极燕鸥，鸥科中型海鸟，羽毛主要呈灰色与白色，喙和两足呈红色，成群活动，在南极和北极之间迁徙，是已知迁徙路线最长的动物。

这儿还能找到一种已濒临灭绝的超大黄蜂，它们喜欢采粉红色三叶草的蜜。到了秋天，“迷幻蘑菇”[①]就长出来了，还有一种特别罕见的海藻——墨角藻，一年四季都可以在这儿的岩石上采到。

在“世外桃源”的最高处，有一处名为斯帕德的海蚀柱，原来曾经是海岸崖壁的一部分，如今却已成为独立的一块。到了夏天，海鹦[②]、暴雪鹱[③]、欧鸬鹚[④]、黑背鸥[⑤]和渡鸦[⑥]都喜欢在这块大石头上做窝。我小心翼翼地避开野兔窟，顺着草坡爬到最下面的海边去——那是我独自消遣的最好去处，可以观赏一下海蚀柱和上面热热闹闹的海鸟世界——暴雪鹱为了捍卫自己的巢吵吵闹闹，海鹦正从远海归来。

“世外桃源”没有围墙，因此无法把羊关住，以免它们爬上岩石或掉下悬崖。早年间，有一次父亲特地跑下去救一只被困在海边的母羊。后来群羊渐渐长大，对这里的环境也越来越了解，它们靠四蹄探索出来的地理知识甚至已经融入血液，可以随基因遗传。

在近期的降雨之后，酷暑又从陆地往大海蔓延开来。我弟弟汤姆和我喜欢在海边玩耍，和小狗们一起在一座小石桥上追跑打闹。

---

① 迷幻蘑菇，可刺激神经系统使人产生幻觉的菌类。

② 海鹦，海雀科海鸟，面部色彩鲜艳，貌似鹦鹉，又称海鹦鹉。

③ 暴雪鹱，又称暴风鹱，鹱科中型海鸟，喙上有管状鼻，遇危险时会喷吐黄色液体自卫。

④ 欧鸬鹚，鸬鹚科海鸟，全身黑羽毛泛着深绿色光泽，喉囊橙黄色，主要通过潜水捕食，分布于欧洲各国沿海地区。

⑤ 黑背鸥，鸥科大型海鸟，颈部以下背羽及翅膀背部为黑色，分布在北大西洋海域的应是大黑背鸥，主要以腐肉为食，也捕食鱼类和其他海鸟等。

⑥ 渡鸦，大型鸦科鸟类，比乌鸦大，是雀形目中体型最大的鸟类，全身羽毛为黑色，泛蓝紫色流光。

蛎鹬[1]和麻鹬[2]在没人用的拖拉机上做了窝，我们可以去捕捉小鹬鸟。它们毛茸茸的，捧在手心能感受到它们的小心脏在怦怦直跳。

我在一个地方站住了——我小时候，曾有个邻居把他的新拖拉机停在这儿，然后跑过去想打开大门。然而他忘记拉上手刹了，结果拖拉机忽然在无人驾驶的情况下滑动了，翻滚着溜下了倾斜的田野。那个邻居没办法追上拖拉机去刹车，拖拉机越跑越快，不可阻挡。就这样，这辆昂贵的车子最终翻下悬崖，砸进了大西洋。

下午晚些时候，我回到“世外桃源”去喂牛时，父亲正坐在拖拉机的驾驶舱里，我便也过去，像小时候一样挤在他旁边。我仍记得那片地的每一处坑洼沟坎，我知道什么时候该抓紧。父亲把拖拉机的斗放下来，将里面的饲料包倒进循环式投喂装置中。外头天已经黑透了，我坐在驾驶舱里看着父亲，替他打开拖拉机大灯，看他把饲料包外面的一层黑色塑料袋剥下来。父亲的头发已白了大半，虽然仍一年四季穿着带衬里的连体工作服，但他早已不戴手套了。

“世外桃源”紧邻大海，被一座低矮的山丘遮蔽，从某些角度你根本无法看到这儿的房子，走在路上也不容易被人发现。父亲告诉我，当年他处于狂躁症危险期的时候，曾睡在这儿露天的大马路上。回家后的第一天快要过完了，我远远地蹲在背风的地方，一边抽烟一边看着我们家养的那些牲口，我忽然理解了父亲的心情。

---

① 蛎鹬，鹬科鸟类，中型涉禽，嘴长而坚，适于开启坚硬的贝类。

② 麻鹬，鹬科鸟类，喙细长，呈弧形向下弯曲，羽毛为灰色或褐色。

2 颤抖的岛屿

我从“世外桃源”走回来，没有进我家的农舍，而是去了父亲现在住的房车那里。牧羊犬在房车外头等着他，马儿们也把头探过畜栏等着吃草料。这辆老房车常年被风吹雨淋，早已变得破旧不堪，其中一扇窗户去年冬天被大风吹坏了，现在只好拿木板堵着。

父亲在房车里，仍穿着他的那身户外工作服，腰间绑着绳子，口袋里揣把小刀，工作服外头又套了件母亲织的夹克衫——穿了太久，肘部都磨破了。父亲坐在角落里铺着软垫的椅子上，那儿的视野最好，透过大大的有机玻璃窗户，可以一眼望见农舍和田野，一直看到海湾岬角。天空的颜色和海面上的光影，一天之中都在变化，多变得犹如大西洋的天气一样。每当云破日出之时，霞光映在海面之上，岩石也随潮退渐渐凸出水面。有时，阳光会以精妙的角度照到主岛[①]以南的霍伊岛上的山丘。而有时，海面上哈雾[②]重重，群山便隐匿不见。

① 主岛，即梅恩兰岛，奥克尼群岛中最大的岛屿。

② 哈雾，苏格兰东部、英格兰东北部一种湿冷海雾。

灰尘弥漫在冬日的阳光里，父亲抽的烟也在其中袅袅升起。门上挂着父亲的户外服和雨靴，农活儿记录表摆在矮桌上，煤气炉闪烁着火光。房车的另一端是卧室，平时狗就睡在父亲的正下方——房车的底下，乍看就像一匹狼正睡在它的洞穴里一般。

父亲问我："在那边感觉到什么了吗？"却不肯告诉我究竟发生了什么，虽然我已经听说了，是震颤。这片海岸峭壁和海滩神秘莫测。著名的神话传说大海蟒的故事便源于此，古老的斯卡拉布雷村村民曾在此艰难维生，这里也是皇家海军舰艇"汉普郡"号的沉船之地。

像父亲一样住在奥克尼群岛西海岸的人说，有时会有震颤的感觉或听到隆隆的轰响，低沉浑厚的回声响彻全岛。而有时这里又那般宁静，他们不禁怀疑之前的震颤和回响都是幻觉。"听是不太听得见，不过感觉倒是挺强烈的。"父亲告诉我，"虽然能量不高，就像远处打雷一样的感觉，却足以震得窗户直响，摇得货架晃晃悠悠。老是那样，几小时就要重新来一遍。"当地人说他们很多年来都有这种震感，但他们无法判断到底是怎么回事儿，只能一味猜想，到底是地质原因还是人为造成的？抑或是超自然力？又或者以上三种原因都有？

要弄明白这种震颤究竟是怎么回事，就得先搞清楚奥克尼群岛的地理特征。主岛西海岸马威克、耶斯纳比[①]高耸的峭壁以及遍布海蚀柱、经常发生岩石坠落击毁船只事件的霍伊岛是我首要研究的地方。很可能那些所谓的"震颤""轰响"都是这片悬崖底下海浪运动

① 马威克、耶斯纳比，均为海岸地名，其中马威克海岸以前文提到的马威克海角著称；耶斯纳比海岸有奇特的海蚀柱"耶斯纳比城堡"。

的结果。当一波大浪打进一个死胡同般的山洞时，它会导致洞里局部气压显著升高。待浪退下去，空气就会因先前的高压而发生爆炸，发出“轰响”。

也有人埋怨说，都怪附近驻扎了军队，是他们的喷气式飞机导致了震颤——在离奥克尼群岛差不多有六英里的苏格兰大陆上，国防部在那附近设置了军事训练和海上演习区。这里地广人稀，算得上英国屈指可数的几个可以引爆“大家伙”的地方之一。也许，唯一能够把声波传到奥克尼群岛这里的便只有重型空战武器，但是这还得是在风向条件特别有利的情况下。高速飞机当然也会引起气流和声波，但父亲说有时他可以看到飞机或听见飞机的声音，却和震颤没有发生在同一时间。我寻思会不会有另外一种可能性——更令人难以捉摸的可怕的可能性——这一切都是神秘力量导致的。传说，有一只特别巨大的海怪，它的身子长得足够绕地球一圈，其巨舌所碰之处城池皆毁。有一个不务正业的人一心幻想拯救地球，所以他抓住了一次机会，把滚烫的炉灰倒进巨怪的身体里，从肚子里烧熟了它的肝脏。巨怪痛苦得要命，摇头扭身，不小心碰掉了几百颗牙齿——这些牙齿形成了后来的奥克尼群岛、设得兰群岛[①]和法罗群岛[②]。后来，巨怪挣扎到了陆地边缘，终于支撑不住死掉了，其依然燃烧着的身子成了今天的冰岛——一个到处都是温泉、间歇泉和火山的国家。而它的肝脏至今仍在燃烧，所以我们此地的司徒沃姆火山没准儿并不是真正的死火山。我们所谓的震颤也许正是巨怪死而

---

① 设得兰群岛，位于作者所在奥克尼群岛以北偏东方向，同属苏格兰。

② 法罗群岛，在奥克尼群岛西北方向，位于冰岛和挪威之间，隶属丹麦。

不僵的挣扎。

和父亲讨论着关于震颤的事情，我忽然觉得有点儿紧张，因为我们俩通常只聊农场——农场上有什么工作要做、羊群或土地的情况如何——现在却忽然听他说起关于震颤不可思议的感觉和神秘的地质现象，我想他可能情绪亢奋了。母亲曾经教我要“察言观色”，一开始和父亲聊天可能会令人兴致勃勃，他情绪乐观，精力充沛，但这种“好情绪泡沫”会令他冲动消费，买上一大堆昂贵的公羊或农用设备，整宿整宿地熬夜调设备，凌晨四点就起来轰牲口……甚至，他会进一步大胆想象，认为自己能够掌控时间、呼风唤雨。

房车的地板上扔着一个板凳，我记得那是父亲十几岁住院时做的，过去曾放在我们的农舍里。父亲年仅十五岁便被诊断出患了狂躁型抑郁症，即我们现在所说的“躁郁症”，有精神分裂的倾向。从那时起，他的精神状况时好时坏，每隔一段时间就要犯病。我们的家庭生活也因为他的病情而大起大落，随着他不定期的狂躁和抑郁而变化。我们得带他去做各种检查，甚至给他穿上紧身约束服。有时即使他不用住精神病院，也会几个月躺在床上，一个字也没办法说。今天父亲情绪不错，活泼开朗，但如果某些时刻他情绪低落，我就担心这可能意味着他又开始抑郁，要度过情绪上的漫漫严冬了。

犹记得我十一岁那年，父亲一度严重发作，把农舍的窗户砸了个遍。大风呼呼地灌进屋里，把我的作业本从桌上横扫下来。当带着镇静剂的医生、警察和救护车赶来时，我却尖叫着让他们快点儿滚。其实当时父亲真的已经毫无自控能力了。医生给父亲注射了镇静剂之后，我和他蹲在我卧室的角落里分享一根香蕉。他忽然说：“你可真不愧是我女儿呀。”

因为父亲患精神病的流言蜚语，也因为母亲的极端宗教表现，更因为我的出生环境，我的生活中一度暗流汹涌。我曾读到过关于“浅化过程”的讲解——关于海浪如何变高，又如何在接近浅水区的海岸边打碎。能量永不会消失。海浪的能量是来自大洋深处的，以声音、热量和振动力的形式被陆地吸收，传给一代代人。

父亲从十几岁时开始，至今已接受过五十六次电休克疗法了。这种疗法用于治疗最严重的精神病，以电流导入大脑诱发抽搐。没有人真正懂得电疗的原理，但病人们却都说经过电疗，他们确实感觉好多了——至少能暂时好一阵子。

我出生那天父亲闹出了大事。虽然后来我远离家乡，但随着我酗酒越来越厉害，我也尝到了抽搐的滋味，那感觉就像岛上的震颤降临在了我身上。在孤寂的伦敦住处、在夜店的厕所里，当抽搐发作时，我的手腕和下巴如同结了冰，四肢也不听使唤。那么多年，我一味地给自己灌酒，就像海浪不断重复地打碎在峭壁上。酗酒也严重损害了我的身体。我的神经系统内部遭受的损坏会使我全身不由自主地剧烈抽动，接着是全身僵硬、口水直流。发作过后，一旦我能给自己再来一杯，我便重新投身狂歌艳舞之中。

3 弗洛塔岛的清洁工

即使在最晴朗的大白天，奥克尼的海风依然冰冷，提醒我们身处岛屿，虽然我们当地人把脚下这片群岛中最大的岛屿称为“内地”，把真正的英国内地称作“南边”。每年八月初农产品展览活动一结束，也就是从夏季开始，剩余的月份里大风便成了常客。此地的秋天极短，树也特别少，几阵秋风一刮，严冬就被刮来了。

十年前的九月，我在一个秋风萧瑟的日子回了家。作为毕业后无法在大城市找到工作的家伙，我准备在家住几个月。也是在那年，我父母分居了——就像很多人做的那样——但我从未想过这种事也会落到我父母身上，虽然患躁郁症的父亲和作为极端基督徒的母亲能够相处这么久本身就够令人惊讶的。

我寻了一份在弗洛塔岛原油港口做清洁员的工作，每天黎明便要从霍顿码头搭工人渡轮去上工。自打20世纪70年代以来，输油管道和大型油轮开始源源不断地把石油这种来自大洋深处的黑色能源从北海的油田中输送过来，奥克尼群岛上的石油业自那时起蓬勃发展。若能在这个行业里找一份工作，薪水是相当可观的。只可惜，清洁员属于最底层。

这份工作最好的一点便是通勤。每天我都可以搭渡轮穿越奥克尼群岛，迎着朝阳去，踏着落日回。一路听着奥克尼广播电台的音乐节目，欣赏地平线朦胧的红霞，看群岛倒映在斯卡帕湾的海水里，这样的美景始终围绕着我。到了夜晚，输油管道终端会将多余的油气烧掉，油轮上的远光灯打在海面上，红色和橙色的灯光交相辉映。

每天下班后，我就脱掉工作服——却脱不掉漂白水留在身上的气味——去享受属于自己的夜晚闲暇时光。那时母亲从家里搬出去了，父亲也住到我小时候住的农舍里去了，峭壁边的家里只剩下我一个人，我可以坐在厨房里的餐桌边抽烟喝酒——可原本这是我们一家吃饭的地方。在喝过父亲自制的大麦啤酒之后，我特别喜欢三更半夜给远方的朋友打电话——毕竟我身边已经一个家人都没有了。有时我一个人就能干掉一瓶葡萄酒，然后酒驾五英里到附近的商店再买一瓶。酗酒之后的第二天，我依然戴着耳机去搭渡轮，强忍宿醉的痛苦以及满心的愤怒和悲伤。

我在石油码头的工作包括打扫工人们的卧室、拖卫生间的地板、扫楼道和整理床铺。渐渐我对不同的污垢有了了解：汗水虽然看不见，却很臭；鞋底带进来的泥印子倒是蛮好清洗的，这一点令人满意；镜子上的牙膏渍显示了刷牙人开朗愉悦的心情；烟灰则说明有人在无烟区的窗口抽烟。我师傅还教我如何将干湿粪便分开来打扫——需要用不同的工具。我还学会了如何清理留在马桶圈上的阴毛。我打扫的大多数房间里都堆着酒瓶子，地毯里还有脚毛和碎指甲。

我觉得自己都混得人不人鬼不鬼的了，每天默默无闻地拎个拖把走在楼道嗡嗡作响的日光灯下。外面的世界——“南边”的英国内地，已经把我遗忘了，我会被困死在这座岛上，整天干着清洁工的破活儿。我不过就是一面有眼睛的墙壁罢了，只有替他们整理床铺的我知道昨晚哪个工人睡了、哪个工人没睡。我对他们而言不过是一道模糊的影子，一听到脚步声就得赶紧离开他们的宿舍或洗手间。回到奥克尼真是个错误。当时我不过是想，清洁员是个既简单又能赚到钱的工作，有了钱我便又可以离开此地了。

犹记得十八岁那年，我迫不及待地想要离开家乡。我觉得在农场里工作又脏又苦，赚的钱还少得可怜。我当时想要的是一份既舒适又拉风的工作，能成为众人瞩目的焦点。当时真不明白，为什么有人竟说自己愿意住在时常能看到野生动物的乡下。人不比动物更有意思吗？每到冬天，我都得穿上难看得要死的防寒服去给牲口扫圈，那时真是做梦都想享受到城里的暖气。

但是当我住在学生公寓时，思绪却往往会飞回那座一百五十英亩[①]大的农场上去，那儿生活着数千人，还有很多动物，包括我的父母和我家的牲口。而当时那种生活简直令我发疯——那么拥挤的一座公寓楼，人和人之间不过只隔了几米的距离，却互不相识。隔着薄薄的墙壁，我身边左右、楼上楼下的人都在睡觉，我不好对新朋友讲太多关于奥克尼的事。但是在狂风大作的夜里，躺在床上听着

① 英亩，英制面积单位，1英亩约合6.07市亩。

窗外的风声，我觉得自己仿佛回到了家乡的石砌农舍，还想起了那些仍在冷风中的牲口。

当年在南方时，我会很自然地说自己是“苏格兰人”或“奥克尼人”，但现在却没法这样对真正的奥克尼岛原住民说。虽然我出生于此，在这儿长到了十八岁，可我并没有此地的口音，我父母都是从英格兰来的。父母是十八岁在曼彻斯特上大学时认识的，当时父亲正在补他第一次犯病期间耽误的大一的课，而母亲正在学商务。母亲是农家女儿，老家在萨默塞特郡①；父亲则来自兰开夏郡②的教师家庭，在曼彻斯特郊区长大，但在去我姥姥家的农场做客之后，他决定上农学院。迄今为止，父母已在奥克尼岛上住了三十年有余，几乎可说是大半辈子都在这儿了，却仍被本地人看作是“打南边来的英格兰人”。

通常，英格兰人听我有苏格兰口音，而苏格兰人又觉得我一口英格兰腔。譬如，当询问一个人来自哪里时，传统的奥克尼式问法是：“请问您属于哪里？”父母初来岛上时常被这样问。我在奥克尼群岛上出生、长大，然而我却从不觉得自己“属于”这里。我们上小学时，“英国人”是一句骂人话。

小时候，中学里唯一的黑人小孩忽然失踪了。他们家住在峭壁附近，他有个弟弟和我们坐同一辆小学校车。我记得家长们曾在校车站十分严肃地讨论他失踪的事情。一个多星期以后，他的尸体被冲上海滩，以我与其他孩子一起玩的经验，我觉得是此地的种族歧

---

① 萨默塞特郡，位于英格兰南部。

② 兰开夏郡，位于英格兰西北部，西邻爱尔兰海。

视逼迫小哥哥跳悬崖自杀的。

当时还是少女的我不希望成为所谓“天堂般的岛屿奥克尼”的一分子——因为这种说法不过是个美丽的谎言！旅游资料中当然只介绍此地的美景与历史，配上许许多多张岩石或美丽街道的照片，然而我所见的奥克尼不过就是丑陋的房子加上灰色的天空罢了！不过，虽然提到奥克尼我总抱怨，但是一旦其他地方的人也说它有什么不好，我会立马跳起来反击。

岛上的很多年轻人都与我有类似的心态。我们从外面的世界一趟一趟地回来、离开，就如同涨潮退潮一般。我在这片天空下长大，习惯了此地的天高水阔，同时生活空间却又被局限于农场和海岛之上。不去上班的一天，我在柯克沃尔的港口让满含鱼腥和柴油味儿的微风吹拂我的头发；往海上的沙平赛或桑迪等北部岛屿看去，能看到低低的山丘，山丘上灯光闪烁；更远处，远在地平线的是帕帕韦斯特雷岛。在外生活过之后，我在我们这个小地方变得特别引人注目，不过我也越来越不想待在这儿了。

十几岁时我们特别喜欢拿游客们寻开心，因为觉得这个被称之为“世界遗产”的地方是我们的家乡，而不是什么买了票就可以参观的度假胜地。当旅游大巴带着客人转几个小时离开后，我和弟弟、伙伴们就带着无指手套和拍立得相机爬进新石器时代的石屋或坟墓遗址里，次日清早管理人员将会发现一些烧完了的杯形蜡烛和空酒瓶子。

那时我是个四肢发达头脑简单的小孩，能爬上石头堤坝和棚屋顶，还敢从高处直接跳到地面的干草垛或装羊毛的口袋上。后来，我把自己旺盛的精力投入到派对之中，酗酒、嗑药、性爱——总之就是想做点儿出格的事情，却从不曾担心过会有什么恶劣的后果，一味追求刺激的我总会拼命躲开那些规劝我回到正途的人。那时过的可真是一种浑不吝、乱七八糟的日子。

在这种不安定的生活中长大，人往往会特别坚强且善于趋利避害。当我们家的农舍被卖掉时，我离家很远，我们整个家和财产都被父母分成了两半。父亲要了农场，还购置了一辆房车。不去新女友家过夜时，他就住在房车上。而母亲则到城里买了套房子，很少再回乡下来了。

作为农民的女儿和媳妇儿，其实母亲本身也是农民。除了擅长做饭和其他家务之外，她还会开拖拉机，会放牛、修围墙、筑堤坝，甚至还曾多次修缮我们农场上的小路。她和父亲一起调配羊饲料，一起给瘸腿的牲口治疗，在播种大麦前一起捡走田里的石块。父亲剪羊毛时，母亲便把剪下来的羊毛迅速卷成卷、捆成捆。和父亲离婚后，她虽然很少回来，但其实一直都很怀念乡下的生活。

★ ★ ★

我们清洁员都是女性，可我们清扫的房间里住的却全是臭男人。女人们又擦又洗忙了一整天之后，回到家还要为老公孩子做同样的工作，日复一日，年复一年。她们简直都可称得上“打扫专业户”！当我看到师傅灵巧地拧干拖把时——以最合适的力量、从最合适的角度拧，才能让拖把上的水分和泡沫都恰到好处——我心想，我这辈子也不可能拥有这技能的，真希望岛上这些石油工人都能自己打扫房间、整理床铺。

干着扔破袜子、清理性爱用品和打扫厕所的活儿时，我不由想，如果我从来不曾离开此地，如今会不会过得快活些？如果我随随便便就嫁给了一个小学或中学同学，一辈子就在这里过着连网都没上过的日子，会不会反而因为看不到理想与现实的差距而感觉好受点儿？我又想到母亲，也许她本来就想过比农妇好一些的日子吧！在生了我和弟弟之后，母亲也并不比我现在大多少。她在生孩子的当日被丢下，而后又遭遇过多次类似的伤害。但母亲是个能干而有同情心的女人，她最终选择了在这个陌生小岛的农场上生活下去。

我和弟弟还很小的时候，由于父亲在二百英里以外的大海那边治疗精神病，母亲一边要料理农场上的一切农活儿，一边还要照顾我们姐弟。有一次，因为一个人实在顾不过来，又不晓得父亲什么时候才能治好病回来，她不得不卖掉了整个羊群。我父母也很担心卖羊会导致农场一步步走向衰微，然而他们却一点点又把农场振兴起来了。母亲就是这时转向教会去寻求精神安慰的，她的忠贞信仰在很长一段时间里对我们家起到了保护作用，后来却成了导致家庭破裂的原因之一。

父亲常说是现代福音教会寻上门来捉住母亲，给她洗了脑。可是母亲却认为她被宗教拯救了。他们两人各执己见，谁跟我说此事，我便支持谁。我还记得教会的人在父亲住院时曾经帮我们家装修过客厅，可是父亲却只记得待他出院回家，发现家里到处都是圣经和宗教类书籍，连他们的卧室里都有。

随着白昼渐短，我早上去弗洛塔岛时往往晨光未醒，晚上亦是披星戴月而归。奥克尼漫长阴冷的冬季接近尾声时，我几乎消融在黑暗中了。一天下午，我拿着胡佛吸尘器，顺着玻璃台阶上行，走进了阳光中。四下环顾确定安全后，我在毯子上躺了下来，让阳光晒暖我的长发。

又有一天，我师傅发现我躲在卫生间里掉眼泪。她特别好心地告诉我——其实她这么跟我说也不是第一次了——我得离开此地，这根本不是我想要生活的地方。因此，在拿了当月的薪水之后，同事们最后一次把我送上了工人渡轮。过了几天，我在农场里挨家告别，然后便背上行囊，买了一张去伦敦的单程票上路了。

4 在伦敦

五月对我而言是个充满力量的月份，可做出改变，有无限的可能性——我的生日在五月，我的中间名字“梅（May）”也是“五月”的意思。这一日的空气无比清新，我六点钟便起身剪短了头发，又洗了个澡，然后穿上奇装异服，画画，投简历，嗑药。马上我就会有新人可爱，有新事物吸引我的注意力。这样一来，我哪怕是少吃少睡也是甘愿的。我喝了些酒，身体很舒服，马上便可以步伐坚定有力地上街了。感觉到天将降大任于我，我兴奋又有些不安地穿好靴子出发了。

我们所谓的“野餐”目的不在于吃，尽管有几桶从街角商店买来的炸土豆片和一篮子樱桃番茄。我们几个围坐在一块有彩虹条纹的毯子上。今天可是今年的第一个热天，这样的阳光简直是一种奢侈。我把手藏在裙子底下，上下抚摸我的腿。

在伦敦，我们要为公交卡、旅游卡和高价房租买单，因此想聚在一块儿玩不容易，必须独辟蹊径才成。每一个风和日丽的周末我们都会到公园里去，而且我们遵守一条潜规则：尽量到离酒吧、售酒商店[①]和自动提款机比较近的草坪上去。那里虽脏些，但离带孩子出来玩或遛狗的人比较远。

过去在时尚杂志里看到的那种“大自然中的卧室”，从白日梦变成了现实。我戴着耳机，听着电子音乐，从懒洋洋地躺在草地上的人群中穿过去找我的朋友。每个来公园的女孩子都会花时间梳妆打扮，有的穿20世纪50年代家庭主妇式的花格呢大衣，头上围着头巾，有的穿80年代健美操教练式的紧身衣裤，也有的穿成雅皮士的样子。男孩子则都非常摩登，打扮得犹如滑板选手或伐木工人。这里比奥克尼热多了，我在这里简直就像身处异国。

自打我搬到伦敦，我就全身心投入了这里的生活。我慌慌张张地就来了，除了多少有些自信外，一无所知。一个星期中有好几天我都会坐车到那些我在杂志上看过的夜店里去。我染眉毛，用红色的眼线笔画眼线，把裙子的后背剪开做成晚礼服的样子……打扮成这副德行的我，拎着一瓶酒就下了公共汽车。初到伦敦的第一年，我认识了很多人，当然也有在网上搭讪认识的：“我是个身无分文的新伦敦人，能让我在你博客上写东西吗？”“我在‘朋友’夜店里遇见过你。”“我读过你的在线专栏文章！”

当我们这群一起“野餐”的人中有一位建议去买点酒时，对我简直就是一种救赎。因为囊中羞涩，他们只好买了苹果酒和葡萄酒。

---

① 售酒商店，一种提供外卖酒水的商店。英国出售酒类饮料需要办理执照，执照分为两种：一种是允许售酒并提供饮酒场所，如酒吧、酒馆、咖啡馆等；另一种是只允许出售未开封的酒类饮料，顾客买完直接带走，即售酒商店。

其他人就留在原地等着酒来，女孩子编菊花手链或互相梳头来打发时间，男孩子则轮流骑自行车玩。我们都还只是些大孩子，远非成熟男女，只想寻些开心。我们还发了许多短信，邀请更多的朋友下次一起来野餐，还许诺说下次的活动一定会组织得更好。然而，下一个周末活动往往还不如上次。我们闹闹腾腾的，又打车，又买酒，钱根本就不够花。

驻扎在我们旁边的是来自“野眼”俱乐部的孩子们，他们之前还从未在外头宿营过呢。此时，他们一人戴了一个狮子的头饰，互相拍照，高兴得哈哈大笑。

我们讨论找工作的事情，有时也能找到一些收入微薄的实习工作——比如为房地产杂志或唱片公司设计师做枪手。有一个穿着紧身裤、活似18世纪的阔少爷的家伙，正在高声抱怨他做的那个项目只有一万英镑的预算。还有一个女孩子，我听她四处问关于LSD[①]的事情，好像打算永远留在这个假日里似的。一个正打电话的家伙说：“这儿也是个能大赚一笔的地方。”

终于夜幕降临了，此时所有出来玩的人差不多全聚在草地的一个角落里，搞得那儿遍地都是烟屁股和空瓶子。就在不远处，有个男人正一边喝着一罐度数不低的啤酒，一边卖东西。他身边放着个蓝色的大塑料袋，里面是些书和千奇百怪的装饰品——一个粉红色的塑料电话、一本烹调书、一对儿童棒球棍、一个没盖子的水壶……如果你找对了人，你甚至能买到一包大麻。

---

① LSD，麦角酸二乙基酰胺的缩写，一种强效致幻剂。

格洛瑞亚过生日那天，有人带来了一瓶“泡泡斯”[1]。我们一开始都对其不屑一顾，觉得那是十几岁小孩儿的玩意儿，但后来还是传着吸了，同时也传着几瓶粉色碳酸葡萄酒喝。

当时梅格穿了一条超短热裤，搭着露背上衣和洛丽塔式太阳镜。吸了“泡泡斯”后，她竟忍不住一脚踢到她男朋友的大腿上，同时大呼“好舒服”，但其实梅格的身子已经不听她使唤了。就这么会儿工夫，一个西装革履的家伙——那天穿这身也太热了些——走过来，问梅格想不想跟他去拍照。“是为一个街头秀网站拍照。”梅格虽然一开始佯怒地瞪了那人一眼，却很快乖乖地摆起姿势来，动作十分熟练。

这时一群家长推着婴儿车走过来，纷纷评价梅格简直就是天外来客，还跟梅格说让她正常点儿。“我可不愿循规蹈矩，那么平庸。”格洛瑞亚说道，她穿了一件鲜艳的青绿色连身衣裤。梅格在自己脚腕子上涂了蜂蜜和鸡尾酒的混合物，逗引得蚂蚁都纷纷顺着她的脚爬上去。我们都眼睁睁地瞧着这些小蚂蚁爬到梅格腿上去吃甜食，格洛瑞亚则开始狂嗅泡泡斯。有人说梅格这么做有点残忍，但她却坚持说蚂蚁们觉得好玩。唉，梅格长得那么漂亮，我当时真想帮她把腿上的蚂蚁抖下去。

我们越来越频繁地到售酒商店买酒。喝醉了之后，我们就会又喊又叫，把泡泡斯传来传去地吸。有一个人——很可能就是我——不小心把酒瓶子弄倒了，酒洒到了我们铺在地上的彩虹条纹毯子上。

---

① 泡泡斯，由多种挥发性亚硝酸盐组成的催情气体。

于是我们都扑到酒洒的地方，脸朝下趴着，喘着气去舔洒到毯子上的那点酒，一边舔还一边兴奋地嚷嚷——简直就像猪吃食一样，乳房耷拉着跪在那里。这样做显得既傻又可悲，但也的确好玩。我深深吸一口泡泡斯，然后躺在地上仰望天空。地平线那里射过来的温暖阳光洒在我身上，我因为吸了泡泡斯而和朋友们一起飘飘欲仙，浑身都是防晒霜和蜂蜜的混合物，又黏又甜，还爬满了蚂蚁，我从未感到那么兴奋。

夕阳西下，我们这帮子人也渐渐聚拢来，膝盖都直不起来了，手腕也没有力气，可都一脸的满足，手指夹着烟。草坪上的光线渐渐暗了下来，醉酒后的白日梦也慢慢消散到九霄云外了。我用脚趾头碰了碰一个同伴的胡茬，我注意到他蹭伤了的肩膀，然后自己一下子变得精神亢奋。

那天晚些时候，我们又去了仓库派对。在那里我跟其他朋友走散了，但我不介意一个人。我的头发高高盘起，盘得紧紧的，长裙上有酒洒上的污渍——当时就是这么一副德行。我变得越来越像我自己了，香肩雪白，红唇魅惑，手指间夹了一支烟，烟雾缭绕。我在人群中显得十分打眼。

偶尔会有面熟的人从我眼前晃过，我很喜欢遇到这样的人。这里的每个人看起来都一副有工作可做的样子——搞音乐、开夜店、设计服装，但似乎他们做的这些都无法真正谋生。当时我们都以为自己可以在五年之内出人头地。

比如那帮艺术学院的毕业生，一个个都快三十岁了，却仍住在改建的废仓库里，睡花棚，在天花板很高的仓库里制作音乐视频和实验电影。喝酒时，他们都显得特有危机感。他们也开夜店，但没多久就倒闭了，只好关门大吉，不过他们倒是蛮怀念开夜店的那段时光的。在寻找经营不善的原因时，他们反而发现自己品味优雅、经历不凡。

后来，他们这一伙自称“酷党”的人计划把这个仓库用作电影拍摄基地，但房东闻知此事，立马提高了租金，目的是逼他们搬走，不想让自己的仓库再为“酷党”服务。那天的派对便是庆祝他们乔迁之喜的。一个来自斯堪的纳维亚半岛的游客见此情景，不明白自己究竟是到了什么地方，为什么每个人都如此狂饮？他怪道：“你们也不能整天唱唱跳跳呀。”可我真没明白他什么意思。

我一个人到外头的便道上去散步，胳膊上搭着我的外套，手里握着一听啤酒，一边溜达一边享受着晚风吹拂我的皮肤。我知道自己是在浪费生命，但我却想继续下去。我希望全伦敦的晚风都能来吹吹我的皮肤，我想要呼吸每条街道上的空气。我穿着磨破的靴子，比公共汽车走得都快。刚才嗑过的药现在发作了，我呼吸急促，脸颊发麻，咬着嘴唇什么都想吞噬。我的脸滚烫，我的嘴唇、乳头和阴蒂也温度狂升。我打开烟盒，点上一根烟，然后又往嘴里灌了一大口酒。我感觉着酒下肚，同时深呼吸以促进酒精分解。每吸一口烟我就屏住呼吸，让它憋在胸腔里。

我在伦敦市里走了好久好久，也不知道自己是走到哪儿了，反正就是朝着光走，朝着高处走。我想要上到那些高楼顶上去，因为我很想念家乡的峭壁。再说，高处的空气应该更加清新吧……

★ ★ ★

回家后，我开着窗户躺在床上，酒瓶子里还剩了点酒。我一边听一首悲悲切切的歌，一边在维基百科上查“无人居住的奥克尼群岛”。虽已入夜，空气的温度仍然挺高，我的头发沾满了烟味，身上也脏兮兮的。我听到外头那些喝醉了的家伙下公共汽车了，他们手里的酒瓶、餐盒把垃圾桶都撑爆了。

我公寓的窗外有一条高架铁路，还有一个乌烟瘴气的十字路口。当那些在发动机上装了增噪器的车遇红灯停下来时，整座楼都随之震颤。虽然大海离此地有一百英里，有些本市的孩子压根儿没见过海。海鸥倒是常见的，我甚至还见过一只叼了一块特里牌橙子夹心巧克力的海鸥呢。

我的卧室位于房子的背阴面，往下看就是啤酒花园——整个哈克尼区[①]臭名昭著的酒吧。之所以会有这样的恶名，是因为它仅在深夜所有其他酒吧关门后才开始营业，于是成了黑帮人士和酒鬼们的圣地。这样的臭名声反而让那帮刚刚搬到该区、在商铺楼上租房住的二十多岁的年轻人趋之若鹜。他们租住的房子一般是本地伦敦人搬走后留下的，后来一些孟加拉人也住过——他们为了寻找更好的机会，往东到埃塞克斯[②]去了。

那天晚上，啤酒花园举行了每周一次的卡拉OK大赛。我睡在床上，却灌了满耳歌声，被那些什么《野马莎莉》或《我的路》吵得

① 哈克尼区，大伦敦行政区的一个自治区。

② 埃塞克斯，英格兰东南部的一个郡，与大伦敦行政区毗邻。

没法入睡。有些人是恶搞瞎唱，却也有人唱得相当认真。但他们都醉着，所以认真也好，闹着玩也好，其实听来都没有区别。哀号般的歌声中还夹杂着狂笑和争吵声。这些人的生活真不健康，似乎只剩下那个由烟灰缸、太阳伞和啤酒组成的世界了。

天空渐渐由一片漆黑变成了深蓝，最后慢慢透出了橙红色。我估计邻居家冰箱坏了，否则他们也不会把汤力水和肉食都搁在窗台上。马路对面的写字间虽然还空无一人，却已被朝阳照得亮堂堂的。还有一座工厂，烟囱早已不冒烟了，现在里面住满了艺术系的学生，到那时才关上卧室的灯，合上他们带密码保护的笔记本电脑，集体手淫一番便入睡了。

到了早上，我光听楼下的汽车噪音就能知道几点了。我也能听到清真寺早祷的音乐声。有时闹钟响时我还处于飘飘忽忽的宿醉状态，身子和脑袋都像没了似的，但我也不会为此感到特别恐惧。

我所住的公寓里，租户不断变化，很难记住谁是谁，更别提他们做什么工作之类的了。最近，似乎白天待在公寓里的人越来越多了，从哈克尼社会福利保障机构寄来的信也日渐增多，也没支付邮资，就直接送来投入信箱里。伦敦这个地方，就是让你来挑战自己的。那些在家乡获得省级迪斯科大赛冠军的家伙，或是在学校里出类拔萃的天才学生，一到此地就变得什么也不是了。然而，在这儿无论如何也能收获些精彩——比如实习的机会，或不错的周末派对，所以他们还是决定到伦敦来闯一闯。我们都是为了成功和成功所带来的欢喜，不惜与“不稳定”和“竞争者众多”做斗争的人。

我有一个室友是搞音乐的，在一家酒吧里工作。偶尔我在厨房里碰见他，我们便会彼此聊点开心事，这感觉好像从一个很少有动静的电子邮箱里收到了一封不错的邮件似的。然而这份情缘很难说是凶是吉，到底是灰姑娘的教母还是可怕的鲨鱼？在我们这栋楼里，前一晚化装舞会上身穿比基尼、头戴埃及艳后假发的女神，今早便戴上眼镜，坐在保险公司的接待处里浏览互联网了；昨夜的脱衣舞娘今早摇身一变成了程序员。就拿我来说吧，白天我在位于城市那头的停车场当临时工，在电脑里写相关的记录文件。

楼下的商铺店主是阿富汗人，他也是唯一知道我酗酒到何等严重程度的人。这几个月来，我夜里去他家店里买酒是越来越频繁了，外面总有个男人朝我要钱要香烟，甚至还要我抱他："亲爱的，亲爱的，给我点钱吧，我的挚爱。"可到了第二天，他顶着一双见风流泪的眼睛出现，却根本不认识我。

在奥克尼老家时，我的朋友海尔加曾告诉我，在劳赛岛往西的地方，有一个会神秘消失的岛屿，名叫海瑟·贝尔瑟。虽然有些奥克尼人说自己看见过这座岛，却从来没有人真正上去过。

传说曾有个女孩在劳赛岛上消失了，过了一段时间便被判断为已身亡。然而，若干年后，女孩的父亲和哥哥出海捕鱼时，他们的渔船忽然被笼罩在一片祥云之中，只得在一座诡异而美丽的孤岛上岸，不料却遇到了那女孩——如今她已是妇人了。她告诉父兄那里是海瑟·贝尔瑟岛，她早已与岛上的一个居民成了亲，就在那里安家了。说罢，她又给了父亲和哥哥一段木桩，说凭这段木桩他们便可再回海瑟·贝尔瑟岛来。然而，在回家路上，路过劳赛岛时，这段木桩掉进大海里不见了。

这个故事有多种版本，而奥克尼的很多神话故事其实都与“消失的海岛”有关。比如说神秘的希尔达（如今我们知道希尔达其实就是艾因哈罗岛[①]），还有关于其他海岛的故事，都大同小异，往往会与海上大雾联系在一起。在奥克尼，海上起雾快，散得也快，也许这迷人眼的大雾正是这些神话传说的根源。

如今海岛消失的情况依旧存在。去年，地质学家乘坐澳大利亚的探险船去南太平洋进行探秘之旅，这一次研究证明，地图上——包括谷歌地图——所显示的一个岛其实并不存在。而森迪岛呢，如今维基百科上称它为“不存在的岛”，其实它只是没有被发现罢了。画地图的人说，所谓幽灵岛，其实就是那些一会儿消失一会儿又会在附近出现的岛屿——珊瑚海那里水面十分开阔，所以某些岛在地图上被标错了也情有可原，但也可能其实它们根本就不存在，不过是人们杜撰出来的而已。

有些岛上盛产海藻，有些岛上盛产橡胶，而有些岛上却只有人类制造的污染物。火山喷发之后，一些看起来很像海岛的浮石[②]会横跨大洋漂移几十年。还有一些海岛是海鸟的天堂，它们在此做窝过冬，从来都不会飞到大陆去。

海瑟·贝尔瑟岛如今仍没有被“解除魔咒”，只有在极个别情况下才会出现。有人说只有到了闰年时方可见到它，也有人说必须得

---

① 艾因哈罗岛，位于劳赛岛西南部，在劳赛岛和主岛之间。

② 浮石，火山岩浆凝成的海绵状的岩石，又称浮岩，质轻多孔。

手持钢管，笔直地顺着钢管看过去，才能够看到这个岛，稍微一错眼珠都不成。如果谁能够登上海瑟·贝尔瑟岛，他便会成为为这座岛解除咒语、让它重见天日的人。

当我坐船离开奥克尼时，海上大雾弥漫，因此抵达英国大陆时简直有如到了另一个世界。我的那次抵达，不仅超越海之边境，而且也超越自己想象力的极限——对我而言，伦敦就是幻想中的仙境，就是我可望而不可即的海瑟·贝尔瑟岛。慢慢地，我习惯了与一大群相貌尚可的朋友在公园里消夏，也习惯了每晚沉醉于酒精的派对时光。可是没想到，如今伦敦这个美妙的“幻梦”却被打破了，但我也不想再冒着茫茫大雾，灰溜溜地回老家去。

5 深夜骑行

他第一次见到我时，我正在往电话亭子上爬。当时，一支来自伦敦南部的说唱乐队正在金斯兰路上的一个空商场里演出，现场里三层外三层围的全是人。一个模特站在观众们中间，身穿鸭子服饰，他是个长了一双调皮眼睛的孩子气的美国人。后来，我坐在人行道边告诉过路人，我要去海边。我能感受到那个美国人给我带来的震动。

虽然那天晚上我们并没有说话，后来我却发现他那晚在网上写了关于我的文字——看到我爬那么高，他虽然担心，却也觉得我是个有意思的人。我对他充满了好奇，因此到了下个周末，我去了那间我知道他也会去的俱乐部。在俱乐部里，我主动跟他打了招呼，轻轻地摸了一下他的手臂，在他不断放大的瞳孔里看到了自己的影子——他的眼睛里全是欲望的黑色洪流。他终于开口了，我的皮肤霎时绷紧。

后来，因为听说有一对法国DJ会来一个家庭派对上表演，我们俩就一起打车去了。坐在门口的台阶上，我们似乎顺理成章地就接吻了。因此，等后来我的朋友们要回家时，我大言不惭地说他留下陪我就成。那晚我们俩是走回我的公寓的，但究竟发生了什么，我却已记不太清，只记得下一个周末我们仍是一起过的，之后又一起住了十个晚上。每到雷雨交加的夜晚，我们便会拥到他卧室的窗口去欣赏伦敦的电闪雷鸣。

在伦敦的摩天大楼里看到的闪电和老家农场上的雷电完全不同。那里的雷电横贯海天，有时会伴随着停电，甚至电话也没法用。曾有报道说，在一次雷雨中，有个球状闪电——简直就是传说中的圣艾尔摩之火[①]——钻进了奥克尼主岛西部的一座房子里。

和他交往之后，每天早上骑车上班的路上我都面带微笑地穿越达尔斯顿和哈克尼两个区。我俩一整天一整天地发短信，直到见面时扑向彼此怀抱为止。

一起散步时，他会带我走一些意想不到的路线。有时候，他早上会像只刚结束冬眠醒来的刺猬似的——对冷和热都特别敏感。他对很多其他事情也十分计较，他不愿在刮着大风的马路上骑车，生怕冻坏了脚。见面时，我们会告诉对方自己走的是哪条路，他也会给我讲他的工作——很有技术含量、对准确性要求极高的工作。有一份不错的工作，这是他和大部分住在哈克尼的浪荡子的最大不同。这也意味着，他是有退路的。

刚开始交往的几个星期，每次去他家的路上，我都会在路过酒

① 圣艾尔摩之火，古代海员观察到的发生于雷雨中的自然现象，如在船只桅杆顶端之类的尖状物上，产生如火焰般的蓝白色闪光。

吧时进去喝几品脱[1]啤酒，还给他写信，告诉他我好担心酒精会成为我们俩交往的障碍。虽然我们俩聊小事时你一句我一句非常热烈，但其实我们之间却存在着蛮大的差距。我一直喝到眼前模糊不清了才停嘴，不过回到家里，他对我醉酒后的痛哭流涕和思维混乱却十分耐心。

我们俩谈的完全是“泡沫恋爱”。一天深夜两点钟，在他位于达尔斯顿的卧室里，我对他说，我今天过得好开心哪，永远都不会忘记此时此刻。半年之后，我们在哈克尼路一家书店楼上的公寓同居了，但是我们还从未见过彼此的家人。

我在停车场工作了挺长时间，身边却有越来越多的人转行了。我们俩也察觉到了事情的重要性——伦敦忽然就涌起了一股追求“酷”的风潮，每个人都生怕被落下似的。我们俩好上之后，我也带他一起加入了这股浪潮之中，拼命秀我们俩是很酷的一对。现在回过头去看那会儿的照片，我们俩紧紧搂抱着，四肢相缠，十指交叉，照相时永远顾不上看镜头。

我当时想的是永远不要回奥克尼，因此从不肯接来自家乡的电话，也不看家书。老家的农舍已经卖掉了，我真不愿听到这样的坏消息。还有，弟弟也已离开家乡，追随我的脚步出来上大学了。我因为母亲所犯的错误而深深地生她的气，同时也对父亲和他的女朋友妒恨交加——早在几年前，她便已是父亲的情人了。然而，有时

① 品脱，主要应用于英、美等国的容量单位，1英制品脱约合568毫升。

空气中的一阵气息却会让我忽然就意识到我此时此刻身处“异乡”英格兰，这个大树参天、彩霞满天的地方绝非我的家。我好想念奥克尼那开阔的天空和灰色的岩石，也好想念海边的麻鹬和蛎鹬，甚至想念黑背鸥。有时我会顺着贝斯纳尔·格林路边走边无声地落泪，这真的让我也颇感惊讶。

我在奥克尼算得上人中龙凤，生活得很有安全感且没有人会来质疑我。然而那时我满脑子想的就是要走。现在，我把自己送进了大城市，因为渴望这里丰富多彩的生活方式，且这里决不会有人对我指手画脚。在伦敦，你不可能从表面就看出一个人怎么样，但我还是渴望尝试一切，因此我不停地看哪看。虽然用这种方式似乎无法对如此大的城市形成什么印象，然而我还是这样去做了。

我并不是很早就开始酗酒的，第一次喝酒大概有十五六岁了，那时经常在拍卖市场举办的青少年派对和舞会上喝酒。这种活动通常是牛被卖掉之前，在拍卖场的室内举办。我最喜欢在派对上看到好朋友或同班同学——这帮在学校里十分拘束的家伙，在这种场合却毫无禁忌，释放自我。但我常常是会把派对上没喝完的半瓶伏特加拿走独享的那个家伙。我就是想喝酒，这害得我每次都特别狼狈地结束派对——又哭又叫，折腾不停，还得给父母打电话。其实我只是想体验一下放纵的感觉，不想受到约束罢了。

我在奥克尼曾和中学的朋友们一起吃过我们从田里采的迷幻蘑菇。吃完之后，我们一起穿过墓地，在港口小镇附近溜达，我竟把嘴贴上了教堂的红色大柱子又亲又咬。然后我飙车二十英里回到农场，路上特意停下来等绿灯——其实那信号灯根本就不存在。待我终于回到家里，我赶紧打开笔记本，急切地记下当时正在消退的吃迷幻蘑菇的感受。

我第一次离家去上大学的时候，酗酒的程度对于一个学生来说尚不算太严重——至少没有过特别难受的宿醉。对于一个来自乡下、习惯登高爬低的孩子而言，学校或夏令营组织的活动实在是太容易对付，因此学生组织搞的活动对我而言是远远不够的。我便自己找到了麻醉药俱乐部和户外狂欢大会，一般都是带我弟弟一起去玩。为了消除周末在“迷药派对”上的罪恶感，我会用星期一到星期五的时间拼命读书写随笔——往往是就着酒完成的。然而，年复一年，我的情况越来越糟糕。身边的人都越来越少饮酒和参加派对了，我却越喝越厉害，一个人也要去玩。

在伦敦，几个月倏忽而逝，情况毫无改变。我浑浑噩噩过了几年，一直是处于“等待”的状态——等周末，等我的文章发表，等宿醉过去。我被酒精控制住了。别人都在努力工作，顶多晚上去泡泡酒吧，尽量让自己在伦敦的生活步步上升。而我总是在喝酒，跟别人打电话抒发着一腔“襟抱未曾开”的仇恨，一边还尽可能掩饰拉开听装啤酒拉环的声音。

有一张照片在不经意间拍下了我的真实状态。当时的男朋友说我看起来总是那样子的：一脸不可理喻也无法自控的悲伤神态。

我又重新找了一份临时工，上班要换乘公共汽车。我暗暗琢磨，在新公司里我是会获得回家般的亲切感，还是会仍被大家打入另册、永远防备着？忙了一整天，晚上回家后，我靠着墙站着，感觉身子似乎在往下滑。忽然心里有一阵狂喜闪过，似乎生活中的一点点小事都包含着无限的乐趣，让我开心，给我安慰。我觉得自己其实是个幸运的人，只是我没办法长久抓牢我的幸运。可到了下个周末，我的情绪又低迷回落，一整天都赖在床上，把眼睛画得跟熊猫一般，听某处传来砰的关门声。此时北方正处于极夜，终日是夜，波涛翻滚，唯有偶尔出现的极光会点亮天空。

有时，凌晨两三点，因为喝得不够多没办法入睡，我便悄悄溜出公寓，连灯也不开，直接搬出自行车摸着墙走下窄窄的楼梯，骑车上街。夜晚的空气清新凉爽、沁人心脾，渐渐安抚了我身心的狂躁，我的头脑也如晚风般变得冷静清爽起来。

骑车的时候我从来都不会觉得不开心。我从不开车灯，也不戴头盔，因为心里把方圆五英里之内哪儿有二十四小时营业的车库和售酒商店记得清清楚楚。对当时的我而言，这些地方是城市中的绿洲。

等绿灯的时候，我的脚在车镫子上随时准备全力踩下去。在全速前进时，我仿佛融化在微风中，轻滑过街角。从哈克尼路到贝斯纳尔·格林街，只有我和零星几辆孤单的出租车、公共汽车。我就像一只在湿水泥地上走过的猫，永远地留下了自己的脚印。

运河切开了这个城市，那是我见过的水位最低的时候。水里除了空易拉罐和塑料袋，还有数码相机、锯子、水果和便携式小轮自行车。我飞快地骑着车，全然不在意昆虫撞到我身上、树杈剐了我的手脚。我还看到过一只泡胀了的死狐狸漂在运河里。

五月我过生日的时候，我给自行车车座上绑了五颜六色的氢气球，又在车筐里插了一大把鲜花，然后从公司骑着车直接就上了伦敦大桥。接下来，我横穿整个伦敦市，骑过了中心街区肖尔迪奇区，沿哈克尼路就回到了我和男友同居的公寓里，告诉他我丢掉了工作。在伦敦，若赶上了交通高峰期，你便会被汽车尾气包围，且因不断有货车鸣笛插队而寸步难行。然而我是晚上骑行的，所以格外顺畅，速度也相当快。

骑车时，我尽量不去想丢工作的事情和生活中其他令人失望的种种。空气变得温暖起来，货车载着次日的报纸或袋装面包从我身边驶过。一路都是绿灯。一个戴着帽子的大帅哥站在公共汽车站等公车。头顶上盘旋的警用直升机也并非在监视我。我试着呼吸了一口黎明的空气，意识到自己想念蓝天了。

我继续骑着车，追求那种“逃亡”的感觉。我觉得这就像我十几岁还住在乡下的时候，一个月圆之夜，月光洒在海面上，那景象如此诱人，以至我走出房子，信步走到了沙滩上。我根本不需要火把照明，因为路上水坑倒映的月光就足够明亮了。涨潮的大浪使海湾水位高涨，我站在背风的沙丘后面，抬头仰望那一轮完美的满月，其皎洁之光照在滔天大浪上，形成了一条亮闪闪的海上光路。回头去看身后的农场，漆黑一团的岛屿仅被月亮和星星照亮。除此之外，便是人家窗口的灯光和我手里打火机的一点点火光了——还有我点燃的香烟头上那一小点红光。回农舍的路上，我看到大雁在月光之下的云间飞翔。

★ ★ ★

在一个温暖、疯狂而又满怀希望的夜晚，我想要骑车到汉普斯特德西斯[1]去看日出。然而，在沿河小道上，我在一个急转弯处骑得太快导致车子倾斜失控，一下子跌到了运河里，脸颊直接拍到了水面上。自行车的重量把我拖进水里。在被淹没的几秒钟里我拼命挣扎，终于拖着湿透的身子爬到了岸上，躺在岸边犹如出水的鱼般又挣扎了一阵子才罢。我右脚上的鞋子掉在黑沉沉的河水里了。

我起身把自行车从水里拉了上来，然后找到了我的笔记本，把纸页间的水挤了出来。我穿着一只鞋，流着血，推着自行车，一回家就扑到男友怀里痛哭。这样的情形没有持续多少时日，终有一天他无法再忍受我了。

① 汉普斯特德西斯，即汉普斯特德公园，位于伦敦市北部，周边有国会山，可远眺伦敦全景。

6 万物随风

我听说，在伦敦总是要不停地找工作、找房子、找恋人。但我没想到我会轻而易举就同时失去这三样。

我是哭着醒来的。那天是五月一日，原本对我而言应该是个充满希望和欢乐的日子，但前夜的种种令我不安，那种让人不踏实的气氛悄悄侵入我的房间，蔓延到我的睡梦中。虽然长久以来我早已预料到某些不幸即将降临，然而我没想到竟这么快，说来就来了。我男朋友都没跟我说一声，就请了一天假收拾行李，把他的衣服和杂物与我的分开，也狠心地将我们这两年不分彼此的生活划分开了。待我下班回家，屋里只有我的东西了，而原来他在的地方，只剩下灰尘。

他走之后，我花了一个星期的时间独自躲在公寓里，连公司都不去，结果公司通知我被解雇了。因为我没上班，所以错过了公司解雇的提前通知。我们俩曾经共享的爱巢如今已被我毁掉了——我用蛮力摔摔打打地重新摆了家具，在墙上乱七八糟地写了许多诗，书本和照片统统丢在地板上。我根本就无法面对一个人的生活啊！

我随手把一个苹果往墙上摔去，它落到地板上，就一直烂在那儿了，直到某天前男友为新房客打扫房间时才把它清理掉。他警告我说这是最后一次，以后不许再这么做了。听了这话，我拿起透明胶带，粘了几根他的胸毛下来——那些胸毛曾经经常贴在我的肚子上——然后把它夹进了我的日记本里。

前男友和我分手，近乎夺路而逃。他从来都没打算和一个爬电话亭子的野丫头认真。是我紧紧抓住他不放的，就好像一件紧身衣般拼命束缚住他。

我们第一次见面时都是喝醉了的，后来也一起喝酒，但从某天开始却不这样做了。吃饭时我们从不喝酒，只要我喝了酒，他就绝对不会碰我。有时他下班回家晚了，便会发现我已喝醉倒在地板上。每到这时他便会使劲从我手里抢走杯子，把瓶子里剩下的酒倒进下水道里。而我则会哭闹着说自己喝酒也没什么错，我有喝酒的权利。他只有在和朋友们出去玩时才会小酌几杯，但我却是自己藏起来喝——不让他看见，不让任何人看见，只有我自己。我会假装家里始终只有那一瓶酒，一直没喝完。后来我才知道，他早已听说了我越来越频繁地去买酒的事情。

我们越来越少深情对视了，我却仍拼命从他身上榨取那最后的一点点爱情。

当时我觉得，那年的五月是我这辈子最糟糕的岁月：我在办公室里瑟瑟发抖，一大群束手无策的同事围着我不知所措；一顿午饭的工夫我竟抽了九根烟；我在手机里下载了一个让我沉迷其中不可自拔的程序；我拼命买根本穿不上的小号衣裳——比如在达尔斯顿百货公司买的那条黄色紧身牛仔裤；我在沙龙活动中染了睫毛，结果导致了过敏；我面试了四次，也被拒了四次。

我和母亲一起在西班牙南部度过了八天，我希望那里的骄阳能够把我脑海里的糟糕事晒化掉，然而并没有。于是，我用红色圆珠笔在我的日记里写下内心的种种沮丧，喝一欧元一听的啤酒，在酒吧里看欧洲网络歌曲大赛。虽然我不会讲西班牙语，却还是希望谁能过来跟我聊聊天。

为了打发掉一个下午，我常常用失业救济金去买冰咖啡和政治杂志。我会叫一份土耳其炖菜送到我单独使用的桌子上——桌上乱七八糟堆满了纸张、日记本和手机，我看起来好像是个有好多事要做的家伙。另一张桌边，六位沉默寡言、怏怏不乐的女客戴着兔子耳朵的头饰，大嚼油炸食品。

我成天漫无目的地浏览网页，却没有想出下一步该怎么走。我骑车出门，装着一肚子的困惑，在伦敦东区瞎逛。那段时间，我饮酒多过吃饭。

★ ★ ★

在奥克尼土语里，“迁徙”指的是“搬家”，说这话时往往带着不赞成或怜悯的色彩：瞧那两个脑袋空空的英国人，在哪儿也不肯安顿下来好好过日子，整天因为缺钱而迁来迁去的！我在伦敦过的就是整天“迁来迁去”的日子，但我倒是蛮愿意这样做的。我愿意整天搬家，这样周围人就不会注意到我，但其实我只是从一片阴影挪到另一片阴影中罢了。

我把我的东西打包存到公共储物柜里，然后搬去和我弟弟住在一起——他当时正跟女朋友同住在达尔斯顿。弟弟可以帮我搬东西，却不知该如何安抚我无边无尽的痛苦和越来越缺乏自控的状态。

我弟弟汤姆只比我小二十个月，从小我们便一起穿大人的夹克衫和雨靴，一起到拖拉机上去玩。我们喜欢爬到屋檐下的干草垛上，闻着干草发出的甜丝丝却又充满尘土的味道，看老鼠在其间钻进钻出。我们还会到粮店里去，让谷物如流沙般从手指缝漏下去。到了夏日，我们便和朋友们一起到岩石间的小水洼里游泳——那里的水总是冰凉的。除此之外，我和弟弟也从羊群里挑选又瘦小又畸形的羊羔，用奶瓶喂养它们。

在剪羊毛的大篷子里的地板上，放了一个由半辆房车、半艘渔船的驾驶舱组成的“小屋”。每到剪羊毛的时候，我和弟弟便会从这儿跳到柔软而带着点羊油的装羊毛的大包上。青春期时我常会对弟弟咆哮，把他轰出我的房间，但有时我们一起沿着斯盖尔湾骑马，在沙滩和浅海里驰骋，惹得那些游客纷纷为我们拍照。我是个毫无模仿天赋的人，他却擅长表演，所以我常常让他演一些具有典型奥克尼性格的人：我们小学的校车司机，这位司机在工作之余会去猎兔子，还往屠宰场跑；给我们做晚餐的那位夫人，她最喜欢吆喝“慢慢吃”；还有在奥克尼电台播报新闻的那个人。

后来，汤姆跟着我一起去城里上了大学，又一起去了伦敦。在伦敦，我们俩有很多共同的朋友。后来，汤姆看到了我醉酒后在网上写的那些忘情之语，也因为心疼我，即使深夜我打电话他也会接听。有一天晚上当我被陌生人袭击之后，也是汤姆立马赶来把我从医院里接出去的。

我知道，住在汤姆家的沙发上只是一种临时性的安排，我必须赶紧给自己找个住处。我到网上去看租房广告，很多广告把房子描述得"令人心动""充满创意"，那种热情简直就像要教唆人嗑药似的。我拎着一瓶酒坐在公园里，或者握着一听啤酒坐在能上网的咖啡馆里，给那些房产中介打电话，告诉他们我的详细情况，请他们安排看房。我在地图上标出房源的地点，我只看从哈克尼区到陶尔哈姆莱茨区之间的房子。

我看了二十多套房子，都是跟人合租——有朋友，也有不认识的人——反正都是些想住高租金的好房子所以不惜拼屋，宁愿五个陌生人合用一间厨房的人。有些二房东还非常自豪地告诉我，他们是可以提供起居室的——其实那"起居室"小得仅仅能放下一张沙发。还有一套由仓库改装成的公寓，只有一张小床，连窗户都没有。我看了，忽然想到把自己关在这里一个人看书喝酒也不错，因此便对带我看房的人说我就要那间了。可惜后来他们还是租给了别人。

一个星期六下午，我还看了哈格斯顿的一座塔楼里的一间屋。这座楼的窗户不是坏了就是打不开，窗帘掉了，屋里充斥着嘈杂的音乐声，还隐隐有一股大麻味儿。我赶紧把有人抽大麻的事情告诉了房东。后来我又去了哈默顿，在那儿遇到了两个自称是演员的女孩子，也刚刚搬来。她们的公寓又大又敞亮，还有英俊帅气的男朋友帮她们搬行李和家具。这两个姑娘请我喝了一杯薄荷茶，问我为什么找不到地方住。我给她们讲了我的故事，但她们听后却选择了跟其他人合租。

一个晴朗的晚上，我骑着自行车去克莱普顿看房，后来又去了哈克尼地区最便宜的地段，看了一处就在奥运会赛场边上的窗户灰暗的房子。这里的二房东是朋友的朋友，比我年轻，是个90后。他租给我一间带维多利亚式露台的小屋子，因为床边就有窗，所以随便我在屋里抽烟喝酒都没关系。几天后，我搬了过去。

我努力想弄明白为什么又丢了一份工作。我其实早已预料到这次被炒鱿鱼的可能性，只是想要分析出自己被解雇的深层原因——我仍是那副老样子，因此丢工作在所难免。我已完全丧失自制力了。

我原本以为我可以重新做人——有一个在出版行业里做事的机会。然而上班后我却仍玩得很疯，该交稿时一拖再拖；晚上混迹于不同的夜店，直到早上才回；我迟到早退，周末时间全部用来鬼混，到了星期一顶着一张人不人鬼不鬼的隔夜面孔，还努力想让自己恢复精神。

于是，我又被炒鱿鱼了。后来，失去另一份临时工作时，我是流着眼泪走的，暗自忖度自己的钱还能在这个无情的城市里维持多久。独在异乡，我既百无一用，又思家心切。我想念家乡开阔的景致和大海的涛声。但当我走上伦敦塔桥时，我的心又被伦敦紧紧抓住了。

没有人会在找工作时目下无尘一脸傲气，哪怕是那些唱摇滚的男孩子——外头还有专车在等着接他们呢，又或者是西装革履的男人和坐在我身边的香气扑鼻的女人——她的香水味令我不禁用袖子掩住了口鼻。

我发了很多份简历，大部分都石沉大海。有时我怀疑是因为这个城市里的人实在太多了。我觉得没人需要我，可我又找不到属于自己的空间。原来的朋友们现在四散各地，有了新的生活圈子，也有一些在我和前男友同居时失去了联系。我已不再是朋友圈的中心人物了。

后来我终于获得了一次面试机会，而且是在伦敦第一高楼上工作。我高兴得脑袋阵阵发晕，一面试完，我就赶紧买了听啤酒喝。抬头去看这座高楼，它令我想起老家海岸的峭壁，尤其是霍伊岛那里的悬崖圣约翰海角。那是英国最高的峭壁，我以前在渡轮上看到过它。金丝雀码头[①]那里总是刮风，泰晤士河上的微风在经过高楼形成的风口后，风势变得强劲，使我有种身回家乡的感觉——高楼和家乡的峭壁上都有游隼的巢穴；夜幕降临时这些大厦的楼体上会闪烁起警示灯，如同岛上的灯塔。

虽然我如愿离开了奥克尼群岛，然而那里的一切牵动着我的心，离开它们后便有一种怅然若失的感觉。我心里永远装着老家那片波涛汹涌的大海、无边无际的天空和顶天立地的崖壁。我还记得当时我坐在自己最喜欢的一块岩石上，看着海鸟在天空掠过的情形。“世外桃源”那边原是北极燕鸥的聚居地，如今这种鸟却已越来越少，

---

① 金丝雀码头，伦敦的金融区和商业区。

塘鹅在海边倒越来越常见了。在悬崖边上，生长着名叫“哈迪”的海石竹，里面藏着兔子的洞窟，我时常看见短短的白色尾巴消失在兔窟之中。间或还有海雀的窝。在伦敦的住处，露台貌似很结实的样子，但从另一个角度看，它其实是突出来的。在伦敦居无定所地漂泊时，我觉得自己犹如置身于大浪之巅。

通常我一下班回到家就要喝酒。有时在半路上下了公共汽车，我就会先在公园里喝上几杯。我真是忍不了酒瘾的煎熬，所以后来我在没有被炒的情况下还是离职了。

有一次酒醉之后，我不小心打翻了烟灰缸，一个尚未熄灭的烟头烧了起来。从那以后，一股烧焦皮肤和头发的恶心味道在公寓里弥漫了好几个星期。

后来我们发现阁楼上老有咯吱咯吱、唰啦唰啦的声音，原本以为是苍蝇作祟，后来房东派人上去看了，才发现那里有个烟囱的洞眼，困了一大堆鸽子在里面。就在我们起居室的正上方——也就是我们的头顶上——有一大堆早已死掉腐烂的鸽子。

那个夏天我觉得我根本就不是在正经过日子，而是纯属鬼混。我的大脑一片空白，浑浑噩噩地过了好几个月，期待自己的状态正常起来，脑袋里却一会儿一个主意，变来变去。天气渐暖，我也因此变得手心滚烫、大腿出汗。我经常在混过一个无聊孤寂的白天后，深夜起身，抽烟到凌晨四点。

远处汽车鸣笛声害得我无法入睡，睁眼到天明，后来我昏昏沉沉，已无法分辨哪一声是笛声，哪一声是鸟鸣。那是伦敦七月一个风和日丽的夜晚，我一直在想着过去跟我睡过的那个人，想象自己正睡在他的床上，琢磨此时此刻他是否正在夜店流连。我似乎在回忆过去我们做过的每一件事，甚至还能唤醒当时的那种感觉。我记得很清楚，我们曾在艺术学校的屋顶上做过一次，在混凝土块和破损的雕塑之间。我还想起了我们在一起后的第一个星期，我们相拥在那个没有窗帘的屋子里，看着外头的电闪雷鸣。有时我们会一起躺在床上看飞机从伦敦上空飞过。我俩甚至还创造了只属于我们的语言呢。

直到那天早上，我才心碎地想起来，我已失去我的爱人了。他离开我的时候，我心痛地倒抽了一口冷气，这口浊气至今都还憋在我心里没有吐出来。

7 触礁的渔船

一月的一个下午，那天是我弟弟的十岁生日。我们正在农舍的院子里玩，忽然电话铃响了——肯定是“世外桃源”那边出了什么事！

父母领着我和汤姆穿过院子，奔出大门，朝海岸奔去。一路上，我们见到很多邻居也正往相同方向跑着。这情形令我们陷入了一种紧张的沉默之中，不由得加快步伐。待我们赶到悬崖边，这样的画面映入眼帘：悬崖下面，一艘大渔船撞在了一大块露出海面的倾斜的岩石上，搁浅了。波浪打来，船随之摇晃，很难判断究竟是要把它推回大海还是索性拉上岸。

那时虽是下午，但天色已渐渐暗下来，开始涨潮了。一个浪头打来，随着可怕的咯吱声，船身噼里啪啦地开裂了。这艘船曾经坏过，修补得又不得当，因此这一下子船身就破裂了。它被卡在了岩石缝儿里，就算用拖船，也根本没办法把它拽出来。

这对我们这些悬崖边的居民而言着实是个灾难。很快就来了海岸警卫队的队员，他告诉我们，不用寻找这艘船上的渔民了。因为几个小时以前，趁着天黑，他们已经爬出船，顺着岩石爬上了悬崖。他们并没有到农场人家去投宿或求救，相反，他们直奔机场，坐上最近的一班飞机离开了奥克尼群岛。

《土地自由保有法》在奥克尼群岛和设得兰群岛这样的欧洲北部地区仍然适用，它规定了我们这种地方的人对海岸线的拥有权与英国其他地方有所不同。在英国其他地方，所谓土地拥有权，指的是高出水位线的土地，然而在奥克尼却指春天潮水最低时所露出的全部土地。另外，还有其他相关权利：抛石可达到的最远距离、马可涉水行走的最远距离、捕捉鲑鱼的渔网可抛到的最远距离，都属于我们拥有的土地范围。根据这项法律，如果什么东西落到了我们这里谁家的岸上，那它就是这家的财产。

发现搁浅渔船的次日，我们本地的农民们觉得到了去拿“合法财产”的时候了，于是按照头天那些渔民爬上悬崖的路线顺悬崖下去了。我看到父亲是第一个，他腿长，一爬到船上便转身接其他人。我们都屏住了呼吸，希望他们的重量不要压翻了那艘船。父亲他们进了船舱，在里面待了好几分钟。虽然离得太远看不清楚，但我感觉到他们特别开心，他们抱回了一些计算机之类的电子产品。

接下来的几天，农场的活儿虽然没落下，我们家的一间牛栏却成了电子导航设备和捕鱼仪器的展示大厅。来自奥克尼群岛各个角落的渔民都赶来观看和购买这些东西。获得这些东西的几个农民给保险公司交了五百英镑后，便可自由拍卖他们从船上搞到的这些东西了——利润翻了好几倍。

几天之后，起风了，那艘渔船被推下了它的搁浅地。一夜之间，不断撞到岩石上的巨浪就拍碎了它，只留下零零星星的几小片漂浮在海面上，被海浪冲上了岸。

二十年之后，我就如当年那艘渔船一般，落入了风雨飘摇的境地。我白天时衣冠楚楚、举止正常，到了夜晚却成了见不得人的酒鬼。这种分裂状态正在摧毁我，那时已能看出端倪了。酒瘾上来时，我的背部很痛，手抖得厉害，神经质地把玩香烟。我进入了一个危险的死循环——我喝酒是为了缓解自己大白天就酗酒的羞愧之情。

在合租的公寓里如我这般酗酒，实在是太讨厌、太富有戏剧性，也太愚蠢的一件事，会给同屋带来很大的麻烦：我深更半夜要做下酒菜，把公寓里弄得一团脏乱；因为买酒后就没有足够的钱去买食物，所以我经常蹭吃室友的；他们的酒被我偷喝了，于是他们把酒藏到另外一个地方，我又找到偷喝，他们再藏到一个地方……我常常会问他们借上十英镑或二十英镑，到外面去买酒喝，直到发薪日才能还上；我的房间永远是房门紧锁、窗户大开。

有些酒瓶和易拉罐我会拿去废品收购站卖掉，剩下的则装到一个大袋子里偷偷丢进马路边的垃圾桶里。我把租的房子弄得跟鸦片鬼住过似的，终日弥漫着一股子烟酒味。在我房间里，连衣柜最底层都塞了空酒瓶子，喝空的易拉罐顺墙边排成了一溜。

我的行为让这套房子里的所有人都十分紧张：多大声的噪音我都能弄出来；我会借星期二晚上的派对把陌生男人引回家；还有，我经常丢三落四，把手提包忘在门外，把自己的东西丢在楼道里。每每出了这种事情，我都会躺在床上好几天，抑郁得不行。

那时我常常陷入可怕的状态，但是身边人并不知道，其实我也不愿意让自己落入这种境地。当时那些敢于和我谈喝酒问题的人我至今记得，也毕生尊敬他们。他们和我谈这事时，我会连连点头答应，甚至会掉眼泪。但是谈过之后我又会可怜自己、为自己酗酒开脱："您为我担心，真是太好心了。但我是因为痛苦才喝酒的。"因为我不听劝，所以劝我的人都离开了，我便又随心所欲地喝起来。

我并不是因为和前男友分手太痛苦了才酗酒的，虽然我常拿此事当作自己狂饮的借口。当我仍和他在一起时，有一次我去位于伦敦中心地带的酒吧参加某个朋友的生日派对，我只待了一个多小时，喝了两杯酒就走了，说自己累了、身体也不舒服，还要回家去写稿子，然后就匆匆回家去独饮了。我一个人喝闷酒时，速度远比和朋友们应酬时快得多。那天晚上是我第一次为了喝酒而离开朋友。突破了这条底线之后，我便堕落得越来越快了。为了酒，我把公司的警告、医生的劝说和家人、朋友、法律统统抛到了脑后。

我真希望在我的头脑中有一个"格式化"按钮，让我可以把过去的一切都忘掉，当我因楼下的噪音而无法入睡时，就不会躺在床上为过去之所失而伤心了。

在床上躺着，我忽然想跟前男友说说话，于是我一个人喃喃出声："我是这个城市为你而闪烁的光芒，无论你身在何处，我都能给你温暖和安全感。"

身边人渐渐都知道我是个大麻烦了，所以很多派对都不会再邀请我参加。我这个动不动就哭哭啼啼的丫头成了一个大包袱。有一个星期六，发生了一件事情，这令我也意识到自己实在是个闯祸精。当时我真的没想用酒瓶子去砸那个女孩的头，然而在酒吧里的众人看来，我就是这样做了。瓶子摔碎了，引来一片惊叫声。我当时不过是想把那个酒瓶子扔到桌子上而已，谁想到它竟会伤及无辜？被砸到的女孩一直惨叫不已。我那时才明白，无心也可能办错事。

很多次我都意识到自己酗酒实在是个大问题，也想要寻找改变的方法。我去参加了“匿名戒酒会”。一次在霍尔本参加完匿名戒酒会的活动，我坐在教堂外的台阶上，一边喝奶昔一边看路人骑着自行车从我身边掠过，心情真是前所未有地安宁平静。然而好景不长，就在那个周末我又不行了，从下午两点一直喝到了次日凌晨两点，喝醉了之后还爬墙，甚至光着身子跳进一个陌生人的公寓里。

我曾有过一个月之内两次上法庭的记录：第一次作为罪犯，第二次作为受害者。在此之前，我只在作为报社记者采访时才去过那种地方。

听从一位医生的建议，我开始每周五下午去找一位辅导老师。老师让我写“饮酒日记”，我也答应她一定控制自己的酒精摄入量。那天去见过老师之后，晚上我只买了两罐啤酒。然而，半个小时后却又回去买了更多的酒。虽然我几百次下决心要把饮酒量控制在两罐啤酒以内，却一次都没有成功过。我的夜晚时间都用来窝在床上喝酒了，愿意跟我说话的人越来越少，我心里原想着，如今我恢复单身了，岂不是“参加晚宴”“把我的作品推荐给各位编辑”的最好时机？然而我所做的只是哭倒在医生面前，早上醒来时的情绪越来越低落，身上还有我自己都不知道怎么弄的瘀青伤痕。

我其实挺喜欢一个人在伦敦市内漫无目的地瞎逛，独坐在双层巴士的顶层，端着一听酒边喝边看风景。然而这件事到了晚上该回家时就会变得特没劲——我肯定已经喝得流口水了，而且还会倍感孤寂。我从来都不曾彻底放弃自己，因此我一直都会尽量努力工作，尽量好好吃饭，尽量让自己别脱离社会。但是这种努力痛苦而疲惫，想要保持不良嗜好与正常生活之间的平衡，简直犹如想要把自己粗糙的边缘磨光滑一样令人痛苦。

后来我又搬到位于陶尔哈姆莱茨的一个街区。渐渐地，我的新室友也发现我有独饮的毛病，藏在屋里喝过酒之后就会出来撒野，于是室友也向我提出了这个问题。现在我对别人发给我的那种“咱们谈谈吧”的电子邮件已经习惯了，它会让我感到一阵恶心反胃。我知道我一定没办法改邪归正，只会让找我谈的人再一次失望。缺钱的时候，我只能靠借债度日，甚至会在买酒时央求便利店老板给我赊账。这种时候我都会尽可能不让室友和邻居看见，但我知道他们能听见我夜里的哭泣声。

用不着再有什么其他的麻烦，我和周围人的相处问题、别人丢失东西以及被我弄坏的东西的赔偿问题，已经足够糟糕。最糟糕的是我的精神状态。我开始有了自杀的念头，且越来越强烈。我已无法控制自己的情绪，思维和行为也开始混乱——不可阻挡地越来越混乱。前男友不爱我了，可我想他啊！我不知道该拿自己怎么办才好。接下来我该怎么做，我该怎么摆脱惨遭抛弃的痛苦？周围人常说：“你得改掉酗酒这个毛病啊。”但是当我想起前男友的种种时，我该怎么办才好？我觉得自己就像一只四蹄朝天、被卡在石缝里的羊，明白自己这么下去会窒息死掉，可又觉得就这么躺着倒也挺轻省，比翻过来容易多了。

几个月过去了，冬天的时候，我回了一趟奥克尼，那简直是一趟灾难之旅——我进了警察局，好容易到夏天出来了，又找不到工作。我简直不敢相信一个人会陷入悲伤逆境这么久都不能自拔。因为太恐慌太焦虑了，我连很多规则和安全准则都顾不上遵守了，简直成了习惯性痛苦的精神奴隶。我整天都眼泪汪汪的，头疼起来能疼两星期，夜夜噩梦令我无力挣脱出来。我已误入歧途太远，不知该如何回归正轨。睡在乡下老家的农舍里，我瞧着窗帘上的图案，能够感觉到一阵阵的震颤，痛苦记忆犹如狂风般再次刮过我的脑袋，让我简直难以忍受。

在伦敦的那几年，每件事都发生得太快了，所以我才会渐渐失控。这座城市对我相当苛刻，我无法做出该何去何从的抉择，因而只能选择逃避，用酒精来缓解自己的焦虑。

面对那些过高的要求和无尽的欲望，我无能为力，十分无助。我总是失败，什么都抓不住，越想达到的目标反而离我越远，除了哭还能怎样呢？

我已没有其他选择了。我可能会落入更糟糕的境地——遇到更多麻烦，甚至在伦敦混不下去。对我而言，目前也只能如此了。有天晚上的某一瞬间，我忽然精神振奋、野心勃勃起来，好像忽然看到一线光明般，发现重归清醒正常的生活对我而言不仅是一种可能性，而且是充满希望、令人向往的。我怀着这样的愿景，告诉自己这是我人生最后的机会。如果我仍不肯改变，我以后只会更加痛苦。

8 活着的遇难者

我趴在地板上，后背拱起，胳膊背在身后，十指交叉，努力控制住呼吸。老师让我们尽可能保持这个姿势不动，他告诉我们：“这个动作是你生来就能做的。”话音未落，我便跌倒在地，大家都笑了。

难道我以后的全部人生就是和一帮酒鬼、瘾君子一起，在戒瘾中心的地毯上练瑜伽，企图借此来缓解身体上的痛苦和精神上的折磨吗？有一些高难度的动作，我们一做就是三十遍！不过老师倒是承诺：“练成之后，你们会身轻如燕、几可飞翔的。”我们这帮瘾君子最渴望的就是“白日飞升”的感觉呀。

然而，一个多月前的一个早上发生的事情，在我的宿醉史上其实并不算大事，却令我最终下定决心接受治疗，彻底戒除酒瘾。那一天，我上班迟到了，且因为酒后口渴和心慌而不断地抓挠自己。其实很多个酒后的早上我都是这副德行，只是那天我的精神忽然就崩溃了。绝对不能再这样下去了。我记起了那天晚上我曾萌生的戒掉酒瘾重新开始人生的美好设想。于是，我坐在公共汽车里给老板打了个电话，说我想和他谈谈。

去戒瘾中心着实花了不少时间，学会正视我所处的窘境也费了不少劲。在我更年轻一些的时候，我是绝对不会去那种地方的，然而我已进入而立之年，我明白生活绝对不会如我预期地进行，也不想着秀幸福什么的。

我读了一些过去写的日记。在我十八岁离开奥克尼老家之前，我曾列过一张单子，上面是我想要做的事情，还配上了一句非常深刻敏锐的预言："艺术、时尚、文学和摇滚的世界都太吸引人了，很容易就诱我堕落。"十多年后，我确实享受过很多快乐，也经历了不少故事，然而却岁岁年年地生活在自我毁灭的行为之中，孤单寂寞，毫无满足感。

那些年，我偶尔也会看透我酗酒问题的本质，却无力采取行动去解决。这个问题其实我已和别人谈过多次。我总想着，再痛饮一次，我便改掉这个毛病，重新做人。

我曾经有过三次很认真的戒酒经历，且每次戒酒的成果都维持了一个多月的样子：第一次戒酒是为了让我的前男友别离开我；第二次是想要保住工作，采用了会引起酒精过敏的药物戒酒，可惜毫无效果；第三次是在前一年夏天，当时是为了不被合租的室友轰走才戒酒的，可惜也以失败告终。这一次，我已失去了男朋友、住所和工作，所以这次戒酒可真就是为了我自己。我决定先搞定这件事再谈其他，因此我辞掉了刚找到不久的新工作，直接去看了医生，并在医生的推荐下去了那家戒瘾服务机构。

那里绝非什么世外桃源，等候室里破旧不堪的椅子和工作人员怠慢的态度让我想哭。还有那股气味——在我伦敦的住处，我的卧室也是这股病态的味道。还有，我们乡下家里生了病的山羊也会有这股味儿，这种情况下我们只好在它身上盖一个红色的 × 形的戳儿，把它带到市场上去卖掉。这股味道并非酒精味儿，而是生病的人或动物因为器官腐烂，比如肝肾受损而产生的有毒的恶臭，通过皮肤毛孔、指甲，甚至眼睛等散发出来。

我记得小时候家里有羊快死的时候，它们身上就有这股味道。一天早上，父亲走进羊圈，发现二十多只母羊都躺在地上，身子肿得像气球似的，其他的羊都围着它们。那天夜幕降临前，父亲把生病的羊赶进了另外一个新圈里，还让它们在进去之前都吃饱了草。父母努力救这些母羊，帮它们排出肚子里的气体，整个过程让我和弟弟汤姆看得胆战心惊。不过大部分病羊被治好了，最终死掉了五只，几天后又有两只先后死掉了。

★ ★ ★

我请求接受住院治疗，因为我希望被关起来强制戒酒。戒瘾机构却认为我是介于“酒精依赖”与“酒后伤人”之间的酗酒者，还是参加“日托式戒酒治疗”比较好，费用也更低廉，晚上可以回家去住。在为去戒酒中心——这次治疗是我戒除酒瘾的最后一次机会——做准备的两个星期中，有一天我又喝得大醉，然后给家人打了个电话，跟充满疑虑的母亲说我的戒酒计划，说到半截儿她就把电话给摔了。后来当我跟父亲说我要花上三个月时间戒酒时，他满怀同情地说："我这辈子一共有三年的时间都住在精神病院里，我希望你不用把这么多时间花在戒瘾中心。"

我们先进行了一个星期的"集体排毒"，每天去戒瘾中心吃镇静助眠的药物，因为熟睡后不管什么瘾都不会发作了。醒来后做体内酒精含量测试，做过之后再带上更多的安眠药回家去服用。就这样，我开始了为期十二周的戒瘾治疗。我当时所去的那个机构至今仍是由当地政府全额投资运营的，拥有全职心理辅导人员，最多能接收二十人。虽然它的"逃走率"也相当高，但从2006年到我进入中心时，总共已有超过一百个瘾君子治愈出院了——他们完成了长达十二周的治疗，戒掉了毒瘾或酒瘾。

在戒瘾中心的第一天过得怪怪的。首先，我被迫做了个尿检，而且采尿样时必须开着厕所门！不过很快我就没什么不好意思的了，因为我们每周都要做两次尿检和呼气式酒精检测。在戒瘾中心，我们是不许喝咖啡的。虽然我晚上可以回家住，但在最初的两个星期，每天我出去吃午饭时都会有专人跟着我，以防我去酒吧喝酒或去泡咖啡馆。

我们是十个人一组，我们这组中只有我和另外两个人是"只有酒瘾问题"的，其他人都是多种毒品上瘾。但看人不能只看表面——我发现有些人的耳朵里贴着小膏药，开始的一个星期，我还以为这是什么黑帮标志，后来他们告诉我那膏药其实是上周针灸治疗时贴的。

每周的一、二、四、五，从早上九点半到下午四点半，我都要去参加戒瘾中心的治疗。除了每周一次的单人面对面治疗以外，其他时间我们都是集体接受治疗的。每天的四个治疗环节包括：群体治疗、每周一次的“自我清洁时间”、关于营养学和血液病毒传播方面的讲座、关于“预防复发”“自尊自重”等内容的主题研讨会。

每周三是休息时间，我们可以用来约医生单独治疗、总结已取得的成绩、见感化人员或整理内务。另外，作为戒瘾治疗的一部分，除必须在中心治疗外，得再参加三次匿名戒酒会或匿名戒瘾会的活动。

到戒瘾中心的第一天下午，我们有一个环节是与一位七十多岁的修女见面，她曾在戒瘾中心和监狱里服务了许多年。她讲着讲着忽然找不到她一直用的红色马克笔了，其实那笔就放在她面前。有一个已进来六个星期的“老油条”小声对我说：“修女不高兴了！”这实在是个冷笑话，却逗得我咯咯笑个不停。

每天至少有四次，我们拉圈站着，一起背诵“宁静祷文”。虽然这玩意儿对我而言十分陌生，且我对宗教有很强的排斥感，然而现在我却爱上了祷告。这着实让我惊讶。我真是不懂为什么自己会落到这个地步，原本一个来自小岛上的乡下姑娘，怎么一觉醒来，就发现十二年已过去，而自己竟落入了伦敦的戒瘾中心。有时我们还要跟一帮怪人一起到救世军中心或教堂去，用破烂不堪的杯子喝茶，听义工讲那些竟能把屎拉在床上的人的故事，真是可笑。

戒瘾中心的“十二步疗法”中有一条是要求我们“写自己的故事”，然后在小组活动上念给大家。我们都把自己过去的经历写得相当详细，我也与大家分享了过去那段既惨淡又丢人的生活。这些经历我之前从未告诉过任何人，因此我们之间一下子就建立了信任感和密切关系——和我之前的任何人际关系都不一样。我们的交流与过去我喝大了之后的倾诉或夜谈不同，因为到了第二天我仍然能够记得自己都说了些什么。

我表现得很努力，尽量坦白地回答每一个问题，也在别人回答时认真倾听。我真心希望自己能够成为戒瘾中心的优秀学员。我们有一项活动是写出自己酗酒的不良后果，写完之后我更加清楚地意识到，酗酒确实是个问题，我去那里的确是个正确的选择。

通过强制禁止自己喝酒、滴酒不沾的方式来戒除酒瘾似乎略显极端，然而我过往的痛苦经历却告诉我，每次我想要控制饮酒量、小酌几杯都以失败告终，因为一旦喝上了就控制不住。因此戒瘾中心给我们定的铁律是“绝对不能喝第一口”，因为酒精会令你“失去自制力”，且喝过一次之后，每天到了那时候都会想喝酒。这样的理论认为，我是靠两件事情活着的：嗜好与渴望。其中，所谓的嗜好就会导致我酗酒的行为。虽然我不希望自己有嗜好，但它却会一直存在于我的身体里，虎视眈眈，随时准备爆发。这玩意儿会伴随终生，所以我需要对它特别警惕才可以，绝对不能破戒喝第一口酒。一旦我开了这个头儿，往后就又会迅速沉沦了。

在我们饮酒的时候，酒精——或者更准确地说是乙醇——会通过胃壁进入血液，然后流进大脑，让人的神经迅速松弛下来或兴奋起来，这就是我们容易对酒精上瘾的原因，它可以成为减轻压力或处理焦虑情绪的好办法。因为长期依赖酒精，我的神经已受伤至深，无法被彻底修复了，因此我这辈子都将是一个容易对各种不良事物上瘾的家伙。

每天我们的辅导员都会鼓励我们说出自己对每一件事物或小组中发生的每一件事的“感受”，因为瘾君子的情绪反应往往是扭曲或压抑的，因此帮助我们重新建立思维系统非常重要，也正是这些“感受”决定我们会做什么样的事情。在表达“感受”时，我的一位“难友”（我们这样称呼彼此）给大家讲述了他在药物作用下的一次犯罪行为，深刻剖析了自己的内心。虽然他所讲的这些并非真正意义上的“感受”，然而却因为他反复引用“羞愧”和“悲伤”两个词，逗得我们阵阵大笑，从此这两个词成为我们小组的流行语，教室里一直紧绷的气氛也因此一下子松弛下来。

有趣而给人启迪的事情每天都会发生。一天吃午饭的时候，我们聊着维生素的摄取问题（我们中的大部分人都需要口服B族维生素片），讨论这东西有多大用处，是不是通过蔬菜水果来摄取比吃药更好？“我的意思是说，如果你吃了一份沙拉，会不会立刻就觉得通体舒泰？”我说完才意识到，我们可都是瘾君子呀，这样的话题马上就会变成“喝多少酒或嗑多少药才能立马达到微醺的效果”。

一天，两个身穿制服的警察来到我们戒瘾中心了，我身边的大部分男人——一直以来我都是这里唯一的女性——都吓得直冒汗，连外衣都汗湿了。原来这些警察不过是进行例行访问，并非为了逮捕哪个人而来的，然而这件事却令我对我的新朋友们有了更多的了解。

一天早上，我的一位难友穿着一件印有杰克·丹尼[①]的T恤就来了，辅导员跟他说以后不许再穿这件衣裳。他没有意识到穿这个不

① 杰克·丹尼，美国知名威士忌品牌。

太合适，因此我用自己的行为提醒了他：次日我穿了一件印有海洛因的T恤——他是个正在治疗中的吸毒者。

我们如此警惕是有原因的。有时仅仅因为厨房里出现了一只玻璃杯和一听红带啤酒（这是我过去常喝的一种酒），我们就会立马讨论起自己最喜欢哪种啤酒：是散装鲜啤还是听装的高度酒？这样的讨论足以诱发我们的酒瘾。因此，在戒瘾中心，绝对不能像在外面那样用“干杯”来代替“谢谢”，那可是危险禁语。

有几次我们需要出去参加活动——参观城郊农场或参加匿名戒瘾会的活动什么的。这时总会感觉像是参加学校春游或集体越狱：一大队瘾君子集体乘坐伦敦公共交通工具，而且竟然没有辅导员看管我们。我以前从未在其他任何地方参加过这样的活动。虽然戒酒确实痛苦，可这种时候倒真是很快活的。在城郊农场上，我们平静地坐在一块石头上，被三只羊逗得哈哈大笑。一位难友向我展示了几年前他徒手打牛时弄得变了形的右手无名指关节。我注意到这里的羊羔比老家奥克尼的瘦弱多了，地也比老家贫瘠得多，这令我不由得有些想家。

还有些时候，想家的情绪无法排遣，我只好一味地逃避，开始用过去酗酒的方式狂饮可口可乐，还边喝可乐边抽烟，以此来抵挡心事。我咯吱咯吱地“嚼”着可乐，恨不得把自己的牙齿都吞下去，直到把自己累得没了力气为止。我真希望变成医学上所说的“昏迷不醒”的状态。我现在就想看到自己的未来。我也想去关心关心别人，而不要只为自己活着。然而，所有的一切愿望都不如我想戒掉酒瘾那么强烈。可与此同时，我还是想喝。

每天从戒瘾中心回到家，我都筋疲力尽，我第一次努力诚实地面对自己的窘境。虽然忍住了，但其实躺在床上开着窗户上网的我还是很想喝酒的。在夏夜我不愿相信冬天真的会来，就好比每当我想起奥克尼时，只觉得它是一个遥远的梦。

一天“下课”之后，我去探望了几个从戒瘾中心离开的家伙（其中只有一个完成了十二周的治疗，剩下的都只做完八周就逃了。如今他们都住在康复中心里，与二十多个其他方面成瘾的男病人住在一起）。康复中心也是个奇怪的地方，不管是房间的结构、严格的安全门禁系统，还是里面陈旧的烟味儿，都会让人觉得这儿是一个酒店、监狱和学生宿舍的混合体。

其中一个人说他与我同龄。我俩的经历虽不尽相同，但过去几年他也和我一样搞坏了所有人际关系，也丢了工作。他曾吸毒（包括海洛因）好几年，当我去看他时，他已完成了戒瘾中心的治疗，看起来比四个月前到戒瘾中心时干净清爽多了。

他给我讲了许多往事：因为打架和破坏公物，他早早就被学校开除了，然后就开始了贩卖毒品的勾当。许多次他都想金盆洗手，也采取了服用美沙酮处方药和到孟加拉国去净化身心等方式，然而最终都还是复吸了。这一次，他说，他绝对不会再旧错重犯。二月份是他最后一次吸食海洛因，之后他先进入戒毒中心待了二十一天，然后才加入我们的戒瘾治疗小组。他说，能否成功戒掉毒瘾其实是看你有多大的决心，而不取决于戒瘾中心的纪律有多严格。虽然戒瘾中心的治疗程序不利于我的统计，但自打我去之后，身边的十个难友中，一共就只有两个成功治愈的。剩下的人，有的是自己强行走了，有的是因为“无法适应治疗”而被中心要求离开的，还有五个是被踢出去的——因为他们治疗期间复发了（又开始酗酒或嗑药）。

我在那里接受治疗时，进来的人比走的更多，但复发率届届相似。这确实是很艰难的治疗。虽然和那种全日制住院戒瘾一样都要求完全戒欲，也都是采取零容忍政策，然而我们是可以晚上和周末回家住的，每日都要回到现实世界去，面对种种真实的压力和诱惑。

我去探望那些出院难友时，见到了一个在我进入中心后第二周就出院的男人。他也复发了，且外表的巨变令人十分震惊——瘦得只剩皮包骨头，牙齿掉光了，满手满脸都是伤疤（后来别人告诉我那都是烟头烫的）。他告诉我，离开戒瘾中心后，他又去精神病院住了五天，然后还去参加了匿名戒酒会，都是为了在避免再次酗酒的同时让自己好过点。然而他那双已喝到狂野的眼睛却让我知道事实绝非如此。

我最后一次喝酒之后的七十三天，也就是说我参加戒瘾治疗的两个多月里，我最主要的“感受”就是我真幸运。我一整天都在听难友们讲故事，他们倾诉自己在酒瘾或毒瘾复发后有多么“伤心”。有一天小组治疗时，我们组里一个年纪比较大的难友忽然讲起了他的家庭。因为长期酗酒，他已被家人疏远了十多年。他说这么多年来他已学会了不要经常想他们，每晚临睡前，他都会告诫自己不许梦见家人，不管儿女还是妻子都不要入梦。“可是除了他们，我也没有别人好想了。”

还有一位难友已经五十岁了，之前曾是海洛因吸食者，当然也干过贩毒的勾当。一次他给我们读了自己写的“家庭作业”，其中写道，小时候他很喜欢钓鱼，希望能到公海去捕鱼。还写了他曾经有过一位温柔可人的妻子，然而20世纪80年代时她却与他离了婚。听到这里，我们每个人——包括已听过那么多故事的辅导员，还有那些在监狱里过了大半辈子的难友——都忍不住流了泪，懊悔自己曾经浪费生命，没有实现自己的理想，还伤了爱人的心。

我从来都没有注射过毒品，从来都没有当过第三者，也从来都没有在孩子面前服用过致幻剂，当然也没有在俄罗斯服刑八年、在公园里抢劫老人、六进戒毒所都失败了之类的经历。我的家人至今也都还愿意和我说话，我的皮肤也不曾变成病态的黄色。此时此刻，我环顾整个教室，这里的所有人，凡是结过婚的，都已经离婚了，因此我很高兴我不曾结婚，不会因为自己酗酒而害爱人伤心。

能够如此奢侈地拥有三个月的时间，在优秀的辅导员帮助下梳理自己的生活，为重返“现实世界”做好准备，而且我不用花一分钱，全是公费的，这一切都实在是不幸中的大幸。然而因为政府削减公共部门，这个治疗中心也前途未卜了。首相的话说得相当难听，他说英国有许多瘾君子和有进食障碍和体重障碍的家伙（已有八万多个瘾君子失去了工作谋生的能力，其中四万多是酒鬼——然而我的难友们却惊讶于只有这些同类），然而公众却希望自己所缴的税是花在没有误入歧途的人身上。

每时每刻我都非常想喝酒。这种欲望徘徊在我的脑海中，犹如耳鸣般嗡嗡作响。然后我便会做些关于饮酒的梦——比如我把厨房里的一瓶酒打翻了，于是像条狗一样趴在地上舔食，把厨房地板上的脏东西和酒瓶的碎玻璃碴子都一起吃了进去。梦醒之后我总是特别庆幸这不是真的。

有一天下午我们接受了针灸治疗（我们每周都有不同的“治疗任务”），针扎进我们的耳朵里和所谓“第三只眼”的穴位上。治疗结束后我飞奔出去抽了一支烟，然后回来打扫了教室，之后便跳上自行车从一条沿河路骑走了。我的脑袋有些轻飘飘的，花香在我周围的空气中弥漫，河上有橙色的船只，上面有人在招手，远处有卖冰激凌的车，伦敦的天空中是纵横交错的飞行路线。我心里想，这真是一幅野性的景象啊。我忽然发现，在未醉的清醒状态下骑行简直就像旅行一般，我甚至可以像士兵一般骑得雄赳赳气昂昂的。

9 城市漂流

我在哈克尼的住处，一共有六个单身室友合租。我们的房子是一套位于酒吧楼上的、被房东打隔断划分成几间屋的公寓。为了能够多租给几个人，每个房间都小得勉强够一个人容身。房东打的隔断墙薄极了，隔音极差，因此没有人会在屋里说说笑笑，噪音一般是来自电视机。走廊里摆了一台公用洗衣机，我从未见过有谁用它。回家或出门时，我们也都会不约而同地等楼道里清静些了再出入。一起租房的大多是打工仔、离了婚无家可归的人，还有酗酒成性的家伙，反正都是不会在此地长久过日子的人。六名室友明明住在一起，可互相都不来往。

我之所以会去那儿租房，是因为那是全伦敦我能找到的最便宜且能自己住一个房间的地方。我既不愿意求亲靠友，也不愿再度因喝酒问题令身边的人失望。我过去每一次戒酒都失败了，所以这回也没什么成功的信心，过一天算一天。我坐在床头，那点家当就在身边堆着。我抽着烟，望着窗外河对岸新建起的奥林匹克体育场满心焦虑与沮丧。

当初我去戒瘾中心，是辞了工作去的。为期三个月的治疗结束时，我才骤然发现自己再度成了无业游民。我一直因为戒酒而特别小心翼翼，好像一只刚破壳的小鸡似的，我不希望再有什么事让自己决心动摇或恶习复发。我特别关注自己的精神需求和情绪状态——所有的焦虑、疲惫、孤独、饥饿，以前我排解这些情绪的唯一办法就是痛饮烂醉，但这样做对我有害无益。因此，我开始参加匿名戒酒会的活动，避开那些以往常去的地方和人群，同时努力寻找工作——我的简历上因戒酒治疗而出现了一大段时间的空白，真的很难解释那是怎么回事。

我骑着自行车，在伦敦东部地区四处游荡，希望通过游泳、购物、给匿名戒酒会的朋友们发个短信或喝瓶可乐等行为来充实自己，让自己觉得这样就足够了，慢慢变成满足于无酒精生活的人。多年来酒精一直是我的好伴侣，虽然它给我带来了无尽的痛苦，可我还是想念它。

当年与前男友分手时，很长时间我都觉得，一个人过的话，自己动手做饭就没什么意义了，一个人看电影也很没劲。还有，仅为了自己的一双脚走路而把地板擦得干干净净也是很可笑的。我仍在思念他——每当伦敦上空有飞机飞过，我都会想起他，但他却已离我越来越远了。而且，我仍动不动就会想到酒，如果不是为了买醉，那野餐会还有什么意思？如果不是为了“一起喝一杯”，还有什么必要去见朋友呢？

漫无目的又战战兢兢的我，会因任何一点小事出了问题而心烦意乱、忐忑不安，简直都要崩溃了。我绕着金丝雀码头一圈圈地骑车，那里有闪闪发亮的高级写字楼，中餐馆的服务生在门口抽烟，我呼吸着汽车尾气从拥堵的街上经过。我还骑行穿越了哈克尼维克区，我骑行的那条马路一边是公共储物设施，里面塞满了别人的东西；另一边是新建成、尚无人入住的公寓大楼。

我忽然想到，酗酒其实是一种精神疾病，绝非只是一种恶习或因缺乏自制力导致的。虽然我明知自己已够幸运——父母兄弟虽然看着我一次次承诺戒酒又一次次失败，却仍然信任我；我有可能要找到新工作了；由于不再酗酒、头脑清醒，我比以前稍微自信了一些；还有，譬如我骑着车享受伦敦东区的阳光时，知道自己还可以继续享受一个自由自在的下午。我忽然觉得，虽然现在猛灌两大听啤酒会令我感到满足，但那绝非我能够享受的唯一好事。虽然我认为自己大体上还是个正常人，但猛灌酒的想法绝对是不正常的。我得时刻提高警惕。

我那时一直惦记着血腥玛丽①，那是我过去就不怎么喝的酒。“一个人坐在酒吧里，用吸管喝着兑了大量伏特加的血腥玛丽……”当我这样向往时，真的想放弃一切，只要有这杯酒，喝了它就能让我遗忘其他一切了！但我已经懂得，所谓渴望，其实也会时过境迁的。我打算坐而不动，忍住这种“渴望”，看看一个小时以后会怎样。

在金丝雀码头中央地带，有一个很奇怪的街心公园，正隐藏在

① 血腥玛丽，鸡尾酒名，由伏特加、番茄汁、柠檬片等混合制成，看起来很像鲜血，故以此命名。

加拿大第一广场[1]的阴影下。我喝了一杯对我而言贵得离谱的咖啡，看着西装革履的男人和华服美鞋的女人在那里打手机，脖子上挂着大楼的进门卡。就在几个月以前，我也曾衣冠楚楚地到那边的公司上班，而那时我却觉得自己被世界抛弃了——我的打扮花里胡哨，完全不搭调，头发乱糟糟，虚弱不堪，眼泪汪汪。我当初自愿并且愉悦地放弃了这一切，但某些时刻我想，我之前都干了些什么呀！

在康复中心戒酒的那段日子也从其他方面改变了我，调整了我的人生重心。能够沉下心来好好治疗，并且认识了那些或稀里糊涂或深不可测的"难友"，我深感幸运。当时，我和那帮人打交道，他们虽然连读写都成问题，可表达出的感情却每每都能深深触动我，让我完全忽视他们写的东西里遣词造句的错误。他们讲述自己在监狱、医院、旅居社区里的经历，或在俄罗斯、斯特普尼克林等地方的故事，都是我以前只能从电视节目或Twitter上看的。认识了他们之后，我便与我的旧朋友——仍兜兜转转于过去习惯去的那些酒吧和派对，说着和过去类似的话题——有了距离。我忙于梳理自己的思路，请给我一点时间。

骑车的时候我从来都不会哭。每次出了家门，我都会一边骑车在这个城市里穿梭，一边回忆着我的过去。我沿着摄政运河骑，经过那些我曾经在那里堕落的地方。在特拉法尔加广场我停下来，我曾在那里买过一大包新衣服，然后化妆换衣，孤魂野鬼般独自去泡酒吧。我骑过苏荷区，那里有许多家我熟悉的酒吧和夜店。再往下

① 加拿大第一广场，伦敦地标建筑，曾是伦敦最高建筑。

就是布里克集市了，每年都会有精心打扮的二十二岁姑娘三个一组地在那条潮街上走秀。

我骑在自行车上站了起来，风把我的头发吹拂到脸上，我觉得自己又回到了童年——温暖热情，无所顾忌。虽然那里高楼环绕，而我心中的奥克尼是开阔清静的。清新的空气和柔和的微风都令我想起家乡——骑车时我总会对身边的风景有不同的感受。

已是初秋时分，但仍有些温暖的日子。当我骑着车经过伦敦骑行场地的角角落落时，身边有很多很酷的孩子在玩耍，我不经意间听到他们说请求被匿名戒酒会“愉快地召回”。我必须得强忍伤心才能让自己记住，那些愉快的时光，比如即兴野餐会什么的，都只发生在我刚来伦敦的前几年，后来我便成了孤家寡人，电脑和手机都因为没人联络而成天没个响声，让我非常不开心。

有一个可怕的想法躲躲闪闪地出现了——我担心自己的生活已结束了，我的人生再也不会有快乐。我想，除非我一辈子一事无成，否则以后我肯定还是得喝酒的。比如，如果有朝一日我有机会和一帮长相标致的时尚人士一起出席艺术画廊的开幕式，我肯定希望自己能够在画廊外喝上一杯香槟。而且，那些英俊的潮男中的某一个，如果也喝醉了，没准他还会带我回家呢。我似乎也挺想试试可卡因，我已错过了那个“百无禁忌”的年岁了，想到这里我真是心痛。我刻意想要搬开自己与酒精之间的心理障碍，然而却发现酒这玩意儿一沾就容易失控。

我停好自行车，在运河边找了张长椅坐下，喝着一瓶冰水，读着《白鲸》中刺穿鲸鱼心脏的片段。有两个留着小辫穿五分裤的小伙子在铁路桥附近的两棵树之间拉了根绳走钢丝，他们喊我，问我愿不愿意试试，于是我踢掉鞋子飞跑过去。“你当然可以扶着树或者抱紧我，但最好的办法是以自己的力量保持平衡。”其中一个小伙子教我。头顶上传来一声火车的鸣笛，我的腿直哆嗦。我努力让自己挺直后背，平视前方，可还是觉得自己马上就要掉下去了。

骑行归来，回到卧室的床上，星期五和星期六连续两个晚上，我都紧张地对着窗外抽烟，听着楼下酒吧里传来的嘈杂声音。这难道就是戒酒的代价？我想要做点什么，却不知道有什么可做的。我苗条、健康、干干净净，却必须得独自一人窝在家里过周末，因为怕喝酒所以不敢去任何地方。如果这就是我的未来，那我宁愿不要。

走出戒瘾中心，并非是我人生故事的结局，而是一段新生活的开始。戒掉酒瘾只是万里长征的第一步——我以前也戒过无数次——在每日的种种诱惑中始终保持头脑清醒才是我真正要做的事情。在以后的生活中，如果想要达到“每时每刻我都能肯定自己所做的是正确的”这一目标，我必须付出艰苦的努力。

以往狂饮烂醉的那段时间，我倒没怎么想过家，而那时我却忽然发现自己离家好远，足有八百英里。我给父母打电话的时候多了，父亲说他的农场上需要个帮手，母亲也鼓励我回家看看。虽然已近冬季，但在找工作那段日子，花点时间回趟老家也不错，相信奥克尼岛上的空气会令我增进食欲、恢复体力的。

若待在伦敦就不一样了，我会时常想起不堪回首的时光，对自己心生不满。回到奥克尼后，我发现常有人来拜访父亲，都是些测量员和地产商，满口谈的都是钱。如果农场被卖掉了，我该住到哪里去？接下来又会发生什么事？我生命中的救赎到底是什么？

我开始为自己制定新的人生计划了。母亲和我都一致认为，适当的私人空间对我而言虽然是好事，但由于我有酒瘾，这好事也可能变成坏事。回奥克尼对我而言就是一重考验，因为就算我眼下这一年不喝酒，但如果仍找不到合适的工作、处于十分沮丧的状态，也许我就会自暴自弃地选择去做一份不太“光彩”的工作——比如当清洁工，同时把自己藏到另一处新换的出租屋里，又酗酒又自残。毕竟，向欲望妥协是多么容易啊。

10 我自己的堤坝

火车越往北走，天空就变得越开阔，温度也就越低了。从伦敦出发之后，到爱丁堡，再到阿伯丁，最后到奥克尼，每走一站，我便得多加一层衣裳。

我把在伦敦租的房间钥匙放到楼下酒吧的信箱里，把行李箱拉上公共汽车，黎明时分赶到了国王十字街车站。直到火车开出站，一路向西，我的心才终于安定下来。尽管我在订票网站上订到了最便宜的车票，这趟返乡之旅仍花了我不少钱，而且还需要整整一天的时间才能到家。用这笔钱，我去任何一个欧洲其他国家的首都玩一趟都够了，还不用花这么多时间在路上。一路上我一直睡，但并不踏实，半个小时就会醒来一次，看看窗外的陌生地域。其他乘客陆陆续续都下车了——他们的目的地是彼得伯勒、达勒姆、纽卡斯尔——只有我一路北上。从贝里克到特维德时，路过了一个忽然变得特别开阔敞亮的地方，简直就像天地顿开一般。我已到苏格兰了，可是这里离我们家还有一多半的路。

行过爱丁堡之后，火车通过福斯铁路桥，途经苏格兰东部海港城市邓迪。如果从约翰·欧格罗兹村那里搭渡轮回奥克尼的话，不仅可以抄近路，还可以在渡轮上过夜。因此我在阿伯丁下了火车，没用多长时间就从车站到了码头。巨大的采油轮船停靠在港口处，海鸥在周围纷乱飞舞。我浑身上下皱巴巴、邋里邋遢的，拼尽全力拖着我的行李。海上冰冷的空气和海风还是让我很痛苦的——我已很久未被这样的风吹过了。海边立了一个牌子，上面写道“去往北方群岛的渡轮由此发船”，不过我倒是不用看牌子也知道的。下午五点钟，我上了船，夜幕降临时船已驶入北海。

从船的内部看，这艘从阿伯丁往奥克尼去的轮船和酒店没什么区别，然而即使如此也无法掩饰海上的低温以及乘客因晕船而呕吐的气味。地毯上处处都是呕吐过的污渍。椅子腿之间都用铁链子拴着，以免风浪大时椅子滚出房间、掉进大海。当船长在广播里通知乘客很可能会遇上“颠簸”时，我完全明白所谓“颠簸”在奥克尼海域有多么严重，因此我不敢吃任何食物，还赶紧吞了一粒乘晕宁[①]进肚。记得以前有人告诉我，晕船的时候一定要极目平视远眺，然而眼下我只想睡觉。

我说不出醉酒和晕船的区别在哪里。我盖着大衣躺下来，感受着床铺底下海水冲击地板的震动，听一对母子吵架。我已好几个月未听到过奥克尼口音了，此时它让我想起了旧日的同学和邻居。这种口音独具凯尔特人那种轻快的调子，与格拉斯哥、威尔士和斯堪

① 乘晕宁，一种药物，可防治因晕车、晕船导致的恶心、呕吐。

的纳维亚都不一样，有点做作和讥嘲的意思在里面。听到乡音，我并未感到有什么安慰，反而平添了几分焦虑，又一次生出对家乡的抵触感。我太英国化，太渴望外面的大千世界，此时不禁再一次回忆起曾经“被困于奥克尼这块岩石上”——这是十几岁时我们那帮失意少年对奥克尼的蔑称——的种种不甘。

我从吧台买了一份奥克尼报纸，想看看当地都有什么新闻，可又生怕遇到什么认识我的人。我知道自己看起来落魄潦倒、皮肤粗糙、神经脆弱，我也不愿意承认自己是因为混不下去才回来的。其实我在考虑如果真的回来是否可行——毕竟我只是曾经出去闯荡了一段时间而已。不过，我并不“属于”这里，所以回来称得上“回老家”吗？

我已戒酒好几个月了。但当别人夸奖我“干得漂亮”时，我总觉得这句表扬是我用虚假行为骗来的。因为我还是很想喝酒。再也不喝酒？我觉得不可能，但我还是一天天忍耐下去了。我寻思，也许就是这样吧，我日日要与酒欲做斗争，过着小心谨慎、克制自己的生活，期待有朝一日所谓的“奇迹”发生。

上一次回家时，在渡轮上的整整七个小时我都泡在酒吧里，以至于下船时都是陌生人把我搀下去的。而这一次，当渡轮午夜时分驶入柯克沃尔港的时候，我仍清醒地站在甲板上，吹着微咸的海风，看海港的灯光越来越近。我知道，母亲接到我时松了一口气。

在驱车回母亲家的路上，我忽然想起以前，我和弟弟汤姆都还很小，母亲在开车时总会时不时摸摸我们的脚腕，以确认我们俩还坐在那里。即使是现在，母亲有时仍会做这个习惯动作。

如今母亲住在奥克尼的中心城市柯克沃尔。在卖掉农舍之后，她便在那里买下了一套大平房，靠租房赚钱，不过今晚她留出了一个免费房间给我。虽然屋里仍摆着过去农舍里的家具、挂画和陶器，但是我从未在这儿睡过觉，也完全不觉得这是我的家。进屋之后，母亲给我泡了一杯茶，我们在一张大大的木质餐桌边坐了下来——正是那张过去摆在农舍里、我们一家四口围坐吃饭、使用了多年的桌子。

每月都会有一次，在月圆前后的几天，母亲会到斯盖尔湾那里去，作为志愿者帮助皇家鸟类保护协会做沙滩死鸟的调查工作。她会沿着涨潮线走，寻找死鸟，并识别其种类、记录其数量。通过这种调查便可看出患病、食物短缺和漏油污染对鸟类的伤害，不过好在母亲找到的死鸟并不多。回家几天之后，我也加入了母亲的行动。我们把整个海湾农场都找遍了——这也是这些天来我和母亲最亲近的时刻——找到了一只死暴雪鹱、一只死欧鸬鹚和一只死山羊。

在母亲开车回柯克沃尔时，我顺着海岸线从海边往过去我家住的农场溜达，忽然想起在戒瘾中心时辅导员教我的判断自己对一个地方的感情的方法：如果爱这个地方，那么当此地的建筑映入眼帘时，心里会油然而生亲切之情。如今住在这个农舍里的已不再是我的家人，可是它毕竟是我的出生之地，对我而言有特殊的意义。

父亲还住在农舍附近，不过大多数时候他都会去他女朋友家过夜。我坐下来，把所有的事情都前前后后地想了一遍，直到冻得浑身冰凉为止。最终我决定徒步到“世外桃源”去。在父亲的大房车里，他给我讲了此地“震颤”的事情，然后我们一起去喂了他饲养的高地牛。

和母亲住在一起的几个星期，我总是睡觉，要不就是看看求职网站，有时也去领失业救济金，顺便参加了几次柯克沃尔匿名戒酒会的活动。在母亲面前我充分表现了自己最糟糕的一面——她待我温柔耐心，十分支持我，而我却总是一副很烦躁的样子。重返奥克尼的我又变成了一个叛逆的青春期小孩，我知道母亲很开心我戒了酒，但是我并不愿跟她讨论此事，因为这就等于承认我自己过去曾经误入歧途，这就等于承认母亲当时的判断比我正确得多。

我回到老家后不久，风暴就袭来了。虽然现在我们住在城市里，与过去在海边农场有所不同了——如今花园里的树可以遮风挡雨，我们住的房子也更加坚固些——然而母亲的房子在狂风中仍唰唰作响。如今白天短极了，我经常是一睡就睡到了天黑。圣诞节时我去了趟曼彻斯特，去看看我弟弟汤姆和怀孕的弟媳妇。时光匆匆，我又返回了奥克尼，这一次我知道，除了控制住自己不喝酒之外，我还应该做更多的努力。

在暴风雨肆虐的最后一个月，由于偏北飓风侵袭和土地大面积积水，一座屹立一百五十年的巨大灰色砖质堤坝竟被冲垮了，倾倒下来的碎块遍布整个农场。

一场暴风雨之后的清晨，我沿着海岸溜达，寻找海水冲上来的浮木和其他“宝藏”。我找到了一块不同寻常的木头：一枚印章，从海里被大浪打上来的，也许是某一位行船路过此地的年轻士兵掉的。

我也是被外头的滔天巨浪冲回奥克尼群岛的。已有九个月，我始终滴酒未沾，犹如一颗纯净的鹅卵石。我回家时正是寒风呼啸的年底，海边的寒风咸雨重新打磨了我，令我焕然一新，然而我却不知该把这个全新的自我派什么用场。我希望自己能做一个有用的人，因此，白天虽然短暂，我还是打算用来垒墙，晚上就住在父亲的大房车里。

整整五十四天的时间，奥克尼天天下雨。纵观整个十二月，日照时间加起来总共也只有八个小时。然而阴雨过后的一月美丽得近乎奇迹：日落时分，梦幻般的夕阳照在平静的海面上。母亲开车把我送到农场，我把行李也随身带来了，很开心自己能找到点事情做。以前父亲就教过我如何用干石头砌筑堤坝，这是个磨人的慢活儿，一道堤坝实际上要由两道墙组成，表面要磨光滑，先用大石头砌起来，再用较小块的石头溜缝。虽然修复破损的堤坝比重新建一道新的要容易得多，然而旧的那座不过就是用煤焦石胡乱堆的，有碍观瞻。我是非常追求视觉效果的。我特意捡来奇形怪状的石头，对其形状和大小都相当挑剔，在砌墙时尽量把它往3D拼图的效果里打造，最终效果也确实如此。

我使用的都是又重又古旧的大石头，似乎非常不符合现代砌垒工艺。我随身携带的工具既有数码相机，也有铁榔头锤子。蹲在砌好的墙后头抽烟时，我仰视着南边天空上太阳一天里走过的短短路径。在斯盖尔湾上方巍然耸立着霍伊山，如果不是千百年前霍伊山曾发生过山体滑坡，我也就没有石头垒墙了。我忽然觉得，仿佛几十年、几个世纪反而比几天、几个月过得快呢。当年初建这道堤坝之时，农场曾雇用了许多工人，如果当时那些工人里也有我，那么我砌的部分现在肯定也要被拆掉了。虽然我居无定所，但我却希望如今我垒的这座堤坝能够长久地矗立在此。

夕阳的余晖会在农场里徘徊相当长的时间，两匹巨马拖着长长的影子出现了——活似那种从浓雾中渐渐显形的时间旅行怪。我小的时候，海滩上有时能够拾到马骨，都是那些有了拖拉机就不要马的农民，在枪杀了他们的马匹之后留下来的。有一位奥克尼诗人名叫埃德温·缪尔，他曾在其诗作《马匹》中想象出了这样一个场景：世界末日到来之时，许许多多匹大怪马一起跑回了农场。现在我眼前的这两匹马正在父亲的悬崖边草场里吃草，就像诗里所写的那样——大怪马回来了。

最后我的堤坝终于建成了。当我把最后一块大石头垒到两道墙的顶端，将它们连接起来后，我仰躺到堤坝上，把头倒仰着垂下来。这样反着看，感觉我似乎是在俯视天空，因而看起来深远广阔，再不是仰视时那个半圆形的、天边的云与大气层模糊地连在一起的样子。

如今我正在学着辨认云，就像其他人观鸟一样，我则是“观云”。按照国际标准分类，云层可以分为族、属、类三个层次，均已用拉丁文命名。那种高天薄云被称为“卷云”，而鱼鳞云则被称为“高积云”。“层云”是指那种灰色而平淡无奇的云，每年到了此时往往比较多见，通常根据阳光是否能够穿破云层而被分为“蔽光云”和“透光云”两种。一天下午，我发现了罕见的荚状云，被风吹成了雪茄的形状。

我开始对我最近新观察到的大气现象产生了巨大的兴趣。“夜光云”从字面上看是“在夜晚会闪闪发光的云朵”，是云中高度最高也最罕见的一种，飘浮在大气层之上。与大多数由小水滴构成的云不同，夜光云是由小冰晶组成的，通常情况下都是看不见的，唯有在仲夏季节日落之后的“暮色深沉”时分方可见到——地球的倾斜角令其捕捉到了太阳的最后一点光芒。

“夜光云”有时也被称为“空间云”，史上对其第一次记录是在1885年——喀拉喀托火山爆发两年之后。火山爆发时喷射出的火山灰形成了小冰晶——这种小冰晶往往是由火山爆发、流星陨落或航天器废气中的残渣形成的。因此也产生了一种我很喜欢的说法：污染物也能成就美景。

尽管云层千变万化，想要将其完整分类并认得一清二楚纯属妄想，然而“观云”“观天”却令我打开了新的思路：有时云朵能给奥克尼的天空带来千变万化的美丽，有时却只能带来一场倾盆大雨。

我在伦敦时，这些岛屿对我而言是遥不可及的，朋友们在网上聊天一般只会说说哪家日本馆子好、哪里新开了酒吧、什么时候是交通高峰……如今看来这些话题反而显得荒谬。现在的我，指甲里有泥，嘴唇早已被风吹裂。

在重筑堤坝的这段时间里，我也渐渐找回了一个完整的自我。我构筑起了内心的堤防，每次当我想要喝酒却控制住了自己时，我便又一次加固了这个堤防。以前，我对自己“自制力之墙”的破坏远大于修补，而其实我根本无须强迫自己“一定要垒一面最完美的墙”，只要把石头直接往上堆就可以了。

一天晚上我在大房车里睡觉时，天气忽然变得恶劣。虽然房车够大，但薄薄的车壁仍然在狂风中颤抖起来，冰雹击打着车窗的玻璃，车子简直变成了海上的一叶孤舟。

我正做着喝酒的梦。我太渴望酒了。每夜我都会梦见类似的悲惨场景（都是些在现实生活中曾经出现过，可我现在却已经忘记了的场景）：我大约是病了，躺在火车的地板上，不知为何桌子底下还躺了四个陌生人；在一个西班牙小镇上，正值深夜，我挨家敲门，想要找到一家夜店；深夜的伦敦，我站在自动取款机旁的路边，一边哭一边给前男友打电话；我晕过去了，待醒来时身边多了之前不在的陌生人。我真希望这些事从未发生过。

半睡半醒间，我有点晕乎乎——就像平时我努力入睡时的感觉一样——忽然就好像回到了我被逮捕的那天晚上。那之后我便搬出了当时租住的公寓，伤心欲绝地回到奥克尼休养了几个星期，原本指望在家乡获得些许平静的，可始终未能如愿。当我去了俗称“自杀之地”的悬崖边时，警察捉住了我，强迫我从车里出来，当时车里还放着两个我喝空的白酒瓶子。我满心痛苦，虽然明知他们会在路口等我，但我根本就不打算顺着这条路开过去。我直接把车开到了农场，又伤心又崩溃，唯一的念头就是要回家。

我当时醉得太厉害了，为了能够看清道路中间的车道分界线，不得不眯起一只眼睛。但我还是撞到了中间的隔离带——发出难听的声音——不过好在我控制住了车速，回到正道。有那么一会儿工夫，我觉得自己就像在无尽的石头堆中想要给自己扒出一个安全的栖身之地似的，却没有找到。我想吐，但还是尽可能地控制住了自己。

当我第一眼看到蓝色闪灯时，觉得颇不可思议，不明白为何卖冰激凌的车会出现在村子里。当他们最终抓住了我——可怜的、罪有应得的我——并把我塞进警车时，我说："我根本不想伤害任何人。"

现在，想要努力在风雨飘摇的大房车里睡着的我，很难忘记当时在警车里颠簸的记忆——身心都无法忘记那种感觉——由于警车在路上持续拐弯，因此我总是刚要睡着便又被惊醒。

除了之前已犯下的罪行以外，我酒后驾车也已触犯法律了。无奈之下我只得辞掉了工作，开始专心解决自己的酗酒问题。然而，虽然喝酒给我带来了这所有的痛苦，也令我失去了我原本拥有的一切，可想喝的欲望还是会时不时侵袭我，好像电流过体一般：当我听到一首好听的歌时，当太阳放射出光芒时，当我觉得生气或想给别人打电话分享快乐时，我都好想喝酒！酒精这玩意儿貌似已渗入我生活的每一个区域，所以想要找到对策和方法战胜它，确实需要时间。我得给自己一段时间，去构筑一道坚固的精神防御墙才可以。

在过去五年中，我换了十个住处。我的私人物品只好分散搁在伦敦朋友家的阳台上或车库里，充分证明了我的居无定所和不断"迁徙"。我过着凌乱的日子，从来都没有"在家"的感觉，因此想要喝酒的欲望就和别人想偷情的感觉是一样的——明知道不能这样做，但因为天时地利，又无人知晓，所以我们整个周末都鬼混在了一起——"我们"当然是指我和我的酒瓶子。

现在，每晚脱掉工作服、摘下工作手套后，我就把精力投入笔记本电脑，绝不沾酒。当然是想喝的，但我更希望自己内心深处的想法和欲望能有所改变。如今我已回到家乡，回到这里黑沉沉的云层和深幽幽的天空之下，住在从小生长的环境之中，我希望这一切有足够的力量控制住我。

11 龙涎香之谜

从农场往海边走大约一英里的地方，有一具鲸鱼的尸体搁浅在了海峡口的岸边，我打算爬下岩石去察看一下。超大块的鲸鱼内脏散落在海藻与浮木之间，鱼皮都摊开来，像地毯似的铺陈在鹅卵石上。在察看鲸尸的时候，我差点被一个大浪打翻，吓得我纵身蹿上了足有九英尺[①]高的鲸鱼脊梁骨，企图逃脱海浪的侵袭，却仍被灌了一靴子的海水，还溅了一身的鲸鱼腐肉渣子。

如今，鲸鱼搁浅死亡不过是一件令人既同情又好奇的事情。但若放在从前，死鲸可着实是一座宝藏了。首先，如果足够新鲜，鲸鱼肉是可以吃的，而鲸鱼脂肪则可用来制作灯油、润滑剂和肥皂。还有鱼骨，不仅是建筑材料，还可用来做内衣。然而这还只是鲸鱼的有形价值。如今，观鸟爱好者发现，死掉的鲸鱼特别容易招来珍稀鸟类。我在海峡口发现的这条长须鲸，不仅吸引来了白色的海鸥，

① 英尺，英制长度单位，1英尺合0.3048米。

还引得在北极地区才常见的北极鸥也盘桓不去。虽然此处天气对它们而言十分恶劣，但是这些海鸥仍待了好几天，为的是享用鲸鱼肉这道美味。

虽然方式方法不同，但在奥克尼群岛，几千年来都有使用鲸鱼的习俗，比如曾在此地出土的五千年前的鲸鱼骨锤子。还有一种观点认为，岛上那些无屋顶的石器时代的房子，其屋椽便是鲸鱼骨，支撑起作为棚顶的兽皮或干草。因为鲸鱼骨很长，足有两人高，可以很好地保持室内温暖，就好像肋骨保护心脏一样。

到了18世纪晚期，出现在奥克尼附近的鲸鱼大都是往北极游时路过此地，却不幸被奥克尼经验丰富的捕鲸手给捉住了。就如赫尔曼·梅尔维尔的《白鲸》中的故事讲述者伊斯梅尔所说的：“不知他们是如何做到的，不过岛上的居民可都是捕鲸好手，似乎这里所有人都有资格上皮廓德①。”

1955年3月14日，因将近春分时节，海上风大浪高，有六十七头领航鲸搁浅在了韦斯特雷岛的科特角，如今尚不清楚它们的搁浅究竟是因恶劣天气被困还是被捕鱼人追杀所致。我努力想象这般不可思议之景象，当时岛上的居民该为这不期而遇的财富感到多么兴奋啊。到了1994年12月7日，又有十一头抹香鲸在桑迪岛的约克斯盖尔湾搁浅了。虽然那时已有了保护鲸鱼、严禁捕杀的法律法规，然而由于它们实在太巨大沉重，无法救援，到了次日清晨，这十一头鲸全部死了。

① 皮廓德，《白鲸》中捕鲸船的名字。

在奥克尼群岛主岛的西北角那里，有一座名叫伯塞石塔的潮汐岛，还有一条渔民专用的海峡，靠近这二者的地方矗立着本地的地标：一具鲸鱼骨——由鲸鱼的竖片肋骨和横片颅骨组成。这具鲸鱼骨是在一百三十年前被当地人竖在此处的，当然鲸鱼身上的其他部分都被他们用掉了。这一地标很受渔民的崇敬，虽然被刮倒了好多次，却又一次次被重新立了起来。不过如今这根鱼骨已成了小狗尿尿的地方。我曾看到过一张有关这具鲸鱼骨头的照片，以北极光和银河系为背景，主体是一根原生态的、上面生满了黄色地衣、被腐蚀得挺厉害的骨头，真可称得上一座令人毛骨悚然的“雕塑”。

几个星期以前，父亲曾和一个云游至此的朋友聊天，父亲让他说出自己所能想到的、且能在海滩上寻到的最好的事物是什么。那人说：“自然是龙涎香了。”所谓龙涎香，是一种十分难得且极具价值的稀罕物件，其实就是鲸鱼胃里的一种结石，被呕吐或排泄出体外，再被海浪冲上沙滩。父亲的那个朋友描述了这种稀罕东西：又糯又润，如蜡一般，颜色介于白色、灰色和琥珀色之间。听到这里，父亲忽然说：“哟，我们家就有那玩意儿！”在我们家的拖拉机棚里，确实就放了这么一个质地与蜡相似的疙瘩，已有好几十年的历史了——自从我父母三十年前买下这农场时，它就一直在那儿搁着。

于是我们开始疯狂阅读能找到的关于龙涎香的一切资料。梅尔维尔这样描述它：“软软的，似蜡质，非常香，但也很辛辣刺鼻，通常在制作香料、锭剂、贵重蜡烛、染发粉和润发油时被大量使用。土耳其人还会在烹饪时使用龙涎香，且将其带到了圣地麦加，就像乳香被带到了罗马的圣彼得大教堂一样。还有一些酒商，为了增强酒的口感，也会在红葡萄酒里撒上一点龙涎香的颗粒。”另外，我们还在互联网上查到了关于龙涎香的信息，说它“有神奇的功效”，“女人闻了它的味道不仅会引起情欲，还会更有魅力”，还说它可以用来“治愈帕金森综合征”。而在易贝拍卖网上，这玩意儿竟卖到了四十美元每克，价格之高堪比黄金。

在我出生前，父母搬来奥克尼岛的农舍安家时，房子周围经常散落着许多鲸鱼骨头。我犹记得小时候自己时常会爬上堤坝，坐到坝上的一个石堆顶上去，那个石堆是由一半石头一半动物骨头堆起来的。这些海洋生物遗骸将我们与深海中的庞大生物联系到了一起，也令我们不禁对家里那块东西油然生出许多希望。它状如大面包圈或马桶圈，大小也近似，不过父亲记得在这些年里它的形状曾有过些许的改变。一开始它曾被塞在水桶里，所以多少被挤扁了一点，后来慢慢又摊到了牛栏的地板上。对不懂其价值的农民而言，这东西纯属垃圾，随时都有可能被扔到火堆或粪堆。

发现它以后，我们家能发多大一笔财？五万镑？还是只有一百镑？我们坐在牛栏的地上讨论不休，而答案竟要取决于一块鲸鱼的呕吐物。正如伊斯梅尔所说：“谁能想到，这些衣履光鲜、楚楚动人的绅士淑女，竟是靠一条生病鲸鱼肮脏的肠子里的东西发财的。”

我们还一直忙着做各种实验，比如把我们的宝贝疙瘩融化掉一点点，寻找里面的乌贼嘴碎屑，那是鲸鱼消化的最确切证据。燃烧之后的白色粉末令人十分满意，然而气味却又不是很确定——如果真是龙涎香，应该是“一开始有异味，但随即变得甜蜜起来，散发着质朴的海洋气息”，这是我们在书里读到的。我们也注意到，农场里的狗或老鼠之类的从来都没想过要去吃这玩意儿。晚上回到房车里，父亲跟我开玩笑说，咱们用来做实验的那一小块就得值个几百英镑，真是浪费不起。然而，实验这么多遍，却仍没有得出确定结论。

在戒酒的第一年，人很容易得上抑郁症，会情不自禁地怀念起自己过去乱七八糟却充满了不确定性的生活方式，所以我尽可能避免让自己陷入抑郁状态。由于我戒了酒，很多我恐惧的事情都可能发生，其中我最怕的就是“失去底线”。所谓底线，就是我的冷静——对过于活跃的自己非常不满，可以忽略自己还青春年少、需要性爱。想到这里，我不禁眯起眼睛，噘起嘴唇——“冷静”让我总是会说干那事一点也不舒服，我也一点都不期待性爱带来的兴奋感。

我可不想变成道学家，比如那种一听说青少年喝酒就疯狂反对的卫道士。我也不愿满口都是接受戒瘾治疗时的礼义道德，像个传教士似的整天为大家布道。

然而事实却是，从前一段时间开始，我的“底线”开始变得比较脆弱了。在听到一首好歌时，我会想到，如果是在夜店里和其他一些人一起欣赏这首歌，感觉一定会更好，可惜我却身陷此地。事实上，我之所以会回到老家来，就是因为在伦敦的家里经历了太多的过度兴奋。如今我背上了特别沉重的心理负担，以至于我只能偷偷独自回忆当时的快乐场景——那音乐、那谈话，都是多么美妙啊。过去，当我在夜店里，当着一大堆人的面醉酒呕吐时，当我又踢又打、扯着脖子尖叫时——我都忘了到底是为何如此闹腾，也不记得自己醒来后是否感到不好意思——我的底线在哪里？在派对上只要能寻到一个愿意听我说话的人，就对着他一味哭诉自己如何因为酗酒而惨遭男友抛弃。我哭诉的时候仍在喝，先来一瓶啤酒，然后一手端红酒一手拿啤酒。这可太糟了！因为醉酒，我曾毁掉了一个朋友的诗歌朗诵会，还曾躺在酒吧厕所的地板上任朋友怎么劝也不起来。这些往事让我感到羞愧。

酒精对我而言已没什么大用了——虽然我能够记得因醉酒而倒下的情形，却清楚这仅仅是表象而已，酒吧买醉其实根本无法弥补我内心的空虚寂寞。酒精中毒、疲惫寂寞的生活犹如恶性循环，我很可能到了中老年，仍是一个悲伤孤独的老酒鬼。因此，最后我终于决定戒酒了，虽然之前我从来都没成功过。而现在，戒酒后的我只能靠周围的自然环境来激起我的想象，以求获得惊喜。

如今，我家农场笼罩在朝不保夕的不安气氛之中，因为开发人员看上了“世外桃源”，最近频频来访。此时正是一年里青黄不接的季节，羊羔也已经卖掉了，因此卖“世外桃源”能够赚到的那一大笔钱便显得格外诱人。和对所谓的龙涎香充满了期待一样，我和父亲也很希望卖掉“世外桃源”的土地能让我们获得一大笔意外之财。

接下来，我们要寄一小块“龙涎香标本”给法国的一家香水厂或新西兰的交易商检测。此时我们仍做着发大财的白日梦，因为知道有些听起来好得不真实的美事儿可能真的会发生。也许就在不久之后，我们这块原以为毫无价值的蜡疙瘩变成了价值连城的宝物——多亏了鲸鱼的消化不良，也多亏了将它冲上海岸的“魔法”。

有那么一段时间，我们家的农场简直成了铁匠铺，因为有一个铁匠来了，在这里给农民们修理各种农具、马鞍子和马镫子，甚至拖拉机。父亲送到巴黎香水公司的蜡疙瘩最终有了回信，他们说这东西可能是动物骨蜡或骨胶，并非龙涎香。这结果确实令人失望，不过虽然这东西与大海无关，却让我们与农场里的一切——农民们融化了兽骨所制作的胶水、马蹄声、农场的历史——紧密连在一起了。

12 废弃之岛

还没到那年春末，我便看到了有生以来所见的第一只活的鲸类动物——鲸类动物包括鲸鱼、海豚和鼠海豚。当时我们正坐在一艘小小的汽艇上，从荒无人烟的科平赛岛返回，忽然就发现我们正置身于一群海湾鼠海豚的队伍中。船长暂时把小艇熄了火。这些鼠海豚轮流露面，大约有六七只的样子。因为离得非常近，我们都能够听到它们的呼吸声。在设得兰土语中，海豚被称为“耐斯克”，是一个象声词，模仿海豚在进攻时所发出的声音。现在，小艇上的我们与这些鼠海豚几乎处于同一高度，每个人都一动不动，不时窃窃私语几句。我一直都很清楚这里能看到海豚，但是这么近距离地接触它们、观赏它们，实在是太激动人心了，完全出乎意料。就这样，在即将离开科平赛岛的时候，我获得了一次意想不到的神奇享受。

苏格兰往北，坐落着很多无人居住的荒岛，20世纪中叶人口骤减，导致原有的居民无法在岛上生活下去了，因此岛才被遗弃。这些人在岛上住了至少几百年了。然而，为了能够维持生活，他们还是选择去了其他发展前景更好的地方，所有人都搬走了。通常情况下，这种移民是细水长流式的。不过在某些情况下，比如在属于外赫布里底群岛[①]的圣·基尔达岛，就是全体居民一起离开的。1930年，“风信子号”船送出了圣·基尔达岛的最后一批居民。

奥克尼群岛中也有无人居住的岛屿，包括卡维岛、法雷岛、法拉岛、艾因哈罗岛、斯沃纳岛和科平赛岛。如今，在这些荒岛之上，还遗留下些许的人类居住过的痕迹，比如年久失修的空屋子和已变成沼泽地的农田。

艾因哈罗岛是一座“神圣的岛屿”，因为它与所谓“消失岛”的故事紧密相连，是奥克尼及北欧历史的一个重要组成部分。在这座岛上记录着9至10世纪时北欧那些海盗国王、海盗伯爵的历史。然而到了1851年，由于伤寒疫情的肆虐，岛上的地主令所有佃农都搬到外岛，还烧毁了他们的茅草屋和木头房子，这才控制住了病情的传播。大火过后，一座古老寺庙的屋架显露出来，那原来是一座教堂，却被当作民宅使用了很多年。

在斯沃纳岛，自从1974年居民都搬走了以后，耕牛所生下的后代们便渐渐成了野牛，年轻的公牛都通过决斗的方式来争夺牛群霸主的地位。与此同时，各方环境保护团体纷纷出动，企图为这座荒岛上的野生猫科动物做绝育手术，以控制它们的繁殖速度。这些猫都是英国国内传过来的品种，靠捕捉鸟类和偷鸟蛋为生。还有卡维岛，居民也都搬走了，只剩下艾达和梅格两个女人，从1959年到20

① 外赫布里底群岛，位于苏格兰西北海岸外，其中许多岛屿无人居住，多野生动物。

世纪90年代早期，她们都是这座岛上仅有的居民。

我曾途经一座名叫斯特洛玛的荒岛，它其实并不属于奥克尼群岛，而是凯斯内斯[1]的一部分，位于从奥克尼到基尔湾的渡轮航线上，离约翰湾很近。这座岛上房屋众多，现在却都已无人居住，孤零零地在岛屿东岸遗世独立。这个岛人口最多时曾拥有五百名居民，但之后便越来越少了。到20世纪60年代，最后一批居民也离开了，去了敦雷水上核电站工作。斯特洛玛岛上至今仍遗留着许多基础设施——码头、教堂、学校、灯塔，这一套基础设施确实建设得相对完备，但也的确很难为居民提供太多工作机会。

科平赛岛则是一座约一英里长、半英里宽的小岛，位于奥克尼群岛中部偏东，曾在1931年时达到人口数量的顶峰——二十五人。但到了1958年，最后一位居民也离开了这里，移居到了奥克尼主岛上。由于我这次留在奥克尼老家的时间比预计的要长，因而有机会去群岛边缘地带游行探险一番，还可以在海鸟研究人员朱丽叶和伊万的陪同下夜游科平赛岛——他们刚好要去那里研究几种海鸟。如今的科平赛岛已成为英国皇家鸟类保护协会的专用基地，每到夏天，便会有上千种海鸟在此筑巢。当然，现在已没有通向这座岛的渡轮了，我们只得乘坐当地船工西尼的小船前往。西尼家位于主岛的东部，从他家码头过去，要花上四十分钟的时间。

我们终于到达了科平赛岛的码头。西尼把小船稳住，让我们住进了一座废弃的农舍里。我在楼上的卧室支起了我的帐篷，决定就

① 凯斯内斯，苏格兰北端沿海地区，与奥克尼群岛隔海相望。

在这儿住下了——至少这里很暖和，比睡在外面的狂风中强多了。这座农舍与我小时候的家实在太像了，都是在古代民宅的基础上，于19世纪翻修重建过的那种房屋。科平赛岛上有居民的历史可一直追溯到铁器时代，它被古代挪威人称作“考伯恩岛”——也许是这座岛位于广阔无垠的大海中央的缘故吧，古挪威人根据一位海盗首领的名字给了它这样的称号。

格罗斯一家是这岛上的最后一户人家，他们共有十三个孩子。在早已腐烂了的楼梯底下，我发现挂大衣的衣钩上还标着孩子们的名字——贝西、伊泽贝尔，还有爱丽丝、伊娃、埃塞尔……另外，这一家人走的时候，还留下了一些床之类的家具。他们的房子里有一间曾被用来当作教室，一位老师受雇来给格罗斯家的孩子和守灯塔人的孩子上课。那座灯塔如今是岛上仅剩的一座未被废弃的建筑，它于1990年实现了全自动运行。

我一边在这幢废弃老宅里探险，一边想象着孩子们在教室内上课、在屋前沙滩上玩耍的情形，忽然就为它如今的荒凉感到十分难过。很显然，这里一直都是个很原始、很不发达的地方，只能提供最基本的生存所需。这是一座岩石小岛，与东北方高耸的悬崖遥遥相对，整日刮大风，少得可怜的盐碱地只够放养几头牲口。这里不是个抚育幼童或赡养老人的好地方，所以居民都纷纷离开了。现在在奥克尼主岛那边的不少人都与格罗斯一家沾亲带故，也因此都会讲“科平赛岛的布朗尼”的故事，也就是当地民间口口相传的那个关于“丑陋却很能干的大海怪”的神话传说。据说，有一个农民想要杀死大海怪布朗尼。布朗尼逃脱了，然后跟那位农民商量，如果他允许它住在农场里的话，它愿意干活儿作为回报——大海怪布朗尼已不愿再住在海里了，它对那种靠吃淹死的人类遗骸为生的日子已感到十分腻烦。

虽然已衰落至此，科平赛岛上的美景仍有令人目眩的魅力。其北部有一座面积更小、交通更为不便的小岛，人称“科平赛的驯马场”。这座小岛边缘也是悬崖峭壁，直直地矗立在海面之上，附近至少有五十只海雀在岸边嬉戏，还有更多栖息在海边悬崖顶上。此地景致开阔，从崖边返回，下行到农舍是陡峭的斜坡，连接起三个海湾的长长堤坝可直通奥克尼主岛。在浩瀚苍穹笼罩之下，这真可谓是奥克尼群岛风景最好的地方之一。

到了1914年左右，勇敢的食不果腹的科平赛居民开始在岛上捕鸟，从鸟窝里捉鸟掏蛋，还捡它们的羽毛加以利用——这种鸟儿在奥克尼方言里被称为“奥克斯”，其实就是海雀的一种。现在我与朱丽叶和伊万一起到悬崖上和海峡里去寻找海鸟。为了捉住欧鸬鹚，他们将一根八英尺长的钓竿伸到崖壁上的鸟窝里——伊万设法把鸟绑上钓竿并提起来交给朱丽叶。朱丽叶抓住它轻轻拍着、学着鸟叫哄它，并拿出一个袋子套到它头上。然后，他们迅速把一个GPS定位仪粘到这只鸟后背的羽毛上。在接下来的几天里，这个GPS定位仪每隔几分钟就会发回一次信息，显示此鸟所在的位置。这种操作方式十分高效，这只鸟也很快就会被释放。朱丽叶他们下星期还会再捕捉同类鸟并获取数据，借此观察这种鸟能飞多远、在何处觅食，做出一份相关的生物学报告来。这份报告有助于政府部门制定与海洋相关的法律法规。

“如果能拥有一座小岛就好了。”这种想法给了我一种很奇异的感觉——既自由自在，又充满了束缚感。我在悬崖边眺望隔海相对的挪威，忽然就有了海盗那种“海上征服者”的感觉。一年前的此时，我正在伦敦的戒瘾中心接受康复治疗，而现在我却躺在北欧海域里一个荒岛上专为灯塔服务的直升机停机坪中央的五角星图案上，头上有贼鸥[①]不断盘旋。走下山之后，我又窝在海湾的一个背风处睡了一个多小时，梦见自己变成了一只生活在高高的悬崖顶端的海鸟。

我本是打算逛完整座岛的，可惜导航仪被海鸟弄碎了——在悬崖边的鸟窝附近，海鸟为了保护它们的巢，突然冲出来攻击了我。当时的情形是这样的：我忽然听到一阵不间断的嗖嗖声，赶忙用手捂住了脑袋，缩头缩脑地匆匆逃跑了。

我穿过退潮时才会露出的堤道，走到了科恩·霍尔姆岛那里，忽然就觉得这座看似冷冰冰的农舍其实还是与现代文明紧密相连的。一个星期以来，我都是这里唯一的居民。由于我的到来，栖息于此的海鸥和灰雁都被吓飞了。还有又大又可怕的黑背鸥在我头上盘桓，暴雪鹱飞来飞去，与窝里的同类一递一声地叫着，有些鸟甚至故意朝我又拉又吐。无奈之下，我只得向沃德·霍尔姆岛走去，却听见一种犹如限制级电影里鬼屋的声音在久久回响——瘆人的呻吟声与残暴的号叫声交织在一起，让我一下子意识到自己是闯入了灰海豹的领地。一看到我，那些巨大的、浑身斑驳的灰色哺乳动物便急忙潜到水下去，但并不肯游走。它们只是围着我转来转去，一双双眼

---

① 贼鸥，鸥形目贼鸥科鸟类的统称，繁殖于南北极附近，越冬于温带和亚热带，主要通过抢劫海鸥和其他水鸟的食物养活自己，也捕食鱼类。

睛时刻都盯在我身上。

这令我不禁开始担心，一会儿就要涨潮了，堤道会随之关闭，那我可就被留在这座岛上回不去了。于是我只得缩短自己的路线，不再前往那被称为“黑色霍尔姆”的不祥之地。虽然并未遇到传说中的大海怪布朗尼，但我也十分害怕。自打岛上的居民都离开了，这科平赛岛便成了鸟儿们的领土。在它们的地盘上，我岂敢逗留太长时间！

为了更多地了解那些荒岛上的生活状况，我又去韦斯特雷岛拜访了马库斯·休伊森。尽管一直住在韦斯特雷岛，马库斯已在法雷这座荒岛上耕种了三十九年，拥有三百英亩的土地，并把其中一部分租给了霍尔姆基金会和苏格兰教会。我在马库斯家吃他做的烤肉，听他讲他如何在法雷岛上养大了六百头母羊。如今他是这里为数不多的农民之一，既会捕鱼又会种地——在农耕时代的奥克尼，这种人是十分常见的。法雷岛上的海峡口处有岩石，人或动物由此上岛。马库斯每年都会在产羊羔的时候来法雷岛待上两三个星期，带着一对给他做帮手的老夫妇，住在岛上废弃的学校校舍里。

虽然法雷岛上至今仍有十一幢房子，然而从1947年就不再有人长年居住了。就算是过去法雷岛上的原住民——如今都已年迈——也早就搬到奥克尼主岛上去居住了。马库斯第一次来这岛上时，发现旧校舍的窗户全都坏掉了，鸟儿飞进来，羊也跑进来了。另外还有约五百只强悍凶猛的黑背鸥，马库斯必须在小羊羔出生之前制服它们才行。

马库斯总想在法雷岛上搞些新花样，有一次他带了六只鹿到岛上。虽然在奥克尼群岛这里已有许多年不见鹿的踪影了，但因有人曾在这里找到了鹿角，所以人们有时还会试着重新把鹿引入岛上的生物链之中。由于鹿是特别难驯化的动物，所以马库斯认为把它们放养在这座小小的法雷岛上应该是比较合适的。谁知才过了不久，有人打电话告诉马库斯，他的鹿竟游了一英里到相邻的伊登岛去了！马库斯细细地给我讲他是如何赶去伊登岛，把鹿群先轰到了沙滩上，再把它们赶到船上去。可惜他并没能把所有的鹿都抓上船，有几只还是跑掉了，游到了更远的格林·霍尔姆岛——其中一只还被淹死了。

在法雷岛上看不到兔子或田鼠，顶多有几只家鼠罢了。于是，有一次，马库斯很“形而上”地放了一只兔子在岛上。在之后的六个月里，他都没再见到它，直到有一天他在雪地里发现了这只兔子的脚印：“我绕到一个旮旯里，果真找到了它。”这只野兔后来又在法雷岛上活了几年，最终被马库斯带回了韦斯特雷。

在奥克尼的市场上，马库斯卖掉了最后一批在法雷岛上繁殖出的小羊羔。“我已赚到足够的钱，不会再去法雷岛上养羊了。”马库斯说。

哈米什·哈斯维尔－史密斯[①]曾著有一本书，名为《苏格兰群岛》，里面有许多张详细的、精心绘制的地图，还有如何能到达岛上、

① 哈米什·哈斯维尔－史密斯，建筑师、作家，1928年出生于英国格拉斯哥，曾自驾游艇在苏格兰群岛间航行并绘制地图。

在哪里上岸最合适等相关信息，被岛屿爱好者视为“游岛圣经”。在这本书的指引下，再加上维基百科和谷歌地图的辅助，还有我经常去访问的“孤寂小岛”网站——这里有苏格兰地区所有无人居住、人烟稀少的岛屿的名录——我经常会做有朝一日去这些岛上旅游的美梦，也会想象一下这些荒岛上以前的生活究竟是什么样子的。

就像许多讹传一样，荒岛上的生活也由于很少有人去探访、只能从书本中读到只言片语，或从故事传说、前人回忆中获得一点信息，根本无法在现实中去探寻，所以常被人们用各种想象去演绎——通常都会有海怪出场。电影里的种种场景更是强有力地支持了人们的这番想象。

其实，关于这些岛屿上人口减少的真实故事更加扣人心弦。通常这些岛的命运转折点都是“二战”：因为岛上有些人离开家乡去参军了，所以他们便有了看到外面世界的机会。与此同时，由于陆路运输在贸易中的地位愈来愈高于水路，所以苏格兰群岛的价值便日益变小了。如今，英国仍有些小岛面临当年苏格兰群岛的问题——人口不断流失。如果一个岛上的居民区里连一所学校或一家商场都维持不下去的话，那么它又如何吸引人来定居、如何留住原有居民让他们不要离开？岛上的孩子到了该参加工作的年龄，当然会愿意往就业机会多、交通又便捷的地方跑了。就拿我来说，和格罗斯家的孩子们一样，也是一长大便离开了老家，毕竟其他地方的生活方式对我们还是很有吸引力的。

在奥克尼群岛中小一些的岛上，局限你的可不仅是海岸线，谋生的手段、娱乐的方式、恶劣的气候和交友面的狭窄都会让你感觉被束缚。与20世纪早期相比，如今的生活显然更加舒适。由于科平赛岛和法雷岛衰落，岛民们有大量物品和劳力需要处置，也提供了许多交际机会，但仍有许多岛上社区至今仍徘徊在能否可持续发展的危险边缘，不知何去何从。

当初，我真是一心想走，渴望去体验一下别处的人生。然而，就像大多数奥克尼青年一样，我最终还是回来了。如今，回到老家的我努力用一种全新的眼光去看待我的家乡，也一直在琢磨着，自己是否可以为保持这座岛的活力而贡献一份力量呢？当我住在伦敦时，奥克尼一度变得十分虚幻，如同自己想象出来的一般，令我简直无法相信曾经在那里过的日子都是真实的。然而如今再回到这里，想象力反而一下子变得特别重要了。如果没有点幻想和期待的话，奥克尼就会显得十分黯然无光，是最没出息的人才会生活的地方。所以我们必须怀有高远的，甚至看似遥不可及的理想在这里生活才可以。

13 羊羔出生

上个星期，有一只母羊要生小羊羔了，父亲先让它独自待产了一个多小时，然后才过去替它做检查。这只母羊这次应该会产三只羊羔，然而等父亲过去看它时，却惊讶地发现只有一只小羊羔和它在一起。父亲随即意识到另外两只一定是被羊母亲压在身子底下了——它把两个比较大、比较健壮的宝宝都压死了，只剩下这只小瘦羊还活着。然而就在当天，仅剩的小宝宝也开始便血，显然是被羊母亲踩着了，内脏严重受伤。虽然羊母亲自己是无意的，却要了宝宝的命。这只母羊因此被父亲认定不配再当母亲，便在它身上打了个红色的 × 作为记号，意味着它会在今年被杀掉。

产羔季节是农场上最好的时候，然而也是喜忧参半的，有甜蜜也有辛酸。我在奥克尼老家一直待到了春天还没走，因此我决定索性再多待一段时间，以便在产羊羔的时候给父亲当帮手。之前我一直在往伦敦寄求职信，却没有获得任何工作，也越来越没有热情。这令我意识到其实我还是有点怕回伦敦。在奥克尼岛上，住在农场里，似乎给了我很大的安全感，也让我不太想买醉了。因为现在滴酒不沾，所以这是一整年中我头脑最清楚的一段时间，过去的很多事情现在回想起来只觉得十分不可思议。

我负责凌晨时的产羔工作，过去父母一起打理产羔的事情时，母亲也是做这个的——侵晨而起，摸黑穿好衣裳，然后直接去羊圈。现在，我正睡在房车的沙发上，才凌晨四五点钟父亲就出去了，给我留了张字条，详细地告诉我最新一批出生的小羊羔是哪些，还把做这件工作的注意事项列清楚了。到了羊圈那儿，我看到了一个小时前刚刚出生的几只小羊羔——是五只羊母亲生下的十只宝宝，它们被分开养在不同的羊圈里。

我们大约有二百二十只母羊，平均每只能生两只小羊羔。绝大多数羊母亲可以自己生产，个别的需要助产：比如帮它把特别大的宝宝从肚子里拽出来；如果有两三只宝宝的腿在母亲肚子里缠住了的话，还需要帮它们把纠缠在一起的腿解开。这样的助产工作，我小时候有时也会去做，因为我的手比父亲的小，做起来更方便。

每隔一个小时我都会在羊圈那里转悠一圈，四下检查一下，因为不能错过任何产崽的迹象。我的眼睛不住地往羊屁股上看，仔细寻找那些即将生产的羊。它们可能是躺在地上的，也可能在不断地兜着圈子走，同时焦虑地叫着。产崽时，由于阵痛，母羊往往会仰躺下来，身子弓得像琴弦一般紧，鼻子直冲着天花板。如果某只母羊一两个小时还没生下宝宝，那就需要我和父亲帮助它了。

到了产羔当日的下午，母羊会被赶出去吃草，这样我就有时间替它们铺一下羊圈了。我把松软的新干草铺到之前已经被弄脏压实的干草上面，我总是戴个耳机，边听说唱音乐边干活儿——作为一个农场工人，能够听到城里的音乐也是一大享受呢！休息的时候，我会到农场里唯一有手机信号的地方去，坐在一只水桶上，发发短信，收收邮件，全然不介意我的靴子上沾着羊粪，给羊圈铺干草时秸秆都钻到我袜子里了。

记得小时候小羊羔出生时总会特别忙乱。那时羊群管理不够严格，所以生产时总会有些悲惨的事情发生。但是如今这么多年过去了，饲养系统已被精简规范得相当完善，也早已引进了科学饲养方法。临产的羊会被集中在一起——当然每只都是身子沉重、动作缓慢的，在生产的前夜被依次送进一个大大的羊圈里。

穿过田野时我发现了一只新出生的小羊羔，但走近一看才发现它可能已经死掉了——软绵绵地躺在那里，身子和脑袋仍被胎衣紧紧裹着。我赶忙用手指从它嘴巴处戳破胎衣，然后像剥安全套一样整个剥掉。小羊羔立刻就打了个喷嚏，甩了甩毛，深吸了一口气，然后十分健康地咩咩叫起来。这只小羊羔的母亲一生下它就离开了，此时听到宝宝的叫声，又赶紧小跑回来，慈爱地舔它。才过了短短几分钟，这只小羊羔就会走会吃奶了。到了明天，它就能在田野里蹦蹦跳跳了。

在产羔季，我既是慈爱的助产士，也是优生学家。由于羊只有两个乳头，那些生下三胞胎的母羊就必须有一个宝宝被带走“人工喂养”——按照我们的叫法——但实际就是强行把宝宝带走。当我在三只小羊羔中挑选最大、最强壮的一只带走时，我觉得自己就像个20世纪50年代的医生。一只被做完B超发现只生一个宝宝的母羊已经开始生产了，它的小宝宝一出生，就会和送来待收养的小羊一起被放进一桶温水里。这样做，在洗掉它们的胎衣和黏液的同时，也会让它们拥有相同的气味，然后才可以送到羊母亲那里去。虽然偶尔羊母亲会发现有一个冒名顶替的孩子而拒绝收养它，但绝大多数时候这么做都可以成功地蒙混过关。

除了照顾小羊羔，产羔季还会有很多其他工作要做——修补破损的堤坝，剪掉野生蓟草，喂农舍周围散养的家禽。干了一天农活儿之后，我伸展四肢，心里琢磨着自己的身子原来竟比看起来有劲有用多啦。我一边这样想一边拔去肉刺，然后洗个热水澡，让酸痛的肌肉放松下来。

次日我走到“世外桃源”那里去看看羊都怎么样了——前一批出生的小羊羔已经从地里转移到这儿了，因为这儿离农舍更近些。太阳一会儿被云层遮住，一会儿又露出来，矮矮的草上浮动着行云遮阳的阴影。这里一棵树都没有，只有剪得很整齐的草坪、悬崖、天空和大海，所以很容易就发现了一只死掉的羊羔——这个小可怜远离羊群，眼睛和内脏都被海鸥吃掉了，整个儿而羊皮像地毯似的摊在那里。我用靴子尖儿把它翻了过来，想看看它是公的还是母的。我们喷在它侧腹上的数字虽然已经非常模糊了，但仍可以看出，它原是一对双胞胎中的一只，这就意味着它的羊母亲现在可以再收养一只小羊羔了。

绝大部分小羊羔都是非常健康的,只要给它们的肚脐喷点儿黄碘防止感染就好了。另外，我还学会了拉着它们的前腿把它们哄到草地上去。每次我这样做的时候，它们便会撒娇地蠕动，而羊母亲也会寸步不离地跟着它们的宝宝。

晴美的春日里，四周的景致都美得似能发光一般。麻鹬和凤头麦鸡[1]在玩耍的小羊羔的头顶上盘旋，更远些的地方传来大海的波涛声和农场的拖拉机声。然而一旦下雨就完了，场院里泥泞不堪，草地变得光秃秃的，羊群只能挤到堤坝后面待着。除了风把我的羊毛帽子吹得簌簌作响之外，我简直什么声音都没办法听到。

这一批小羊羔是四月里出生的，将会在秋天时被卖掉，被另外的农民“屯下来”，喂养长大，用一冬天的时间“揣肥”，过了冬就送到南方的屠宰场去。特易购网站上出售的“苏格兰有机羊”中，便很可能会有来自我家农场的羊。

大约十年前，我父母把我们农场升级成为“有机农场”，引入了一个不再使用人工合成化肥的培育系统。有机农场对农药的使用有严格的规范，只能使用有机化肥，绝对不能给牲口喂增长素、催肥剂。从这以后，我们就再也不能让奶牛在室内过冬了，所以只得改为饲养全年都可以在室外生存的非常强壮的长毛红犄角的黑色高地牛。另外，我们也不可以再阉割羊羔了，而是小羊羔一断奶，便马上把它们分开饲养。我们也不再给羊羔剪掉尾巴了，其实就算有苍蝇去叮咬羊羔肮脏的尾巴，对它们也并无伤害。

停用了好几年农药之后，我们家的农场才获得了有机资格，出产的农产品也终于被认证为有机作物了，此后每年父亲都要给农场

① 凤头麦鸡，鸻科中型涉禽，头顶具细长而稍向前弯的黑色冠羽，甚为醒目。胸部具宽阔的黑色横带，下胸及腹羽为白色，背羽为暗绿色，有光泽。

做一次检查。父亲现在使用的有机肥是从当地的海产加工厂里弄来的螃蟹残骸、秸秆、淤泥和海藻的混合物。他把这些有机肥料摊在种植大麦、燕麦和改良种草的土壤上，这样做有助于防止土壤中的水分、矿物质和蚯蚓流失，比简简单单地施点儿合成氮肥强得多。还有，在草籽下种时加入三叶草的叶子，也可成为一种天然的肥料。靠着这些有机肥，换肥料后的一年，草和农作物的产量都不比预期的低。

我现在还记得我们时常给怀孕母羊吃的一种以鱼为原料做成的颗粒状饲料的味道，也记得羊专用浴池的味道。那个浴池就在斯盖尔湾边上，现在已经被填上了，改造成了一片野餐区，坐在那里吃野餐可以享受海风。母羊被依次赶进加了化学药剂的浴池里，直到把它们的毛泡得湿透为止——这样可以防止寄生虫感染。母羊洗澡时，父母会把我像只小狗一样拴在附近，以防我跌进羊浴池里。

直到最近我才渐渐懂得，虽然工作又脏又累，但乡下的生活也有其好处。小时候，我的父母都是没有正式工作、靠种田为生的。从厨房的窗户我可以看到外面经过的人，并通过他们穿的工作服和雨靴来判断他们是不是我的父母。父亲一直都保持着写工作日志的习惯：买了种子、安装了电锯、家里重新粉刷了浴室等等。

有一些农活儿需要全家人齐上阵，比如割草。小时候，大人们下地干活儿时，弟弟汤姆和我也会跟着到地里去玩，这时父母总会告诫我们不许离拖拉机和割草机太近。长大些之后，我们俩也能搭把手干活儿了，便帮着大人把干草在地里堆成垛，再把成垛的干草抱到拖车上，在回家的路上顺便送进牛栏里去。一整垛干草足有一间小房子那么大，所以需要我和弟弟、母亲、请来帮忙的小工、狗一起上阵才能弄得动。一旦拖拉机急转弯，就会把我们堆得高高的干草垛翻下去。

在产羔季快要结束的时候，所有的成年羊和羊羔都要从农场附近转移到“世外桃源”或其他海拔较高的地方去——这也是一项需要帮手的活计。我至今仍清楚地记得那时的情形：我们把羊群赶到农场的一个角落里，企图让它们一只挨一只地沿着一条路走。但那些刚生了羊羔的母羊总是比较大胆，不肯沿着既定路线往前走，而是对着牧羊犬怒目而视，还跺着蹄子吵闹。这时总会有羊羔趁乱逃走，牧羊犬和孩子们还要去把它们赶回来。

在许多大中型养殖场里，早在很多年前便已引入了完全不同的饲养方式——父亲曾去其他农场帮忙剪羊毛，使用了他们先进的剪羊毛工具。我十几岁时，父亲又住院了，我也曾代替他做过剪羊毛的工作。除了羊之外，我们也养鸡养鸭，还有一只山羊、两匹马、几只野猫、大约十头牛和几条边境牧羊犬。如今，父亲又很有远见地开始饲养珍珠鸡、新西兰扭扭猪和五千只蜜蜂。

★ ★ ★

因为住在农场里，我们总会离生死很近——一直在地里蹦跳玩耍的小羊羔，几个月后却被宰杀了，沉重的尸体挂在我们家的游戏房里，这都是没有送去屠宰场、要留着我们自己吃或送给朋友的羊肉。这样的情况总是充满了戏剧性，也会给人以心理压力——有时牲口为了逃避宰杀，竟会逃下山去，逃往教区的其他地方。有时一些公羊会被提前宰杀，可能是因为它与其他公羊打架，也可能是因为它过度繁殖所以身子变得太虚弱了。如今，新买的公羊会被圈在一个小羊圈里几天，不会太挤，但也绝对没地方让它们打架，这样就不会有羊因掐架而死亡了。但农场里总不断有新问题出现，比如最近，打南方来的能源公司总是派测量员到我们这儿来，这给我们带来了新的威胁。

除了农场里的牲口以外，我记得有时也会与野生动物不期而遇：冬天，一只冻坏了的天鹅因为撞上电缆被电死了；在拖拉机的驾驶室里竟然藏着一只雀鹰[①]；我还曾见过一头水獭从海里往淡水湖里游。

在学校里，同学间讨论的问题绝非你支持哪支足球队，而是哪个牌子的拖拉机是你最喜欢的：约翰·迪尔、凯斯、梅西，还是福特？但我从来都没有让自己正式成为一个年轻农民，我喜欢读有关音乐和时尚的杂志，喜欢看美国小说。即使是休息时间在家喝茶上网时，我也会穿得整整齐齐的。这忽然令我觉得特别沮丧——就像青春期时的心情一样——我想要穿着漂亮的连衣裙进城去玩，然而不可以！因为我要去羊圈照顾羊羔。

在把羊从圈里赶到地里时，我经过农舍，忽然就想起了我的小床，父亲或母亲总会坐在小床的一角陪伴我，这给了我无限安慰。外头一刮大风，我们家的老屋便会摇摇晃晃、咯吱作响。当年在伦敦时，午夜梦回，我时常以为自己还住在家里——床上方的木头楼

① 雀鹰，鹰科小型猛禽，雄鸟暗灰色，雌鸟灰褐色下体白色或淡灰白色。雌鸟较雄鸟略大。分布于欧亚大陆，多以小鸟、昆虫、鼠类为食。

梯透出一丝光线，还有打在窗玻璃上的大雨点，都令我想起家乡。

就业中心一直对我颇有耐心，但近来也开始给我施加压力了，敦促我快点找到工作，并把我的求职范围扩展为“内勤工作，全伦敦范围内”。我不愿意，所以开始每星期在奥克尼当地的网站上浏览，寻找合适的就业机会。有一天我发现了一个夏季短期工作的广告，为皇家鸟类保护协会做一个鸟类调查的项目。虽然我深知自己真正的生活还是在伦敦，以后我总归要回去，但这份工作深深吸引了我。我觉得，如果我申请这份工作的话，结果绝对不会让我伤心失望。

14 秧鸡[1]媳妇

星期五凌晨两点钟，我独自一人驱车下了悬崖，一路开着大灯走，顺着我听到的叫声去寻找发出这种声音的中等大小的褐色鸟类——我得到了为皇家鸟类保护协会工作的机会，为一个长期保护秧鸡的项目工作。因此我心甘情愿地再留在奥克尼一个夏天，推迟了返回伦敦的计划。

整个夏天，我天天熬夜。别人都睡了，只有我还在外头与牲口和夜行鸟类为伍，想要找到那种珍稀濒危鸟类——秧鸡。

秧鸡，有时被称作陆秧鸡，个头体型和黑水鸡[2]比较相似，但秧鸡是褐色的，有姜黄色的翅膀、粉红色的尖嘴，喜欢在农田里而不是在湿地做窝。不过，它们都曾经遍布全英国，是非常常见的，然

① 秧鸡，鹤形目秧鸡科鸟类，共一百多种，广泛分布于除极地和沙漠之外的世界各地。本文中所指秧鸡是长脚秧鸡，该鸟类在我国新疆亦可见。

② 黑水鸡，秧鸡科中型涉禽，通体黑褐色，嘴黄色，嘴基及额部鲜红色，多成对活动。

而自从20世纪以来数量都在锐减。现在全英国，只能在西部群岛和奥克尼群岛见到这两种鸟的踪影了。如今这两种鸟都是国际自然保护联盟红色名录中的濒危物种，截至去年（2011）夏天，奥克尼这里只找到了三十一只雄秧鸡。

我的工作就是在奥克尼群岛寻找发出叫声的雄秧鸡（只有雄秧鸡才叫）。我呼吁公众帮我一起寻找秧鸡，拜托市民一旦听见了秧鸡的叫声，一定要赶紧拨打我的“秧鸡热线”。我用来接听这一热线的手机彩铃是秧鸡叫声的录音，这样人们就可以比较一下他们所听到的叫声是否真的来自秧鸡。秧鸡的叫声活像用梳子刮信用卡时发出的那种声音，跟其名字的拉丁语发音也非常相似：“克里克斯，克里克斯。”奥克尼群岛上最老的那批原住民对这种叫声是非常熟悉的，那时一到夏天，乡下是能整夜听到秧鸡叫声的。

在收集其他人给我的信息的同时，我自己也进行着全面调查。我之前曾因为醉驾而被吊销的驾照，现在已拿回来了。我的调查工作必须在午夜到凌晨三点这个时段进行，所以只能开车出去。虽然秧鸡会整宿整宿地鸣叫，但只有在零点到三点这几个小时之内，雄秧鸡会出现在自己所拥有的地盘中心。连续超过七周，我使用国家标准方法，在奥克尼一平方公里一平方公里地对秧鸡的栖息地进行地毯式搜索——干草堆或青贮饲料堆放地，高大作物的生长地（比如荨麻地），都是秧鸡最易出没的地方。秧鸡是神出鬼没的鸟类，当我们靠听它们的声音来寻找它们时，它们会藏在高大的农作物后面，让我们只闻其声而不见其踪影。每走上两百到五百米我便会停车，摇下车窗，花两分钟的时间侧耳倾听有无秧鸡叫声。

现在，产羔季已过，所以我回到母亲在柯克沃尔的家去住了。每天晚上我出门时都已差不多十一点钟，母亲已经睡下了，其实这是以前我刚到夜店的时间。我在膳魔师牌保温杯里装满了咖啡——而不是酒——穿上保暖的户外服，检查一下自己是否带好了地图和手机充电器，然后便开车往乡下去。一路上，我经过的一户户人家都早已熄灯睡觉了，黑乎乎的山坡上既耸立着古老的石头，也有现代化的风力发电机。

奥克尼的仲夏大约有三个星期左右，每年到了此时会出现极昼，夜里几乎是不会全黑的：天空只是变暗了一点点而已。这种介于日落和日出之间的昏暗天色被称为“午夜阳光”或“小鬼”——后者来自古挪威语，字面意思是“闪烁的”。我觉得自己似乎是这岛上唯一没睡觉的人，也时常是大马路上唯一开车的家伙。在那些云淡风轻的晴朗夜晚，我做调查时，“午夜阳光”始终陪伴着我。

我很幸运，可以停下来聆听是否有秧鸡的叫声——汽车发动机用了好几秒钟才停下来，接着我自己也平静下来了，心跳变慢，衣裳也不再沙沙作响，脑子里的一切杂念都被排除出去，渐渐听到了属于深夜的种种声响。我的眼睛开始适应了黑暗，耳朵也对声音更敏感了：我把下巴放在打开的车窗口，听凭微凉的夜风吹拂在脸上，偶尔也会从后视镜里照照我自己的样子——头戴羊毛帽子，努力支着耳朵。当一个人注意力特别集中的时候，两分钟可是一段不短的时间呢！

即使是在凌晨一点钟——英国夏夜里最黑的一段时间——鸟儿们依然很热闹。每次我停车聆听时，都能听到奥克尼地区最“经典”

的三种鸟的叫声：麻鹬、蛎鹬和凤头麦鸡，它们的合唱简直就像拨号调制解调器发出的声音。我会把不太熟悉的鸟叫声记录下来，待回到皇家鸟类保护协会的办公室后再跟懂行的同事们请教：叫声像"吱吱作响的弹簧床"的是什么鸟？诡异的鸡叫又是什么鸟发出来的？他们告诉我，我听到的那种"略带颤音的像山羊宝宝一般的叫声"是鹬鸟发出的。当鹬鸟摆动尾巴时，就会发出那种令人毛骨悚然、听了就很难忘怀的怪声音。深夜出行的我也能听到其他种种声音：风涡轮机的转动声、牲口的哼叫、山火滚滚的燃烧声、涛声、海风和下雨的声音……虽然在那些雾气蒙蒙的夜晚，我没办法看得太远，但这些声音却能够穿过大雾传进我的耳朵。

每年的这个时候，太阳从升起到落下都在极北地带，落日沉入地平线下，正是观测北部海域的大好时机。我开着大灯飙车回家，一路都听到哈罗·桑德岛那边的电流声穿过浓雾传过来。我把车停在怀德福德山边的通讯塔塔顶，借着柯克沃尔的灯光往下看去。

不用寻找秧鸡的夜晚我也会出去。如果哪一夜赶上下暴雨，雨水还会淋进车里来。极其偶然地，我也会看到另外一辆车擦肩而过，这时我就会忍不住猜想他们在深夜的这个时间出去是要做什么。也许对方也是这样猜我的。有几次我遇到了农民，还有一次竟是警车——盘问我这时候出来是在做什么，幸而我有充足的理由。也有时，一个人在陌生的乡下公路上开车，我怪怕的，连一个稻草人都会吓到我。每到这时，我只能依靠手机和外界联系，还有谷歌地图，可以帮助我在黑暗中找到正确的路。每到星期五和星期六的晚上，我就会忍不住想，我的那些朋友都在伦敦干吗呢？有时我还会急急忙忙地读一下他们醉酒后给我发的胡言乱语——因为次日清晨一旦他们酒醒了，就会马上把信息撤回。寻找秧鸡的调查工作非常枯燥，但是每当我打不起精神时，天空就会展示出惊人的美丽让我振奋——我真是很喜欢奥克尼群岛上那些山谷里温柔的薄雾。每每看到，我都会觉得自己爬到了童话《杰克与豆茎》中高耸入云的豆茎上一般。

有一天夜里我随手用手机照了张相，结果连我自己在摸黑按下拍照键时都没有注意到，在相片的右下角有一对明亮的光点——一双羊的眼睛。原来当时有不少牲口在我附近，在黑地里安静地反刍。其实当时我是想把从后视镜里看到的一轮满月拍下来，结果我的照片里除了那双羊眼睛，还装进了一只鹅、一只野兔和正站在我大灯前的一个少年。后来，因为想要离天空近一点，我把车开到了峭壁边缘，放眼环视熟悉的奥克尼群岛——每座岛上都有灯塔，在黑暗中闪烁着五颜六色的光芒，潋滟地倒映在斯卡帕湾里。我和这里的猫分享如斯美景——它们的眼睛在堤坝上发着幽光，正窥视着田鼠和刺猬。

从我照片上显示的时间来看，我是在凌晨一点零八分拍下这张照片的。当时我第一次看到了“夜光云”——就在身后公路尽头的斯坦尼斯地区那个方向。我一直都知道夜光云非常有名，但仅限于在纬度更高的北部地区有，且只有仲夏前后的几个星期才会出现在午夜时分。如果我不是需要做与秧鸡相关的调查，绝对不会有机会看到它。然而今晚它却意外地出现在了我的视野范围内，绝对不会有错，一定就是夜光云了！它大约位于五十英里以上的高空之中，在暮色深沉的冰蓝色天幕中，犹如丝丝闪光的棉花一般垂挂着。我赶忙下了车，抓过手机对着天空拍照，笑得傻乎乎疯癫癫的。这般深夜，大部分云朵都模模糊糊的，只能看清一个轮廓，可夜光云却不同——它是闪闪发光的。

我始终满怀希望，每次停车都以为自己这回一定能听到秧鸡的叫声，有时甚至把鸭子的嘎嘎声都误认为是秧鸡的叫声了。但是，虽然我找了挺长时间，却始终连一只秧鸡都没有见到。它们真的是神出鬼没的鸟儿，总是缩在高高的草里不肯露面。

约翰·克莱尔在诗歌《秧鸡》中也描述了秧鸡的这种特性——你可以听到它们的叫声，却很难有幸睹其真容："简直就像是个传说/一个活生生的谜团。"我简直都开始怀疑秧鸡是否真实存在了。

直到一个寂静的夜晚，我终于找到了一只秧鸡！它们远在一公里以外的叫声我都能听得清清楚楚，而且数量似乎很多，多得让人难以置信。我下了车，在路上尽可能保持静立不动，以免吓跑了它们。然后我打开了车灯，一点点往发出叫声的方向靠近，直到我能够凭听觉确定它们的确切位置才停下来。

我不太清楚自己现在身处何方。连日来黄昏与黎明交织，我也说不清这是一日的完结还是开头。然后我又看到了一艘油轮，犹如一座巨大的建筑漂浮在海上，这情形也令我颇感困惑。

凌晨三点时，天已大亮，关上车里的阅读灯我也能看地图了。这时我才弄明白自己在哪里——一座我熟悉的岛上。最近我一直都是在主岛的西部调查，这里的条条马路对我而言都充满了回忆——

我把车停在邮局门口，那是母亲带我去做出生登记的地方，当时父亲正住在医院里。还有校车站，在这里我时常能捡到四个瓣的三叶草[①]，然而也正是在这里我因为酒驾被警察抓住了。虽然车速总是在每小时五十英里以下，然而我却已在这座主岛上来来回回走了几千英里。奥克尼的每条马路、马路上的每条车道，我都开车走遍了，到哪儿该怎么走，我完全清楚。这里简直就像已经与我融为一体，让我舍不得离开。

我也曾去过奥克尼群岛中不少较小的岛屿，去那种地方要乘坐“摇摇船”——一种烧汽油的小渡轮，任何天气条件下都可以出海。在桑迪岛，我曾见过一对夫妇带着他们的几只雪貂下了渡轮，还有一次听到了两只雄秧鸡在海湾对面啼叫，也曾听过一个关于牛在海里游了一英里的故事。在斯特伦塞岛，有人告诉我用装龙虾的篓子捉到了一只秧鸡。在没有秧鸡的伊迪岛，我听见两个渔民闲聊，说绝对不要学游泳，这样万一不幸沉船，反而还能死得痛快一点儿。在布雷岛，我遇上了哈雾天气。太阳刚升起来，雾气就变成了粉色，隔着田野，我可以听到对面的海边传来的海豹叫声，简直就像食尸鬼在号叫。

开车的时候，我总是希望自己能够忘却过去的事情：那些我轮番住过的房子、几次被炒鱿鱼的经历，还有在戒瘾中心的往事和我心里的痛苦。一开始，我总会计算自己已经有多少天没喝酒了，后来又开始按周计算自己不碰酒的时间。现在我已彻底戒酒好几个月

---

① 四个瓣的三叶草，寓意幸运，与后文“因酒驾被抓”的不幸对照。

了，抽烟也渐少，虽然偶尔还会犯烟瘾。在美丽的清晨时分开车回家，我往往是路上唯一的行人，我边开车边听着欢快的电子舞曲，觉得自己简直就是奥克尼的女王！然而，忽然之间，我会觉得此时此刻我唯一想要的东西就是一瓶烈酒，幸好岛上没有二十四小时营业的酒馆。

20世纪以来，秧鸡之所以会不断减少，是因为奥克尼开始越来越多地使用机械化耕种，尤其是大量引进大型高效的割草机。由于大部分的秧鸡都喜欢在干草堆或青贮饲料堆中做窝，所以当大型割草机割过来时，秧鸡们——尤其是窝里的小宝宝们——一下子就被轧死了。因此秧鸡只得拼命躲开割草机，到尚未割过草的地方去生活。这样一来，它们要么就是在田地里被农人捉住，要么就是在后来割草时被轧死。

有一次，根据市民的线索和我自己的夜间调查，我大概找到了秧鸡所在的位置，所以赶紧去拜访了那块地的主人。我紧张地开车走过不熟悉的马路，然后敲响了那家农民的门，听他们家的狗汪汪叫。在奥克尼老话里，不管是否结婚，都可以用“媳妇”这个词来形容岁数已不小的女人。所以，我到那家农场，和农民们说起他们那里有秧鸡的事情时，我便是这样自我介绍的：“秧鸡媳妇来啦。”皇家鸟类保护协会可以给农民提供一笔补助，让他们暂缓割草，或者是把草割成适合秧鸡居住的样子：中间浅外面深，让秧鸡可以躲藏也便于逃跑。这里的每一个农民都挺愿意跟我聊天的，我也察觉他们有很渊博的关于土地和野生动物的知识，而且按照保护秧鸡的方式割草对他们而言也是可以做到的。只是，如果把割草延迟到八月的话，虽然有政府补助，他们还是会损失惨重。没有人会直接拒绝我，奥克尼人不好意思这么直白。他们只说需要考虑考虑，然后再答复我——然后就没有然后了。

我尽可能地多学一些有关秧鸡的知识——读相关论文，研究它们的迁徙路线。因为这些都是农民们可能会问到的东西。在我打字时，我会选择一个专门的符号来替代“秧鸡”一词，我把手机铃声也换成了秧鸡叫声。我在谷歌搜索引擎里设了一个铃，每当全世界范围内的某个媒体上有与秧鸡相关的报道时，就会响起提示音。秧鸡已成了我心心念念的一件事，我在听音乐时竟幻听到了秧鸡叫，夜里做梦也总是梦见这种鸟。

2011年6月，在赫布里底群岛的科尔岛，有人捉住了五十只成年雄秧鸡，这些秧鸡是被捕鸟人用雄秧鸡的叫声录音引诱过去的，当时它们还以为是“情敌”在宣战。然后，捕鸟人在它们的腿上套了一个塑料环，环上装有还不足一克重的定位仪。第二年的夏天，这五十只秧鸡中的一部分又被捉了回来，其定位仪显示它们曾一路飞到中非的刚果民主共和国去了。这真是不可思议，因为在苏格兰，秧鸡是最不喜欢飞行的鸟类，因此才会连割草机都能把它们轧死。不过奥克尼当地也有这样的民间传说：秧鸡迁徙并不是用飞的，而是骑在松鸡或其他鸟类的背部让对方驮着它们。然而，就算是靠这种“飞行大法”，能够从这趟大迁徙中活下来、来年再返回奥克尼的也只有百分之三十的成年秧鸡，剩下的很多都是在北非地区被猎人打死了。对秧鸡这个族群来说，根本不能指望其增加数量，哪怕是维持数量不变，都需要有大量雏鸟补充才可以。

接受这份工作之前，我一直都在读《白鲸》，读了好长好长时间，就好像我也参加了书里的那次为期三年的环游世界捕鲸之旅似的。我把这本书背在包里，天天拎来拎去，就好像背了一把鱼叉。如今我也变成了《白鲸》里不畏暴风雨的亚哈船长，只是我所寻找的不是鲸鱼，而是一种可望而不可即的鸟——秧鸡。虽然我已听过差不多三十只雄秧鸡的叫声了，但还一只都没真正见过。秧鸡总是躲着我。

在寻找秧鸡的那些艰苦夜晚，我时常会问自己：为什么要救它们？它们不过是一种非常罕见的、从农耕时代繁衍下来的破鸟儿罢了，一个根本无法适应现代环境的物种又能有什么用？它有什么与众不同之处吗？后来我才了解到，1977年曾经有皮克特和维京时代[①]的秧鸡遗骨化石在奥克尼主岛的西部出土。这令我十分震惊，秧鸡已经在我们这岛上繁衍了上千年，然而在一个世纪内就濒临灭绝了。毫无疑问是人类的某些行为导致它们的衰退。由此看来，我们确实有责任保护它们残余的族群。

有一只独来独往的雄秧鸡——可能是那座岛上仅有的一只秧鸡——一到夜里便会一口气叫上三四个，甚至五个小时，一叫就是几个月。它就这样在弗洛塔岛上叫了一整个夏天，后来当我听说夏末时有人在那里看到了小秧鸡时，我感到非常欣慰——看来它最终

① 维京时代，一般指公元790年至1066年。皮克特时代比维京时代更早，在新石器时代，皮克特人就居住于奥克尼群岛。

还是娶上媳妇了。

今年整整一季，我一共听到过三十二次雄秧鸡的叫声，比去年才多了一次。有些雄秧鸡总会在同一个地方叫，这就说明它们有媳妇在身边。自打皇家鸟类保护协会的保护秧鸡计划启动，奥克尼群岛上的秧鸡数量已略有增加了，然而秧鸡的数量依然很少，秧鸡这个族群的整体状态依然是“挣扎在死亡线上”，我似乎有种自己已和秧鸡的命运交织在一起的感觉。一直以来，我都在努力戒酒、努力回归正常生活，而秧鸡则和我做着类似的努力——努力维持自己的种群不要灭绝。

有个朋友曾给我讲过，当年她母亲去世了，留下了她父亲和三个孩子。母亲死后，有一次父亲带他们去美国玩，用她的话说，当时她父亲就是在“行尸走肉般地开车”。遇到这种情况，可能她父亲觉得自己根本就过不去这个坎儿了，之所以去美国旅行只是想给自己找点事情做——比如开车。其实这就是解决问题的方法，转移自己的注意力，找点别的事做，然后时间会带走一切痛苦的。我在开车的时候，一公里一公里地往前数着，不知不觉心里翻腾着的酒瘾就会慢慢退去，就像当年我在伦敦会漏夜外出骑行，从运动中找到对酒瘾的解脱。有一天晚上，我忽然发现，自己的酒瘾小多了，人生也正常多了。能够住在奥克尼并且得到一份工作，我算是挺幸运的。

夜生活有很多种，我当年在伦敦时过的那种派对加夜店的日子，如今已不再属于我了。然而我却在这个极昼之地找到了一份跟着地图在大雾中行走的夜生活，这才是真正属于我的人生。今晚我一次秧鸡叫也未听到，但是当黎明来临，我大口喝着自己带的咖啡时，却忽然听到了海豹的叫声。

寻找秧鸡时会遇到很多精彩瞬间：有一次我与一只短耳鸮[①]对视了一眼。今年此地这种鸟特别多，我们当地人习惯称它为“猫脸儿”。当时，它正站在一个木桩子上，而我刚好就把车停到了木桩子旁边。所以我俩都不约而同地转过头，同时看见了对方。我惊叹了一声，短耳鸮赶紧飞走了。有一天，当时尚未到仲夏时节，清晨的天空是粉色的，我在回家的路上把车停在布德罗盖石圈那里。那时周围空无一人，我脱掉了所有的衣裳，围着石圈裸跑起来。

七周的调查已接近尾声。一天凌晨三点过后，就在我刚刚完工，慢吞吞地往车里钻时，一件大大出乎我意料的事情发生了：我看见了一只秧鸡！虽然只是一瞬间，但是它刚刚就在这条路上，从我眼前掠过，飞跑进了草丛。粉红色的小尖嘴和棕色的生姜片一般的翅膀——我不断地在脑海中回想见到它那一瞬间的情形。虽然只有一秒钟，但这就证明了它确实存在，也不枉我连续做了两个多月的调查研究。这是我第一次，也是唯一一次看见秧鸡。平日里，清晨总是降临得慢吞吞的，可是这一日我却有种开车冲破云雾、新的一天忽然而至的美妙感觉。

---

① 短耳鸮，鸱鸮科猛禽，（俗称猫头鹰），羽毛黄褐色，面盘显著，有短小的耳羽簇，主要捕食小鸟、昆虫及鼠类。

15 玫瑰山庄

在寻找秧鸡的那段时间，我去过很多奥克尼群岛中较小的岛屿，从土壤肥沃、农业发达的沙平赛岛，到人称“高海拔岛屿”的荒岛霍伊岛，亲眼观赏了那里的独特美景。奥克尼群岛中除了主岛外，有人居住的小岛还有二十多个，每个岛上的人口从两个到几百个不等，现在这些岛上的状况往往是房子比人多：虽然有一些小农舍早已废弃多年，但也有一些是经过精心修复和重新改建的；房车靠绳索和煤渣砖固定住；至于农场嘛，当然也有面积太小且古旧过时的，但也有现代化、十分先进的。看好地图之后，我便驱车在这些岛上四处行走，一路上会见到一些生了锈的报废汽车和坏掉不要的浴缸随便扔在马路边。那些农场的名字都很古怪，什么“呜呜”“乐极生悲”“巴拉克拉瓦”“风墙”“耐心”“缺陷”“克鲁克”……一看就是和此地过去的方言有关，且不同的岛上总会有些农场起了相同的名字。

我越来越喜欢研究和探访这些地方，这着实出乎我的意料。迄今为止，奥克尼群岛中凡是住人的岛屿，我几乎都去过，只差三个尚未涉足：考古任务最重的莱尔岛；奥斯凯里岛——岛上如今只有一户居民，所以他们用自己的姓氏给这座岛命名了；还有帕帕斯特伦塞岛，岛上只住了一群修道士。

令我自己惊讶的是，在寻找秧鸡的季节结束之后——此时秧鸡早已飞到非洲中部去了——我选择了更远离城市的生活方式：我在帕帕韦斯特雷岛（即帕佩岛）待了一整个冬天。这里是奥克尼群岛中最西北的岛屿，也是有居民的岛屿中最小的，只有约四英里长、一英里宽，形状狭长，居民仅有七十人。在地图上，这座岛看上去像一个拄着拐棍的老人在呕吐。夏天时，因为帮助皇家鸟类保护协会寻找一种罕见的迎春花，我曾来过这里，当时便颇为喜欢，此地的居民也为自己的美丽家园而深感自豪。

在柯克沃尔和奥克尼北部群岛——包括帕佩岛、韦斯特雷岛、伊迪岛、桑迪岛和北罗纳德赛岛——之间，有空运航班，帕佩岛和北罗纳德赛岛在这些北部群岛中是面积最小、位置最北的两个，每周只有一两班渡轮会抵达，所以就特别依赖空运。每星期一，岛上的中学生要花二十分钟的时间飞到柯克沃尔去上学，星期五再飞回来，平时住校。

十一月中旬的一天清晨，天色未明，母亲送我到柯克沃尔机场。那些负责北部航班的地勤人员和机组人员几乎能叫得上每一位乘客的名字。因此，上下飞机既不用排队，更不用检查护照，我们就直接穿过飞机跑道——正是当年我出生那天送父亲去医院的那条跑道——走上那架八座螺旋桨直升机就行了。这个飞机上的飞行员和乘客的座位之间并没有隔离，飞行员可以简单地从他的位子上转个身提醒我们系好安全带。在这么小的飞机里会让人产生坐着轿车飞行的错觉。飞机上升，我紧紧抓牢我的座位。此时天已大亮，我们掠过市镇上空，往下还可以看到渔船和渡轮。我们还会飞过贼岛，那是一座曾经用来流放罪犯和女巫的无人岛。直到现在，它和旁边的赫利尔岛都无人居住，灯塔遗世独立，俯瞰着沙平赛岛（以及岛上那些维多利亚古堡）、埃吉尔赛岛和岛上的挪威人建的教堂——圣马格努斯①当年被处死的地方。

我很放松地坐在飞机上。这样的出行方式让我觉得自己像特权阶级，因此不管去哪儿感觉都很好。我沉下心来，开始思考自己的事情。我回到奥克尼已经有一年了，但是有时仍心情忐忑、无所适从。现在，我必须得确定自己该何去何从了，然而这一次我选择了北上——往奥克尼北部群岛去，而不是南下伦敦。我想去体验小岛上的生活，到那种比奥克尼主岛更小的岛上去。真正到了帕佩岛上我才意识到，我即将加入这个仅有七十个人的小社会，与他们同甘共苦，一起享用仅有的一点土地，我要找出人与人之间的关系是靠什么维系的。在这里，我的生活成本会大大降低，整个冬天我将住在靠近海边的属于自己的房子里。这将是我身心恢复的新阶段。我希望岛上的生活可以让我的精神更健康。

天渐渐地亮了，飞机下的北部群岛也渐渐露出了真容，我们经

① 圣马格努斯，又称殉道者马格努斯，公元1115年在奥克尼埃吉尔赛岛被杀。奥克尼郡首府柯克沃尔建有圣马格努斯大教堂。

过了自带照明设施的养鱼场、盛产海蓝宝石的海湾和一大片岩礁，终于到达了帕佩岛。帕佩岛小小的，地势很低，植被却非常茂密，大部分田野都被堤坝和篱笆整齐有序地划分成一块一块的。海水的白色浪花打在岩石边缘，仿佛这座岛在不断地与大海搏斗，生怕被大海吞没似的。

我们先在韦斯特雷岛短暂地着陆，然后又颠簸着起飞，飞行两分钟后到达了帕佩岛——这简直是世界上最短的飞行航线。一眼望去，帕佩机场简直就是一小块地加上一个棚子，接机的是农民鲍比和他兄弟戴维。据我所知，他们是利用一天两三次的工余休息时间，换上防水制服、开着四驱车来机场接我们的。简是本岛人士，夏天那次我来时我们已见过面，因此这次她也来接我了。我带了一大堆东西，包括一大包火种、笔记本电脑、整整三公斤的即食粥和一套保暖内衣。简开车上公路才走了几分钟，就把我送到了一座粉色的小房子跟前——这就是我接下来四个月要住的地方。

皇家鸟类保护协会在帕佩岛上有片保护区，我住的房子即归保护区管理员所有。因其为独特的粉红色，所以名曰“玫瑰山庄”，在岛上那些整齐划一的鹅卵石房子中间它显得卓尔不群。当地人把玫瑰山庄称为“小鸟的避暑山庄”。每到夏天便会有一对一对的鸟来做窝，到了冬季却消失不见。虽然我已不再为皇家鸟类保护协会工作，但当我听说那座房子冬天无人居住后，便申请暂时住在那里，工作人员也就热心地答应了，只要求我象征性地支付一点点租金，保持屋内干爽即可。因为有我在，这个冬天玫瑰山庄里将不再是漆黑一团了。

有人警告我说，那座我从未住过的房子四处漏风，一到冬天会非常冷。刚到玫瑰山庄时我还真信了这话，因为当时它已空了好几个星期，室内空气沉闷。但在我生上火、挂上窗帘之后——窗帘严严地挡住了寒风——那里温暖得简直就跟厨房一样。我傍着火坐在一把老式扶手椅里，打量着屋内那些不成套的漆器和陶器陈设。就像父亲的房车一样，那座房子里没有供暖设备，所以如果不了解那里的天气状况，真的很难住下去。

玫瑰山庄建于20世纪60年代，起初是工人的宿舍。那些工人当时正在建设一座新码头，以供渡轮停泊。山庄建在全岛最窄的地方——宽度只有五百米。在山庄的厨房里，东南两面墙上都带窗，因而我可以从窗口看到包围小岛的海水，也能看到港口、船只的前部和右舷，还有太阳在南天沿一条短短的路线起落的景象——这番情形，上个冬天我替父亲重筑堤坝时就已经看到过了。我愈发清楚地感觉到，我真的是身处小岛之上。如别人所说，此地风大浪高，海浪能够一直打到门口的小路上来。

皇家鸟类保护协会的工作人员夏天时曾在这儿住过，屋里还留着他们收集的标本什么的：贝壳、骨头、被海水冲刷得很圆润的小鹅卵石，卫生间的门上悬挂着一只小鲸鱼的脊椎骨标本，壁炉上放着一只完美的球形海胆。另外，我发现了被切开的猫头鹰食丸[①]，里面还有奥克尼田鼠的碎骨头。我还发现了一只海燕的翅膀，还残留

① 食丸，部分鸟类对其食物中不能被砂囊吸收或被排泄的东西以食丸的形式反吐出来。猫头鹰一般在进食四五个小时之后会将羽毛、骨头等无法消化的东西形成食丸吐出来。

着那种特殊的麝香似的怪味。

虽然我在帕佩岛是初来乍到，但我对这种海岛上的农庄生活却不陌生。玫瑰山庄地处农场尽头，时不时传入卧室的拖拉机声对我而言十分亲切。我自幼在农场的春种秋收中长大，很清楚冬天是喂养牲畜的季节，要把夏天收获储存起来的干草或青贮饲料拿去让饥肠辘辘的家畜添膘，还要留心何时把牛赶进牛棚过冬。出门的时候，我总会穿一双雨靴，就跟父亲冬天时的打扮一样。

我打算在厨房里烤火度日，至于屋子里其他地方，冷就冷吧。从厨房里，我可以看到帕佩岛旁边的帕佩·霍尔姆岛和道格拉斯家的渔船——如今帕佩岛仅剩的渔船。当然我也能看到与斯特伦塞隔海相望的所有北部的大岛。再往东看，仿佛是一片崖壁形成的三级阶梯状的大陆：第一级是地势最高的伊迪岛“顶端”；然后是和海平面平行的桑迪岛——日出时，从桑迪岛放射出的光线笼罩着整个地区，会把山顶上的风力发电机的影子投射下来；第三级是更北部的北罗纳德赛岛，它地势低洼，整个都掩映在一片房子里，零零星星地飘浮在海面上，只有天气晴朗时方可看到。

在帕佩岛的西边，是离我们最近的韦斯特雷岛，住着三百个居民，岛上有一家贝类加工厂、一所初中和一家快餐店。在帕佩和韦斯特雷之间每天都有往返的渡轮，接送学生并运输食物。在韦斯特雷岛背面就是石楠丛生的劳赛岛了，再过去便可看见奥克尼主岛上的高山。帕佩岛干旱的时候，我却往往能看到奥克尼主岛那里乌云密布，马上就要下雨或下雪了。

在帕佩岛上，有一条公路可通达岛的中心地带——从机场再过去便是。虽然不大，却也称得上是个小镇，同样有邮局、教堂、学校、商场和旅馆。一个有风的日子，我骑车溜达时发现，小镇比我想象得要紧凑一些。

此时田野里仍有星星点点的绿意，但随着天气越来越冷，这里会变得光秃秃的，单调乏味，只剩下机场那边风向标的一抹橙色。直到第二年三月，外面的景色才恢复盎然的生机。以前我从未想过自己会搬到帕佩岛生活，更没想到就住在飞机起落的必经之路上。早上我经常被飞机降落的声音吵醒，有时这声音还会惊起全岛的鸟儿。从我厨房的窗口看去，常常有十几群不同种类的鸟儿被惊起，天空中一下子就飞满了灰雁、翻石鹬①、金鸻②和其他鹬科鸟类。

独居对我而言是有风险的，因为这样一来偷偷喝酒可是十分方便的。我还记得我在弗洛塔岛做清洁员时，每晚一个人坐在厨房桌边自斟自饮的情形，也记得后来在伦敦躲在卧室里独自狂喝的往事。几乎都是一个套路：从下午两点到五点的这段时间我会把自己喝得飘飘然，觉得自己又自在又成熟；但在接下来的晚上六点到十点之间，我越喝就越觉得自己孤单寂寞、失意消沉；然后，为了摆脱孤寂的痛苦，我便愈发地狂饮烂醉。就这样，我会一口气喝到次日清

① 翻石鹬，鹬科鸟类，羽毛黑色和白色、栗色交杂，嘴短，呈黑色，喜在水岸湿地以坚喙翻海草和石块觅食，故名翻石鹬。

② 金鸻，又名金斑鸻，鸻科中型涉禽，背羽有金黄色斑纹，生活在湿地环境，善于疾走。

早，然后就开始醉醺醺地挨个儿给手机联系人打电话、发短信或写邮件。只要是我想联系的人，掘地三尺我也要把他找出来，希望他能听我倾诉、予我温情。

我浑浑噩噩地度过的那些年，唯一的目标就是少跟别人说话、少上班，因为我每一两天就得喝上一顿酒，每次都要喝好几个小时，酩酊大醉之后又要花好长时间恢复清醒——等我恢复到可以独自去商店买酒了，新一轮恶性循环便又开始。我绝对不要回到那个既痛苦又破财的怪圈中去！在我去帕佩岛之前，母亲曾经对我说，我需要加强意志力，以前就是因为缺乏毅力，我才会那个样子的。母亲很能理解我的感受，因为在搬到奥克尼后的第一个漫长而艰难的冬天，她也染上了酒瘾。

对我而言，玫瑰山庄就像一个完美的康复之家，让我在这里找到一片属于自己的空间，可以重新走上健康、负责的人生之路。

夜晚，在玫瑰山庄绝无邻居或室友会听到我独自哭泣。我很怕自己会因为没有一技之长而沦为无收入的游民，毕竟我是个走过错路的家伙，我担心自己连第一个严冬也熬不过去。天气非常恶劣，这座小小的水泥房子一直在发出种种怪声：雨点打在窗户上，风有时顺着烟囱溜进来、有时则会从门缝里嗖嗖地钻进来。最怕的是偏南风，它会从窗户上那些小到肉眼看不见的裂缝中钻进来，让屋里冷如冰窖。

我很久没跟人接触过了，本周我见到的海豹比人还多——就在海湾那里，它们鼻子朝天地浮着。我若想与世隔绝的话，有的是机会。过去读书时，我时常借口头痛，每个月都要旷上几天的课。染上喝酒的习惯之后，我找到了新的逃避现实的大法：借着宿醉的难受劲儿，给公司打电话告病假。我确实是个既懒又古怪害羞的家伙，但也许我需要给自己留有余地。戒酒之后，我一直拿自己当个娇娃娃似的对待，让自己有足够的空间去过朴素的生活，我花了好几个星期去适应这种状态。

奥克尼主岛上的很多娱乐场所和职业都是我们在帕佩岛上所没有的：游泳池、酒吧、地方官，当然也包括医生。另外，这里也没有野兔和刺猬。不过其他哺乳动物倒是有的，品种还蛮丰富，海豹、家兔和家鼠都有。科学家们通常都会对研究小岛上的生物特别感兴趣。就拿家鼠来说，他们在帕佩岛上做了一项关于帕佩与其他地方的家鼠下颌骨差异的专门研究，发现老鼠会根据自己的生存环境而不断进化。

我告诉别人，我之所以会到帕佩岛上来生活，是因为这儿的房租便宜。但其实这是借口。我来这里可不是为了什么“低调生活”“回归自然”，因为我回家的目的也不是为了在老家调养，只是回来看看，如今不过是一时耽搁了才没回伦敦而已。况且这里原是我的老家，我不像那些在奥克尼居住的英格兰人，我并非“愿意来这里”。去年一整年，我最常挂在嘴边的话就是：“我就回来住几个星期。”我不过是为了修堤坝和照顾羊羔才耽搁于此。后来的几个月，秧鸡又成了我逗留的理由。然而，现在我却打算在帕佩再待上一冬天。奥克尼仿佛一直紧抓着我。

每天我都会出门，完成一些我为自己布置的小任务，以此来消磨冬季时光。我听说，天气晴朗的日子，往遥远的西北方向看，可以看到费尔岛[①]，因此我就常常拿个望远镜往西北方的地平线那边瞭望。我也在海滩上寻觅那种被当地人称作“粉色晶莹小贝壳”的海贝，尽可能找到外表最稀罕的品种。我自己做烤面包并把样品拍成照片。另外，我还去海边捡浮木用来生火——月圆日或大风天是最好不过的。至于去哪片沙滩捡，则要取决于风从哪边来，迎风的沙滩是最合适的。

我当“秧鸡媳妇”时，整天都忙忙碌碌的，很少会想起在过去几年中自己的遭遇。如今，我有了足够的时间和空间，可以好好琢磨为什么当时我会那么做。我也认识到，当时我选择去做康复治疗，让自己彻底戒酒，往后滴酒不沾，绝对不算过火。

当初，我在奥克尼因酒驾被捕，之后还不到一个月我便回了伦敦。虽然我知道那次事故并非我的过错，但如果我当时没有醉得那么厉害，一切就都不会发生了。

我的狂饮一般是从下午开始的。那天，像平常一样，我先去见格洛瑞亚，然后去集市的酒吧。此时摊位都收起来了，满地烂菜叶子和咖啡纸杯。虽然刚过中午，但已经有人喝醉了，坐在酒吧的沙发上，手里还拿着从街角小便利店里买的大杯大罐的酒。格洛瑞亚

① 费尔岛，在奥克尼群岛和设得兰群岛之间，行政上归属设得兰群岛，正确的方位应该是在作者身处的帕佩岛的东北方向。

当时是因为拒绝接受她父亲的钱，不得不从诺丁山[①]搬到哈克尼。那个夏天，她手里还有积蓄可花。而我呢，也总会装出自己还有工作所以一切都好的样子。

我喜欢一边把冰镇酒杯往脸上蹭，一边听格洛瑞亚漫不经心地讥嘲我们某个共同的朋友。我们聊得很开心，竟能从毫无前景的工作中找出积极的一面来，也拿被我们伤过心的男人肆无忌惮地开玩笑。在同性好友的安慰下，我忘记了自己的感受和誓言：我其实很害怕，而且我想戒酒。

从集市的酒吧开始，我又转移到越南餐厅去喝酒，然后回我弟弟家——当时我寄住在他们家沙发上——梳妆打扮一番，再去另一个酒吧。有人还会给我摇头丸。有一次我本打算回家的，但在公共汽车上有人——我从来都没见过他们——问我要不要去一个仓库派对。我跟他们去了。派对很狂野，楼梯上都挤满了人，有些是我认识的。虽然我从未去过，但那儿可真是不错。那时我忽然意识到，那地方很像我前男友的家——我真想把这种感受告诉他。心思转到这里，我便有种跌落云端的感觉，醉酒的兴奋立刻变成了不计后果的鲁莽妄为和满心的自哀自怜。

喝醉了的我迷迷糊糊就摸到了前男友的家。每次换房子后，他总想瞒住我他的新地址，但每次我都能“破解”。我拼命按门铃，扑在门上没完没了地敲，没命地给他拨电话。没人搭理我。我心都碎了，必须得让他注意到我啊！我沿着马路走起来，模模糊糊地拐进

---

① 诺丁山，伦敦市西北部的一个行政区，是世界各地居民混居的区域，以一年一度的诺丁山狂欢节闻名。

了一条小巷——后来，前男友曾问我为什么穿得那么放荡露骨——当时，一辆车在我身边停了下来。虽然我不记得司机说了些什么，但他确实说过让我上车，我也就真上去了。

貌似我们开车行驶了很久。可是，最后等救护车来救我时，却发现离我上车的地方也并不远。我记得当时上了那个人的车后，我们还商量过去哪儿。当时我说拜托他送我回家，然后就一直给前男友打电话。他不接电话我就往语音信箱留言，告诉他我现在正在一个陌生男人的车上。

忽然，那个司机使足了劲儿朝我脸上打了一拳。然后，一切都不对了，我的酒醒了大半，心知自己必须赶紧逃走。我打开车门想逃，也不顾车还在行驶中——事后我告诉警察我的鞋子就是这时候掉的——那个司机停了车，从刹车板那里拎起一只沉重的大靴子便往我后脑勺上砸。我也不晓得他到底是想杀了我还是把我打晕，只记得自己拼命挣扎，最后我们俩一起从副驾驶座那边滚到了车外的地上，旁边就是公园。他拖住我的脚踝，拼命拽我，想把我拉到公园里树木密集的地方去。

我唯一记得的就是他让我“安静”，因为我一直又叫又挣扎。我很怕。当时我喝醉了，还嗑了药，头上又刚刚被重击过两下子，但不知为什么我竟一下子就明白了自己身处危险境地。那司机不是身材健壮的男人，也没有武器。虽然过去我从未遭遇过这般暴力事件，但从小和弟弟玩打仗游戏的经验又回到了我的脑袋里，我知道我没准儿能打得过他。于是，我亮开嗓子呼救，不停地号叫：“我可比你厉害，我可比你厉害！”同时不断踢打挣扎，那会儿他正拼命想把我的紧身裤撕开。

我看见三个男人往我这边走来。几分钟后，我们就被闪烁的灯光和几个人围住了。想要强暴我的家伙早已落荒而逃，而我一直都紧紧攥着手机。

在警察局里，他们给我做了笔录，还拿走了我的衣裳，然后送我去医院给头部照了X光片。在医院里，我顺便称了个体重——竟然比十几岁的时候还轻了。前男友也来了，那天晚上他最终还是接了我的电话，然后立即往公园里赶。我终于引起他注意了！我俩走出医院去抽了根烟，满街都是夜店，我建议一起去喝一杯。他难以置信地看了我一眼，一副害怕我的样子，然后便说恕他不能相陪了。

那个强奸犯早已经逃离现场，连车都扔下不要了。我真不记得自己这样跟警察说过，但是我的口供里却形容那个人是个“三十岁出头，瘦小的白人”。这导致警察把那一地区翻了个底朝天，当天晚上误抓了一名男子。直到次日，真正的强奸犯才在他的住所被逮捕了。

之后没几天，来了个负责拍照的警察，给我被打得乌青的眼圈和大臂、脚踝处被拉扯时留下的瘀青的手指印儿照了相。虽然我脸上的伤最终消退了，但我后脑勺上被大靴子砸过的地方却留了疤。我的头发歪七扭八地长在那块伤疤周围，有时我都能用手摸到它。

几个月后，这起案件开庭审理。我要求通过屏幕参加庭审，这样就不用见到那个强奸犯了。在袭击我之前的几个月，那人曾经用类似的手段袭击了另外一名年轻女子。不同的是，我在被他袭击之后仍保持了清醒，而那个姑娘显然就没这么“幸运”了。她是后来才被一个骑摩托车的人在人行道上发现的，当时还没清醒过来呢。袭击我们的男人以两项“强奸未遂”的罪名被判了六年有期徒刑。

今天海浪特别大。我骑自行车顶着风去了趟商店，冰雹横着砸到我身上，大风几乎要把我的自行车吹倒。车链子掉了，我只好推着车回家。回家后我收到一封来自伦敦的邮件，一封令人不快的邮件。但不久，一束异样的光辉照亮了我的电脑屏幕。我往窗外看去，天气转晴，雨后的蓝天笼罩着伊迪岛，云层被阳光映照成了淡淡的粉色。火炉中蹿出一根长长的火苗，我的心中渐渐升起了满足感，由激动颤抖慢慢归于平静。

我已在帕佩岛上住了四个星期了，可我的心思却好像仍未离开伦敦。伦敦就好像英国的一个岛，独立且有其独特意义。如今我独居在帕佩岛上的这段日子，大大改变了我人生的轨迹，我开始喜欢这种为衣食而努力的平凡生活。在经历了许多年的迷茫之后，我渐渐学会了如何融入日常生活之中。我没有钱，完全是白手起家，但我却可以选择自己想要的生活。

我已习惯了不化妆、不刮体毛的生活方式，偶尔会有客人登门拜访——比如母亲从主岛过来看我或简开车过来顺道捎我去商场……每当这时我都会纠结，要不要梳两下头？要不要把桌上乱扔的动物骨头挪走？我仍对售酒商店和咖啡馆怀有恐惧感。但有时当我坐在火炉边，膝头搁着一个针线笸箩，奇怪自己怎么过上了像老人一样的生活时，我也会油然而生对过往夜生活的渴望。我离主流生活越来越远了，这令我非常怀念那种生活方式。这里的环境与伦敦截然不同——这里的人们关心天气胜过关心政治。

★ ★ ★

如今我的生活重心已然北移，关心的事情多围绕设得兰群岛、冰岛和法罗群岛。有时我仍会悚然一惊，为自己曾陷入的危险境地颇感后怕。如今我接受过康复治疗，已有二十个月十八天滴酒未沾了。原来不喝酒的滋味是这样的。现在我回归家乡，置身于这些风化岩石之中，要实现自己心中的渴望。

在帕佩岛的每一天都有那么一刻，迎着北风在海边漫步时，在不经意地回头时看到的景物会让你的心随之飞扬。我看到星椋鸟[①]群像流体一样不断变换形状躲避掠食者，寻找过夜的栖息地。大风从我身后猛烈地刮过来，我在风中又跑又笑。如今的我心情平和，然而依旧保留着对酒精的警惕。在帕佩岛上的几个星期让我获得了很多新知识：我会判断海浪的高度，会看风向，知道日出日落的时间，也学会了看月相。

我也开始注意退潮——新月初升之时，那片一直绵延到帕佩·霍尔姆岛的岩石便都露了出来，这时我便会去思考涨潮退潮的原理是什么。海潮不只是受地球自转和月亮、太阳位置影响的，它也会受月亮的高度、海水的深度以及洋流在岛屿之间的运动路径影响。想到地球自转，我忽然意识到，其实并不存在所谓的潮起潮落、

① 星椋鸟，椋鸟科，羽毛呈蓝色，有光泽，带乳白色斑点，喜群居，善模仿其他鸟类叫声。

月升月降，是我自己在不停移动。

最近，在无人居住的腊斯克荒岛上，人们用石头建了一座有螺旋梯道的高塔，在潮水涨得最高时可供当地的羊群栖身——它们甚至可以住在塔上，靠吃海水冲上来的海带为生，还不会被海浪卷走。对我而言，我寄居的玫瑰山庄跟腊斯克荒岛上的石塔有同样的意义。我栖身于此，为的是不让自己被过往生活的潮水淹没。

16 世界尽头的家园

虽然帕佩是一座偏远小岛，可这儿的生活却并非与世隔绝。整个冬天，这里都会举办社区活动呢！譬如十二月一日，那天正是星期六，岛上居民半认真地成立的“帕佩岛徒步委员会”——岛上的众多自由组织之一——打算举行一次徒步环岛的活动。这天中午，我们将带着手电筒在老码头集合。我们要完成大约十一英里的徒步，不可能在下午三点二十分的日落之前完成的。我很兴奋，却也暗暗担心自己作为一个热情过度的新人，也许会成为这次活动的唯一参与者。幸而也有别人来了。我们沿着东海岸出发，一路向南，顺着锯齿状的海岸线行走，完成了一次追逐太阳的徒步环岛之旅。

一边行走一边和别人聊天，这对我这个曾经的酗酒者着实有好处。因为自打不喝酒之后，我就必须找到让身体兴奋、精神振作的新方法，而现在这样就很好。这次聊天让我发现，除了原住民之外，每一个选择来帕佩岛生活的人都有一段往事，也都愿意把它讲出来分享。有人是出于“对这座岛一见钟情”，几年之后终于等到了合适的时机，毅然北上。也有人是单纯图这里房价便宜，于是就买了房子搬过来了，甚至事先都没来“踩踩点”。丹尼尔告诉我，他从英格兰来，头两年在道格拉斯的渔船上干活儿，此前他一点儿相关工作经验都没有。而玛丽说，她是有一天忽然意识到，作为一名护士，她在任何地方都可以找到工作。因为觉得北部岛屿实为宜居之地，所以他们两口子在此地买了房，便从英格兰南部搬来定居了。

这岛上的很多居民都同时做好几份工作：给我接机的农民戴维也是海岸警卫队的队员。住在玫瑰山庄附近的安妮既是邮递员，也是学校的看门人和四个孩子的母亲。同时，她还兼职把从沙滩上捡回来的贝类设计成美丽的首饰。

1851年的人口调查报告显示，当时帕佩岛有居民三百七十一人。现在，每当我经过沿海岸线散布的那些已遗弃的小农场时，总会想象这里面仍住着一个个家庭、每家都有好几个孩子的情形。如今我们这岛上只有居民七十人，真的很难维持一些必要的基础设施，比如商场、学校。可如果岛上没有这些，就很难吸引新移民来此定居。不过，也多亏了有新人到来，帕佩岛上的人口才从20世纪90年代中期最低谷的五十人上升至现在的七十人，现在学校里共有学生六人。

我们岛上的居民来自四面八方。有从南方来的移民，他们往往会选择到斯特伦塞岛上去生活；而更传统的奥克尼本地人多半祖上就是住在帕佩岛的，他们追寻祖先的足迹搬回老家，就像当年他们的祖先离开此地一样，不过这些新移民也很可能会来了又走。有种说法认为，此地的居民“与世隔绝，遗世独立”，其实是不对的。因为帕佩岛太小了，所以我们比城里人更需要与相邻地区紧密联系。

绝大多数时候，我们都与临岛相处甚欢。

边走边聊的时候，我们还可以听到帕佩·霍尔姆岛那边浪涛拍岸的声音，夹杂着拖拉机声、海鸥和蛎鹬的叫声、装修房子时锤子一下一下夯地的声音。我们也能闻到那边散发出的海藻腐烂或农场翻泥浆的味道。从十一月到次年五月，牲口幼崽和家禽都是要关在室内的，因此当我们路过离牛棚羊圈比较近的地方时，便可听到牲口在里头厮打吠叫的声音。一群麻鹬正在和雪雁掐架。

东边，有一辆撞坏了的汽车一半悬空地停在崖壁边缘。几个月前，车主本想赶紧把它弄走，可最终失败了，只得听凭车被扔在这里生锈，随时都有可能掉下去。果然，几周之后，刮了一场猛烈的西风，这车便彻底四分五裂了，悬崖上只剩下一些零部件。

帕佩岛有许多故事传说，尤其是关于沉船、洞穴、奇异天象和战争的神话。这些故事在每个家庭里代代相传，学校里的老师也会讲给小朋友，有时海边甚至还会发生与故事相似的真实事件。如今破败无人的维纳斯农场附近，一只裂成了两半的船停放在石板路上——当年，这艘渔船在船长睡着时触礁了，岛上一个居民的儿子丹尼恰好在这艘船上工作。事故发生后，他在船沉没之前跳上救生艇逃走了，却扔下了一盒子他的东西，其中包括他儿时最好的朋友——一只名叫萨米的灰色泰迪熊。后来他再也没找到萨米。

有人告诉我，曾经有一大堆油漆桶被冲上海岸，如今岛上那些绿色的石灰墙就是拿那批油漆刷的。还有人告诉我，帕佩岛的著名传说是“鳕鱼”，就像韦斯特雷岛的传说是“海雀”，而桑迪岛的是

“一锅粥”、斯特伦塞岛的是“帽贝”一样。有人曾指着崖壁上一段十来米的小路让我看，说这里曾是战争时代的采石场。虽然如今这条小路已走不通了，但1948年时用过的采石船贝拉维斯塔的遗骸还停在浅滩上生锈。

帕佩岛上共有至少六十处历史遗迹。从地图上看，岛上有很多神秘的“焚物堆”[①]。岛上最有名的遗址当属霍沃尔小山[②]——一种石屋，西欧现存最古老的住宅，这也是帕佩拥有的另一项纪录。这两幢石屋属于一个约五千年前的新石器时代的家庭，被埋在沙子底下许多个世纪，才得以保存至今。它们比埃及的金字塔，甚至比奥克尼主岛上新石器时代的村落遗址斯卡拉布雷还要古老呢。

十一月初我来到帕佩岛上时，恰好赶上一年一度的“盛大晚宴”，真的非常丰盛。历史上，原是为了庆祝一年最后一次收成，在其他地方则被称作“收获节”。这天岛上一多半的居民都聚集在市政厅里，先上了汤，然后是一盘盘的羊羔肉，羊羔是帕佩·霍尔姆岛土生土长的。接下来就开始放音乐了，大家跟着音乐跳起了苏格兰传统舞蹈。有些我在学校里学过，所以也会跳，但有些特殊的帕佩岛上的民间舞，名字都很另类，比如“八男子舞”一类，我就不会了。大多数时候我都是坐在那儿看别人跳，后来也加入跳了几支集体舞。

---

① 焚物堆，这种遗址由一小堆碎石和木炭构成，近处会有灶台和水槽，一般解释为古人炊事的遗迹。

② 霍沃尔小山，奥克尼群岛著名历史遗迹，新石器时代的家庭住宅，距今约五千多年。

新年前夜我们举行了“元旦初访”做客活动，这曾是全苏格兰的传统活动，然而如今人们的注意力都被新年前夜的酒驾什么的分散掉了，邻里之间的关系越来越生疏，这项活动便渐渐销声匿迹。当晚苏格兰教会给我们提供夜间服务，直到午夜手铃响起时才结束，这时我们都三三两两地聚在那些大门敞开的房子周围，房子的主人还提供食物和饮料。“元旦初访”要一直到新年的太阳升起、阳光照在北部群岛的最北一幢房子上时才真正结束。然后，另外一个名曰“流浪汉跳舞”的游戏便开始了，参加比赛的人要靠扭屁股前行，看谁走得最快。帕佩还真是个把传统节目沿袭得很好的小岛，不过这里面也是有很多创新的。

星期三早上我没吃饭，因为这一天在教会与医院之间的空地上，给大家免费发放美味的奶酪饼和家庭烘焙的咖啡，这些美味就把我塞得饱饱的了。就是在这里我看到了很多碎石堆成的桩子，是为了纪念过去的农耕生活方式的。我们讨论着从哪儿能弄来些羊的内脏和燕麦来为彭斯晚宴①煮哈吉斯②。我们拿着涂料喷枪追得小孩子们满山跑，仿佛重现了当年人们追杀最后一只大海雀的情形——大海雀早已灭绝。

在这里，我和各个年龄段、来自各行业的人打成一片——在这种小地方也只能如此——而在伦敦我却只是沧海一粟。当年选择去大城市，是因为我想认识不同的人，开阔眼界，扩大社交圈，但最

---

① 彭斯晚宴，为纪念苏格兰诗人罗伯特·彭斯（1759—1796），苏格兰人在其出生日1月25日会举行庆祝活动欢度“彭斯之夜”，主食就是哈吉斯。

② 哈吉斯，即肉馅羊肚，苏格兰著名美食，以羊的内脏和燕麦做成。

终我只是和一帮与我极其相似的人泡在了一起。因而我能获得的经验和阅历越来越少、越来越狭窄，再也不可能遇到什么新人新事，我们都厌倦了这样的生活。

直到今日，与别人在一起时我仍会紧张。过去由于喝酒的缘故，我受到朋友嫌弃和室友排挤，也受了很多伤害。如果一个人过了那么久乱七八糟的生活，需要掩饰真相，需要不断道歉，那么他会觉得自己一定是做错了，一定是因为自己有酒瘾才不得不偷偷摸摸地过日子。这种感觉一时半会儿很难消除。因此如今我也时有动摇，担心自己是否说了不合适的话、做出不像话的事。

东海岸的海边小路也可以走汽车。在我们徒步小组搞活动时，每遇到车辆经过便一起挥手，这也是帕佩岛的传统。在这里，汽车不需要进行旧车性能检测。这里似乎是没有犯罪也不需要法律的。岛上还真是没有警察——在荷兰农场，如今还保存着旧时代的“教区手铐”。但如今由于岛上没有高大树木，无论你干点什么都会被人看见。每天早上拉开窗帘之后，你在家的一举一动也都会被邻居注意到。岛上的居民说，他们都不用看，光听声音就能知道是谁的汽车开来了。

我每天不管是出去散步还是干别的，都不用锁玫瑰山庄的大门。如果有人进门偷东西——不管是偷电脑还是食物，绝对没跑远就会被逮住。有时我从网上买书，邮递员安妮派件时随便往我家门口一扔也没关系。我记得住在伦敦时，有天清早，大约是在六点钟吧，我被一个站在我屋里的陌生男人吓醒了。我们无言地对视了一会儿，然后他猛地从地上抓起我的笔记本电脑跑了出去。这个小偷和我的电脑，就这样一去不复返了。

这岛上有一位“九十岁的梅格”，她八十多岁时仍能开自己那辆古旧的蓝色小拖拉机到处跑。我听说了梅格的故事，却从未见过她，因为近几年她住到韦斯特雷岛的老年公寓了。然而这年冬天里的一个清晨，她的遗体被渡轮送了回来——她是这岛上屈指可数的经历过好几个时代的人。

20世纪60年代，梅格的父母去世了，从此她一直独居。她一生经历了岛上的许多大事：通自来水、通电、与全国同步实现农业机械化，还包括用上了洗衣机、拖拉机等，这些都大大改善了岛上曾经艰苦辛劳的生活方式。然而，梅格却更适应那种靠耕种和打鱼糊口的生活方式。她捞海藻，在沙滩上晒干，一部分用来施肥，一部分运到南边去当作制作肥皂和玻璃的原材料。她也更喜欢用牲口拉犁耕地，自制腌鱼干是她的主要食物。

这天清早，我步行去参加了梅格的葬礼。因为梅格，今天岛上的气氛特别凝重肃穆。下葬之前，所有的居民都聚到了教堂里。正是气候温和无风的一月份，不料晚上五点钟气压却忽然下降，狂风大作。一夜之间，整个奥克尼都被这场冬季最猛烈的大风刮得凌乱不堪。

帕佩岛的徒步委员会又组织活动了。这次是沿西海岸行走，在那里可以望见太阳在韦斯特雷岛背后沉落。我们一步一滑地踩着岩石和海藻前行，我努力避着风走，尽量不让大风吹到我的鼻子和包里的相机。这一路，时而刮风，时而天晴，时而下雹子，时而飘小雪。我们一共走了十一英里，到达终点时天上竟出现了彩虹。每年的这段时间都特别多雨水，地上泥泞不堪，我真后悔自己没穿雨靴。

由于帕佩岛上的空气盐分较大，真正下雪的时候很少，雪在空中飘落时会变成雨。然而，我们的日常生活受天气影响还是很大的。天气状况不佳时，渡轮和飞机都来不了。那次我要坐飞机去柯克沃尔买东西，赶到机场却发现因为大雾航班被取消了。在冬天，我们这儿的人必须灵活一些，能够适应没飞机没船的生活，就算家里少了什么，一时无法采购也要能凑合。赶上恶劣天气，如果有东西——比如汽车或电脑——坏了需要修理，那就更麻烦。首先得花上好几天等新零件，然后得把需要修的车用吊车吊上渡轮，送到镇上去，花的钱可就多了。在这里生活与在别处所遇到的问题是不同的。虽然和英国其他地方一样，我们也会遭遇恶劣的人际关系、垃圾邮件、信用卡公司催债、失业等问题，但至少我们不用忍受路边小广告、交通拥堵和大气污染。

过圣诞节那几天，天气糟透了。这就意味着有好几个星期都别想见到渡轮，商店里能买到的新鲜食物也越来越少了。平日里物资丰富的合作社[①]如今一天只营业两到四小时，买牛奶得排长队，人多得让你觉得像是到了全岛范围的社交场合一样。我没有车，所以还得求人帮我把成袋的煤等生活必需品运回家。这种生活让我开始感

---

① 合作社，指岛上的商店。

到害怕，好像又找到了小时候那种做什么错什么、时常因为太吵闹太像英格兰人等缘故被训斥的感觉。但好在帕佩的每个人都十分友好、乐于助人，对我也都怀有一种温柔而没有恶意的好奇心。

一天晚上有人来敲我家的门，给我送来了一份意想不到的礼物：三分之一棵大白菜。原来，我在经过商店时无意中提及，我是一个人生活，所以一次买一整棵大白菜太多了，用自行车带回家也很麻烦，因此商店就给我送来了三分之一棵。这一小小的善举安慰了我的心，让我从无法适应此地生活的焦虑中平静了下来。在这岛上，工作更简单易做，人际关系也比大城市更容易理解，我开始渐渐放松下来，对事物的看法也越来越达观。

我对城市的感觉越来越不好，甚至觉得那里根本没有我的容身之地——或者说，很多人都无法融入城市。在伦敦，我面试了许多次却毫无结果，想租个房子别提多难了，在公共汽车和地铁里几乎被挤死，房租又贵得要命。相比之下，帕佩岛因为欢迎人们来此定居，所以会提供“试住”服务，尤其是提供给全家一起搬来住的人。也就是说，在正式搬过来之前，他们可以先来这里居住一段时间，看看自己能否适应岛上的生活。

帕佩岛也考虑过设置一些“短期移民”的服务，因为有些人——就拿我来说吧——只会来这里住上短短的几个月，但离开之后会一直与这里保持联系，三五不时地回来看看。还有些喜欢冒险的家庭，他们搬来住上几年又走了。但这并非意味着人口流失，反而是保持这座岛屿活力的一条更健康的新途径。岛上的居民往往以房子的名字称呼彼此，姓氏反而被忘掉了。记忆中房子的外观都十分相似，而且房子将比其住户存在得更长久。

当我到达帕佩岛的最北边时，太阳才刚刚升起，夜色渐渐退去，海面翻卷的白浪显示了水下的洋流正激烈交汇。从北边开来的船上亮着灯，一路向东。后来我查了海上交通网站才知道，那是来自克罗地亚的油轮，从这里取道去爱沙尼亚。商店老板娘阿曼达告诉我，她特别喜欢手电筒，足足攒了六七十个。再往东看，北罗纳德赛岛上的灯塔闪烁着亮光，更北边的地方也有光点闪烁——大约是费尔岛上的灯塔——但也可能是地平线那里的一颗暗淡的星星。

今夜的星星又亮又多，令人惊异。我们关掉手电筒，摸黑在海边徒步，一路跟着银河走。我们谈论着“月虹”——那是在满月时月光照耀所形成的一种“彩虹”，我的邻居在几天前的一个晚上洗澡时曾经看到过。我记得夏天夜间出来寻找秧鸡时天从未黑得这么彻底，因此也显不出这么明亮的星星来。只有到了冬天，夜色足够深沉时，我们才能欣赏到如此明亮的星光。我看到两颗明亮的卫星快速掠过天空，月亮在一片低低的云朵后面散发柔光。

我们沿着东海岸往出发地老码头那边走，已走了五个多小时。这种徒步旅行感觉像一种仪式，春夏秋冬、白天黑夜，我们都走过。我们一直根据岛上的地形条件设定路线，我越来越了解这片小小的海中家园了。

17 觅踪北极光

才早上六点半，天还没亮，我的闹钟便响了。之所以这么早起，是因为报纸上说今晨有可能看到四颗行星在天空中连成一条线的奇景。我下了床，没有开灯，努力让自己的眼睛适应黑暗，然后在睡衣外面披上夹克，拎上望远镜走了出去。

我手机上的星空图会告诉我应该往哪个方向看。西南方木星闪烁，而往东南天看，则是金星。我对这两颗星是最熟悉的。此刻，在金星上方，大约隔开一个月亮的距离①，出现了一个更遥远的星球——土星。在土星周围可以看到土星环②的光芒，就像我们的月光一样。金星上的一天比一年还长③。我希望能看到位于地平线之下的

---

① 一个月亮的距离，此处指以作者视角望去，两星之间的距离约为肉眼所见月亮直径。

② 土星环，围绕质量大、引力强的行星旋转的物质构成的环状带称为行星环，太阳系中拥有行星环的行星有木星、土星、天王星和海王星。

③ 金星上的一天比一年还长，这是由于金星自转周期（一天）比地球公转周期（一年）要长。

水星，但低垂密布的乌云遮住了那片区域。

我躺回床上，透过窗户往外望去，看到云彩从金星和土星上飘过。再度入睡之前，我听见外头开始下雨了，牛也哞哞地叫了起来。过了一会儿，我再次醒来时，之前的一切都好似梦境：我只是在凌晨时分做了一个关于观星的梦吧？

去年隆冬，就在我刚刚回到奥克尼的时候，我第一次对天文学产生了兴趣。这里冬天黑夜漫长，也没有多少灯光。再加上奥克尼群岛上没有树木、高楼和大山，景致开阔，所以是观星的最佳场所。在一定条件下，甚至还可以用肉眼看到仙女座星系，那可是只有在周遭极致黑暗时才可能看到的。起初，“出去看星星”对我这个大烟枪而言不过就是出去抽烟的借口，但不久它就具有了比吸烟更重要的意义。

一天晚上，我没有去参加匿名戒酒会的活动，而是第一次去参加了奥克尼天文学会的聚会。我戒酒本就是为了有时间去做别的，而不是用不喝酒的时间不断地讨论戒酒。从那以后，我经常在外头整夜地观星：仰着头，张着嘴，看得头晕目眩。在奥派尔寒风凛冽的山坡上，我曾看到国际空间站飞快地掠过夜空。在奥克尼主岛的中心地带，我时常躲在布罗德盖石圈的一块巨石后面观星。夜空如闪闪发亮的穹顶，笼罩着将我环绕的山丘和海湾。

在玫瑰山庄的一天清早，我怀着一肚子起床气爬了起来——因为我刚刚梦回夜店，由于我已戒酒，所以在梦里觉得那里又恶心又讨厌。我在俱乐部、音乐会、深夜酒吧等各色夜店混迹了十年。至少在最初的几年，我对那些舞娘、音乐、烈酒是很着迷的。但自打我戒酒之后，我晚上就很少晚归了，最晚不会超过午夜。有时我觉得自己已毫无魅力可言了——毕竟，不喝酒我又怎么能跳舞呢？

十二月中旬，我们开始为圣诞节做准备了。这时地球公转正穿过小行星3200①所遗留的一片尘埃云。当地球穿过时，这些细小的灰尘和微粒会以每小时13.4万英里的速度冲进地球的大气层，瞬间燃烧，制造出我们所看到的流星雨。流星并非真正的星星，它们在高速飞行过程中会逐渐消融在大气里，这就形成了一年一度的双子座流星雨。

去年冬天，我时常独自一人到柯克沃尔的郊外散步，那里没有路灯，在双子座流星雨该出现的那段时间我每天都留意观察。那里时常乌云密布，根本无法观星，但我很喜欢深夜独自在外面吹吹冷风，虽然看起来有点鬼鬼祟祟，但我很享受那种没有醉酒的清醒感。今年我来到了帕佩岛，每天晚上十一点半左右，我都会带上椅子和羽绒被到花园里，仰坐在椅子上注视天空。这是一个清朗美丽的夜晚，银河绵延在玫瑰山庄的夜空里，没有月光来混淆星星的清光。

我关了家里所有的灯，甚至连笔记本电脑都合上了，这样就不会有任何光线干扰。我透过望远镜观赏着银河系，寻找着七颗明亮的北斗星。也就是在这般美丽的夜晚，奥克尼诗人罗伯特·伦德尔②曾将夜空描述为“辉煌的夜空”。半小时之内，我一共看到了十九颗

① 小行星3200，已命名的最靠近太阳的一颗小行星，平均直径只有5.1千米，是双子座流星雨的母体。

② 罗伯特·伦德尔（1898—1967），奥克尼诗人，自然学家。

流星，它们转瞬即逝，只留下了短暂的绚丽之光。这些流星的大小和明亮程度都不一样，其中有一颗异常明亮，飞得很低，我不由惊呼出声，哇！然而，所有的惊艳都只在一瞬间。

岛上有几幢房子里还亮着灯，我也听得到外面的种种噪音：奶牛哞哞、小狗汪汪，主要还是海浪拍岸声——与东海岸不同，那边北海来的海水冲上海滩的声音很清脆；但是西海岸这边的海水来自大西洋，撞在岩石和崖壁上时听起来就像轰隆隆的雷声。大海与海岸就这样一直演奏着一曲亘古不变的交响乐，这就是帕佩岛上生活的背景音乐。

很快，云层遮住了视野范围内的星星，天空一下子完全黑沉下来。当我赶回屋子里时，外面已下起了瓢泼大雨。

我穿着沉重的雨靴站在那里，努力想象这样一幅画面：我站在地球上，随地球公转和自转而移动着，依次经过遥远的月亮、太阳和星星。每到冬季，帕佩岛上的老居民都喜欢在月圆之夜到邻居家去串门，因为明亮的月光，可以让他们看清回家的路。我想弄清楚为什么会出现四季、我的身体状况是否会对我在四季中的感受产生影响？如今我学到了很多崭新的、令人愉快的知识，比如“黄昏”是有三种不同意义的：一般意义的黄昏、航海学上的黄昏和天文学上的黄昏。在航海工作中所讲的黄昏时分，海天已连为一体，船只就不能再以地平线为航行的定位标杆了。

我曾听说，如果要看得足够远，就一定要善用眼睛的余光。有时你直直地盯着一个东西看，往往会越看越看不清，这就是为什么我们会觉得星星是一闪一闪的——因为环绕地球的大气层有时会阻断星光的传导。正因为星光历尽艰险才进入我们的视野，所以更显得格外美丽。

我的左手腕上有四粒雀斑，连起来是个平行四边形，它们看起来就像双子星座一样。有时我会琢磨，为什么月亮会离地球越来越远，虽然一年只远离3.78厘米，和我们指甲的生长速度差不多，但还是会给人非常悲伤的感觉。

当年我第一次离开奥克尼老家时，我的好朋友肖恩送给我一个指南针。我特别喜欢在参加派对时把那玩意儿挂在脖子上。当别人问我为什么挂个指南针时，我就告诉他们，只有这样我才能找到回家的路呀。对我而言，不管身在何方，北方都是我的家乡。后来我不小心弄丢了这个指南针，我的人生就完全迷失了方向。

在柯克沃尔市区，我找到了一个绝佳的观星场所：一座老剧院的防火楼梯顶端。一到地磁活动高发的晚上，我便爬上防火楼梯向北眺望，寻找北极光——当地人把北极光称作“风流舞者”。虽然我通常会失望而归，但有时也可以观赏到一些云上的奇异美景。

不过据预测，今年冬天会有太阳黑子活动，且2013年会发生“最大规模的太阳黑子活动”，从此太阳将进入为期十一年的最活跃期。当太阳发出的带电粒子流冲进地球大气层时，会产生明亮的光芒，极大地影响地球的磁力线，制造出“跳舞的光”。由于我们这里非常靠近北极，所以经常会出现这种现象，从此处北望北极光要好过地处北极圈内直上直下地观赏。

带电粒子流要用两三天才能从太阳抵达地球大气层，在美国国家航空航天局的网站上，我可以看到太阳动力学天文台拍摄的带有日珥的太阳表面图。我也了解到，其他星球上也会出现极光。

关上室内的灯以后，玫瑰山庄的前门外就成了极好的观赏北极光之处：往北看视野相当开阔，视野内大约四分之三都是夜空。稍微仰仰头，就满眼都是天空了。刚来帕佩岛的那几个星期，我所看到的“风流舞者”比之前所见都清楚得多。我抽了根烟，让眼睛渐渐适应黑暗，忍不住感叹了一句：“美极了！”过去我曾经看到过以绿色为主色调的极光，是那种低垂在北天顶的柔滑的光弧。然而今晚天空却布满了形彩各异的极光：白色的“探照灯”喜气洋洋地从地平线后面升起来，舞动着慢慢变成了血红色的、令人赞叹不已的花朵，真是比圆月之光还亮啊。这是带有静电的奇异之光。麻鹬或灰雁等鸟禽都以为天亮了，纷纷醒来，大声叫唤。

虽然我就在奥克尼群岛长大，但小时候却从没仔细看过什么极光。我记得有一个冬天的晚上父母想带我出去看“风流舞者”，但我却只愿意留在家里看《超级特德》。有时我从农场往北边“世外桃源”那里看，又不确定那里的一团白光是否就是我要寻找的极光。然而我在帕佩所见的必定是“风流舞者”。

那天夜里我一直待在外头，想看看极光是否还在。同时，我把极光的照片传到了网上，给住在奥克尼主岛或伦敦那边的朋友看。我在帕佩看到的极光，父亲在农场里也都看到了。我又查询了一下太空气象预报，看是否有极光预测。这次的极光是由几年来最强烈的一次地磁暴[1]产生的，帕佩岛上的居民互相打电话，叫邻居出来看。次日，大家喝咖啡时都兴奋地议论着昨夜看到的极光，就像谈论意想不到的好天气或一场盛大的婚礼似的。

我还熬夜阅读了网上有关太阳活动周期[2]、日冕物质抛射[3]、光子[4]和电子的内容。我了解到，为了保护我们，飞船和卫星一直在监测太阳的潜在危险活动。但网上也会有一些危言耸听的预言，说太阳喷射产生的能量会破坏我们的电力网。也许这次北极光的出现就是一次警告……

每当夜深人静，我时常会坐在床上反复地看和我前男友有关的资料。我用谷歌街景看我们俩曾经同居过的那座房子，门前的树仍光秃秃的。我真的很想让他知道，我比以前好多了。然而，也许到了我不再想向他证明自己的时候，我才算是真正变好了吧。

但是那一夜我因为北极光而无比兴奋。如今我的兴奋点确实已经转移了，比如那次我去曼彻斯特的弟弟家，路过一个热闹的酒吧，我连往里瞥一眼的兴趣都没有，因为当时我正仰着脸寻找流星。现在，身在帕佩岛的我，会去参加“盛大晚宴”，会去做“元旦初访”，甚至会和大家一起跳会儿舞。就算是在外面待到很晚，也不会再满

---

① 地磁暴，是指高速等离子体云到达地球空间后，引发的地球磁场全球性剧烈扰动现象。

② 太阳活动周期，或称太阳磁活动周期，是太阳黑子数及其他现象的准周期变化，大约十一年为一个周期。

③ 日冕物质抛射，是巨大的、携带磁力线的泡沫状气体，在几个小时中被太阳抛射出来的过程，会使很大范围的日冕受到扰动，产生的干扰会影响到地球。

④ 光子，即光量子，是传递电磁相互作用的基本粒子。

心愁思、想要酗酒了。

在接下来的几个星期，经常有关于太阳风暴[1]的预测，每次我都一定会去观测的——就算是后半夜也没有关系。每当我合上笔记本电脑，丢开手电筒，一路往北走向璀璨的极光时，我会觉得我的人生也许还不算太糟糕。我曾流连于夜店的迪斯科灯光，但如今我被天光笼罩，我身边也不缺舞者——六十七颗卫星在绕着我飞呢！

---

① 太阳风暴，是指太阳上的剧烈爆发活动及其在日地空间引发的一系列强烈扰动。太阳爆发活动是太阳大气中发生的持续时间短暂、规模巨大的能量释放现象，主要通过增强的电磁辐射、高能带电粒子流和等离子体云等三种形式释放。

18 北山远望

帕佩岛的大部分是一直有人耕种的农田，和奥克尼群岛的其他地方一样，虽然没有树又被含盐的海风吹拂，但土地倒是比看上去要肥沃。因为这里非常优质的土壤和夏季长时间的日照，所以盛产顶级牛肉和最优质的牲畜越冬草料。但是帕佩岛北部的三分之一，北山——皇家鸟类保护协会的保护区——和别处不同，那里更荒凉，没有被分成一块块的农田，岛民仅会在公共放牧权允许的时间内将牲畜赶去吃草。

每个星期我都会徒步去北山几次。那里被风侵蚀的悬崖峭壁可与我们家的“世外桃源”媲美——北山也好，“世外桃源”也好，都是那种人称“海上荒原”的栖息地，我在这儿总有种回家的亲切感。来到北山，我便觉得自己又回到了少年时代，坐在一个视野很好的地方，戴着一副无指手套在笔记本上写东西。这片平坦开阔的沿海土地，可算是大自然赐予我的栖息地。

有一次我爬上了山顶，那里海拔约五十米，是帕佩岛上海拔最高的地方。没人知道我在这儿，山上一个人都没有，我的西边、北边和东边三面都是辽阔的海洋。这个冬天，这片荒地属于我。

山坡上原有一根电线杆，被改造成了海岸警卫队的瞭望台。我手脚并用地攀爬上去，视野瞬间变得开阔。广袤的大海上白浪翻滚，大西洋与北海的洋流在此交汇。往北看，崖壁之外只有无垠大海，一直延伸到北极圈去，我感到自己仿佛来到了世界尽头。

我用四肢紧紧缠住电线杆，仿佛置身于捕鲸船上的乌鸦窝里，我希望能够看到些稀奇的事物：比如雪鸮[①]或逆戟鲸[②]什么的。有人告诉我，如果天气足够晴朗，我可以看到北方地平线那里的费尔岛，甚至可以看到更远处设得兰群岛的萨姆堡角和富拉岛。要看见这些遥远的地方，显然冬天比夏天更容易，因为虽然人们感受不到，但事实上高温会造成一种雾气，模糊人们的视线。我的双眼平时只近距离看电脑亮闪闪的屏幕，此时我用它们向远处眺望：从地平线到海岸边这部分海域被称为近海，进入这个领域、即将靠岸的船只被称为近海船只。

一个人离地平线的距离取决于他所处位置的海拔有多高。如果就站在岸边，那么他是不可能看多远的。我身高6英尺，如果我站在与海平面等高的地方远眺，那么地平线大约就离我3英里远。但是如

① 雪鸮，鸱鸮科大型猛禽，头圆而小，面盘不显著，无其他鸮类常见的耳状羽簇，通体羽毛雪白，也有的布满暗色横斑，栖息于北极冻土和苔原地带，主要捕食旅鼠。

② 逆戟鲸，即虎鲸，海豚科大型齿鲸，身体为黑、白两色，有高而直立的背鳍，性情凶猛，有高度社会化的族群，是海豹、企鹅等动物的天敌，也捕食其他鲸类。

果我在50米的山上，又爬上了3米高的电线杆，那么地平线离我的距离就会增加到26公里了。

如果你要看的事物在地平线之外且高于海平面，那么这种计算就变得复杂得多。费尔岛上的沃德山高217米，如果它距离北山不超过77.8公里，观察者站在北山上应该能看到它。我在谷歌地图上查了，沃德山与北山相距73.2公里，所以完全可能看到，至少在天气晴朗时是可以的。但是，帕佩岛的居民声称自己看到过费尔岛羊岩[①]“奇特的曲线”，但那里海拔121米，足有74.6公里远。从理论上说，海拔太低、距离太远，应该是看不到的。是帕佩岛的居民产生了集体幻觉吗？难道他们是因为希望能看到，所以就误以为自己真的看到了？也许，把大气折射也计算在内——这种计算方式更加复杂——就能够得出答案了。

大年夜，一生都住在帕佩岛的吉姆给我讲了一个奇怪的故事：有一次，他从位于东海岸科特那边的家里，看到了北罗纳德赛岛。这当然是不稀奇的，因为我们在绝大多数天气情况下都可以看到那里。但是，他之所见，当时北罗纳德赛岛是倒过来的。房子、灯塔，那岛上的东西都是头朝下冲着大海，那情形足足持续了一刻钟。

吉姆所言当然可以归因于反常的特殊天气及大气状况。有一种名叫法塔·莫尔加纳的“超级幻景”，就是当光在通过温度不同的空气层时会发生弯曲现象。如果出现“热反转”的情况，即冷空气层下面紧接着就是一个暖空气层，那么就会有一个大气波导形成，起

① 羊岩，费尔岛上的一处地名。

到折射镜的作用，把我们目之所见都倒过来，比如吉姆所说的头朝下的房子和灯塔。

法塔·莫尔加纳可以导致影像出现各种不同的变化，有时会同时出现正立和倒转。它会让船只看起来就像虚浮在空气中。事实上，“法塔·莫尔加纳”这个名字来自《亚瑟王》中关于摩根女巫的传说中，摩根女巫可以施展法术，用会飞的城堡和海市蜃楼诱骗水手，导致他们丧命。

接着吉姆又给我讲了一件更诡异的事情：有一天，他竟然看到了挪威！他还向我描述了美丽的峡湾附近的海岸线。从帕佩岛到挪威，最近的两个点相距也要四百五十公里。大气折射会让人看到地平线那边的景物，因为那些毕竟是真实存在的，可以作为折射对象，但看到挪威比看到费尔岛上的羊岩更不可能。

所谓法塔·莫尔加纳，是指你可以看到却永远也走不到的景物。就像海市蜃楼一样，它永远是在地平线上可望而不可即的。

在北山上散步时，我的手在口袋里玩弄着“韦斯特雷娘子”的复制品——“韦斯特雷娘子”是最近刚在韦斯特雷出土的一个高约四厘米的新石器时代的人偶。当时匿名戒酒会曾建议我们沉思冥想，但对我而言很难——因为我很容易走神，心烦意乱地坐不住，甚至会睡着。我自己沉思的方式是一边在山里散步一边欣赏周围的风景。散步的时候，我会变得格外心平气和，我的身体忙于行走而思想自由。如同在“世外桃源”，我的感受越来越深。走着走着，我在崖壁顶上找到了一只海星，一定是哪只鸟不小心掉在这儿的。山顶上还留着考古遗址——四十座坟堆。这岛上最高水位线以上的所有物资都已经被岛上的其他居民宣布归为己有，但最高水位线以下的东西却是我可以任取的。一阵从西边吹来的大风刮过之后，我怀里抱满东西回家了。

北山布满了弹坑，因为第二次世界大战时，这里曾是皇家海军的打靶场，皇家海军把炮弹从船上发射到这座岛上。如今这些大大小小的坑里一到冬天就灌满了雨水，有的和戏水乐园一样大，有的只有按摩浴缸那么大。据说曾有一颗炮弹从南边打过来，与一位农妇擦肩而过，把她的牛都炸死了。二战后，一名战士坐船从这里经过时，简直不敢相信当年他们炮轰过的岛上竟然有人居住。

克雷格鸟禽基地位于保护区东边的崖壁上，是很多海鸟繁育期的临时家园，包括海鸠[①]、刀嘴海雀[②]、海鹦、欧鸬鹚、暴雪鹱、三趾鸥[③]等等。当年在伦敦的哈克尼公园里，酗酒者和以家庭为单位出游的人会分布在不同的区域里，然而这两个区域都很嘈杂。在这里，不同品种的鸟类会聚集在崖壁的不同高度：崖壁顶上的兔子洞附近、粉红色的海石竹丛里住着海鹦；暴雪鹱栖息在崖壁顶部突出的岩石和石缝中；欧鸬鹚拥有以巨藻建造的大巢；海鸠——一种特别善于

---

① 海鸠，海雀科海鸟，短尾，尖嘴，背部羽毛为黑色，腹部为白色，善潜水捕鱼，喜群体筑巢。

② 刀嘴海雀，海雀科潜鸟，短翅，短腿，脚有蹼。一生大多数时间都生活在海上，只有繁殖期才回到大陆。

③ 三趾鸥，鸥科三趾鸥属中型海鸟，常成群活动，繁殖期栖息于海边岩石或崖壁上。

交际的鸟类——住得很靠下，喜欢群居以保护它们的蛋；海鸠群中点缀着刀嘴海雀的巢穴。

到了冬天，海鸟几乎都迁徙了，海鹦和另几种鸟会在海上越冬。我之所以现在能随便上山，也是因为冬天这里没有鸟。如果是夏天，游客就只能待在海边赏鸟，把山上的地盘留给北极燕鸥，它们要在这里繁殖下一代。到了鸟类繁育期，燕鸥为了保护自己的巢，甚至会疯狂俯冲攻击路人。

在玫瑰山庄里的壁炉台上，摆了一个北极燕鸥的翅膀标本——看起来小小的，很娇弱无力的样子，很难相信它们会如此凶猛地袭击路人。北极燕鸥是迁徙路线最长的鸟类，每年都会往返于南极洲与帕佩岛之间。上万英里的路程，真是令人难以置信。当地人认为北极燕鸥会在“五月的第一场大雾时”飞回来，它们是每年都享受两个夏天的鸟类，它们比地球上任何一种生物都见过更多的白昼。

北山曾经是全英国最大的燕鸥聚居地之一，最多时曾达到9000只，然而这一数字下降得也非常神速：今年夏天，基地上只发现了213对燕鸥。它们在山上形成了四块聚居区，但是六月一连串寒冷多风的天气毁掉了两块燕鸥的聚居区。在剩下的两块地盘上，燕鸥努力地孵着蛋。但是到了七月中旬，所有的燕鸥还是把这两块聚居地抛弃掉一起离去了，一只小鸟也没有孵化出来。那些在我头顶俯冲飞走的燕鸥就像再也不肯回到奥克尼的孩子。

北极贼鸥和大贼鸥[①]也在山上筑巢。北极贼鸥是典型的“偷窃寄

---

① 大贼鸥，贼鸥科大型海鸟，头、颈和下体呈暗灰褐色，上体呈暗褐色，翼羽有显著的白斑。尾较短圆，翅亦较其他贼鸥圆阔。

生鸟类”，它们对海鸥等鸟类大肆骚扰，逼得它们不得不放弃食物飞走，然后这些食物就被贼鸥据为己有了。和其他地方不同，大贼鸥在这里很常见：奥克尼群岛和设得兰群岛拥有全球60%的大贼鸥。然而它们的数量也在减少，北山去年一共只有22对北极贼鸥，而2010年时还有44对。

在过去的二十年里，苏格兰沿海的海鸟数量也是大幅锐减。和奥克尼其他鸟类聚居的崖壁一样，克雷格鸟禽基地如今也没有我小时候那么多鸟了。海鸟数量下降的原因主要是食物供应源的改变——在过去的二十五年中，北海的温度上升了大约一摄氏度，导致海里浮游生物数量大幅下降，浮游生物的减少又导致以它们为食的沙鳗的锐减。而很多海鸟的主要食物就是沙鳗——比如北极燕鸥、三趾鸥、海鸠和欧鸬鹚可都是靠吃沙鳗为生的。如果没有足够的沙鳗，燕鸥就吃不饱，只能飞到更远的地方去寻找食物。它们也许无法筑巢，即便成功繁育后代，他们可能也找不到足够自己和雏鸟吃的食物。

大海雀如今已经灭绝了，这种鸟是刀嘴海雀的近亲，站起来足有一米高。英国的最后一批人工养殖的大海雀于1813年在帕佩岛上惨遭一位伦敦收藏家的枪杀。到了20世纪90年代，帕佩的小学生排演了一部关于大海雀的短剧《杀死最后一只大海雀的强盗》。我给克雷格鸟禽基地的海蚀拱[①]拍了个照，我在电脑上看到这张照片时发现，不经意间我的影子被阳光投射到了崖壁上，看起来像一只孤独

---

① 海蚀拱，又称海蚀拱桥或陆桥，是由海浪冲蚀作用形成的奇特海蚀地貌。

的大海雀——它们已灭绝两百年了。

不过，有些动植物灭绝了，却也有一些物种仍活得很好。北山上有世界上最大的苏格兰樱草（即报春花）养殖基地。这种花只有四厘米高，每朵花的直径约八毫米，在海边土壤水分都含盐度较高且海风侵袭的苏格兰地区仍可以生长，而其他花卉却很难做到。这种花只生长在苏格兰北部的海岸线上，需要比较特殊的生存条件，既不能生长在没有牲口吃草的地方，也不能生长在过度放牧的地方。每隔三年，北山上的苏格兰樱草数量就要被完整统计一次，去年夏天一共开了8134朵花，其中我数了617朵，都是手脚并用地趴在地上数出来的。

我在帕佩岛上协助做每月一次的冬季鸟类调查工作。这里没有树木真是帮了我的大忙，这样我可以很容易地用双筒望远镜瞭望山坡和海岸。有时海面上会架起彩虹，有时我也会停下工作，欣赏一会儿塘鹅潜水的身姿——它们合拢翅膀，迅速有力地钻进海里，犹如一支箭完美地射入大海。看着它们，我忽然就想起了几个星期前曾看到的流星雨：虽然是那么迅速地从我的视野里消失，却给人一种烟花四散般的视觉快感。和绝大部分海鸟不同，塘鹅是奥克尼为数不多的人工养殖成功案例之一。在韦斯特雷瑙普角的塘鹅养殖基地，2003年才从3对塘鹅开始养殖，如今已增长到了623对。

一月中旬的一个星期一早上，我们这个小岛上一共出现了47种鸟类，其中包括102只麻鹬、280只紫鹬[①]、276只暴雪鹱、16只红胸

① 紫鹬，鹬科小型涉禽，腿为黄色较短，嘴扁长，分布于北欧、加拿大北部以及格陵兰岛等地的海滩。

秋沙鸭[①]、1000只星椋鸟、2只白尾鹞[②]、1只红隼[③]和1500只灰雁。照这样看来，每个本岛居民都能分到几百只海鸟。

帕佩岛的最北端是弗莱格鸟禽基地，一片大约一英亩的危险区域，大浪不断冲刷着蓝黑色的楔形巨石，石上布满了黑色湿滑的苔藓。我发现了岩石上的苔藓发生的光生物学作用：黑色或绿色的地衣意味着这里很潮湿；白色或灰色的地衣意味着这里很干燥；在海浪能够溅到的地方则生长着黄色的地衣。

弗莱格鸟禽基地周围，地图上标出了很多洞穴。此时我趴在悬崖边上，把头拼命往一个洞里探，希望能看清里面的情形。窥视这些洞穴的最佳方式是从海里看。渔民道格拉斯告诉我，他的船曾进过某些洞穴里，有时甚至能往里走差不多五十米，有时钻进一个洞里还可以从另一个洞口再钻出来。这座山里有好多洞，此时此刻，踩在我脚下的土地基本是空心的。

我起身继续走，跟着指南针直走就登上了这座岛的“脊柱”——北山，半路上经过了那根电线杆。当我站在山顶俯瞰全岛时，冬日的太阳在南方闪耀，照在山下的小路上。遇到今天这种大风天，时不时就会有被风吹来的云层把阳光遮住。这时，岛上的光

---

① 红胸秋沙鸭，鸭科秋沙鸭属水禽，嘴细长而带钩，雌雄异色，均有较长丝质冠羽，捕食小型水生动物。

② 白尾鹞，鹰科鹞属中型猛禽，雌雄异色，尾上覆羽均为白色，分布范围广，栖息于平原和低山丘陵地带，主要以小型鸟类、哺乳类动物及大型昆虫等为食。

③ 红隼，又名茶隼，隼科小型猛禽，飞行速度高，扇翅节奏快，分布范围广，以小型鸟类、哺乳类动物及大型昆虫等为食，是比利时的国鸟。

线就会变得黯淡，狂风凛冽，整个岛屿都在一片朦胧中颤抖。

在一片薄雾中我忽然出现了幻觉，以为自己身在伦敦。帕佩岛有哈克尼地区的一半大，但人口却只有那里的十万分之一。在我的幻想中，帕佩岛上这条主路便是伦敦的马尔街，同样是条南北向的马路，路的两边都是鳞次栉比的建筑群。帕佩·霍尔姆岛就是伦敦的马什巷沼泽地，而岛上的湖泊则是公园。还有，这里的电源线被我想象成了轻轨轨道，每所房子都是一站，海鸥的尖叫声是汽笛声，而海涛声则是车水马龙的喧嚣。

曾经有一个冬天，我围着整个哈克尼地区骑了一大圈。在冰冷的浓雾中穿行一通之后，我的眼睫毛上都结冰了。

★ ★ ★

清晨去山上散步时，我看到了久违的阳光。我的精神一下子就兴奋起来——过去能起到这种作用的东西是一品脱冰啤酒。这种兴奋在我状态最差的时候和心情最好的时候竟然都出现了。忽然我就哭了，到今天为止，我已经有二十个月零八天滴酒未沾了。然而，虽然我的生活有了很大的改变，但我有时仍会因为“不能喝酒”而感到不痛快。我虽然戒酒了，但有时也会想喝一杯。这可真是个令人痛苦的悖论。

戒酒之后，我曾服用过一种名叫“坎普拉尔”（即乙酰高牛磺酸钙）的药物，目的是帮助自己进一步戒除酒瘾。然而没有什么药物能够铲除心魔。我并非需要酒精本身，而是需要酒精在我身上所起的作用：让我觉得心情舒畅。我的问题并非是生理性的，即使我完完全全地戒除了酒瘾，我身上的问题却仍没有得到解决——我对酒精仍有需求，却不知道什么能够填充这种空虚。

为了能够和这种“不满足感”抗争，我给自己设置了很多活动：长途徒步，冷水游泳，以治疗为目的阅读旧期刊……我努力学着区分什么是真正的自由，也让自己去品尝那种滋味：地域的自由，来自破坏性冲动的自由。我学习新的知识，捕捉和追求瞬间的美丽，借此来填充自己内心的空虚。危险的想法当然还会有——每当它们出现的时候，我便有预感，在我的一生中它们永远不会消失，将不时地出现。但是我必须学会让自己克服这种想法，不可以服从它们，一定要抑制住这些念头才行。

在一个大风天，我爬上北山，晃晃悠悠地跪在那里。阳光和海面上的浪花又造出了彩虹，我随后走到了弗莱格鸟禽基地那边。站在崖壁之上，我感到内心狂野而开阔，空荡荡的，没有烦恼。我挪到峭壁边缘，对着浪涛尽我最大声哭号。洪亮的声音传到了波涛之上，回声传进人迹罕至的岸边洞穴之中，轰隆隆地响着，声波的震动一直蔓延到了我的足下。

19 岛屿生活的感性报告

搬到玫瑰山庄之前，我连是否有热水都没顾上问，首先就确认了宽带上网没问题。我带着Wi-Fi生活在中世纪，连生火和烤面包这种基本问题我也越来越依赖智能手机了。

不管身处何方，我都把最多的时间用于拿笔记本上网，哪怕是在安静美丽的帕佩岛也如此。在过去的十年中，网络的发达使得更多的人可以到海岛上定居——在网上可以远程为身在南方大城市的老板工作。这种工作方式让一些曾出现人口危机的小岛现在人口不减反增。对于偏远地区而言，网络的意义和作用比在大城市更大。既然如今我已戒酒，还回到了奥克尼老家，我上网的主要目的就是让自己可以与旧日生活有个联系——我可没有与过去一刀两断的念头。如今我通过网络与过去的人和事保持联络。

有时会出现网络连接不畅的问题。因为帕佩岛居民太少，人口规模没有达到能让电话公司安装光纤电缆的资格，所以我们是通过电话线上网的。信号通过微波从柯克沃尔发送到沙平赛岛，再到桑迪，第三站是韦斯特雷，最后才到我们帕佩岛。每通过一站，信号便会减弱一点。而且，手机信号会受到风力的影响，一旦岛屿一边海岸出现了橙色预警，另一边相应也会有预警。这样一来，我就只能等大风停了再接收短信。

如今是个数字媒体的时代。在这个岛上，我们发现虽然这种先进与岛的原生态略显矛盾，但技术进步确实给我们提供了接近自然的条件。譬如说，一只特别罕见的海雕飞过奥克尼的天空时被发现了，或者一群逆戟鲸出现在海岸线附近，人们会立即在本地观鸟论坛上发帖子宣布这件事，或者群发短信通知邻居去海边看鲸鱼。极光即将出现时，奥克尼当地的社交网站上就有观看北极光的提示，大家会在当夜或第二天在网上分享极光照片。

在桑迪岛，有人安装了一个网络摄像头来观测灰海豹十一月产崽的画面。我把这个信息发在了Facebook上，这样我的朋友坐在伦敦的办公室里就能看到那些笨重的雌灰海豹和长得酷似白色泰迪熊、还不会游泳的幼崽。我和我朋友们一边观看由夜视摄像头抓拍到的黎明之前海豹宝宝出生以及黑背鸥赶来吃海豹胞衣的视频，一边在网上聊天。

我有时会想起梅格，作为邮递员的她一生都与帕佩岛紧密相关：她能把这岛上每一个人、每一幢房子的名字记得清清楚楚，就像我能把网上在不同时候认识的、来自不同地方的网友记得清清楚楚一样。大部分网友我从未见过，但是我们却彼此互相陪伴了很多年。有时我甚至觉得真正的人生存在于网络之中，尤其是回到奥克尼之后，这里的人于我而言都像是偶然相遇的匆匆过客。我对Twitter上那些未曾谋面的朋友，比对在奥克尼一起工作了几个月的同事或老同学的了解多得多。我过去常常搬来搬去，但网络才是我的家园。

我手机上装了GPS软件，这样我每日在帕佩岛上沿着“绵羊小径”和高水位线地带散步时就不会迷失方向了。我还在这个软件上设置了个人地图，以帕佩岛为范围，把我走过的路线标出来。这样一来，有些东西便可以看清楚了：GPS反映了我散步方式的变化。一开始我是大步快走，沿着海边一次能走上好多路，所到之处的面积很大。几周之后，我的步子变慢了，开始细细地探索，去的地方也变少了，却了解了更多的细节：我曾爬下峭壁到一个峡湾里，也曾在岩洞里寻找珍宝。

对照着我口袋里那份英国地形测量局绘制的地图、手机上的谷歌地图和我自身的经验，我给自己定位，并且把北山附近的每一处水湾、突出地面的岩石与地图上的名称对应起来。对我而言，这些地名，既是软件里虚拟的，也是实实在在被我踩在脚下的。

奥克尼群岛和设得兰群岛在英国地图中往往是出现在一侧的方框里，地图可以显示英国东部边界而不是北部。如今谷歌地图已经覆盖地球上的所有区域了。每逢夜深人静，我的上网活动总是以在维基百科上查看苏莱礁（一个位于“世外桃源”西边的小岛，已经超出视野范围，每逢春天有成千上万只海鹦和塘鹅在那里育雏）的卫星图片终结，仿佛网上此处有很强的潮汐，将我一次次卷到这里。

用手机上的谷歌星空图，我可以在夜间对着手机上所标注的星座名称和位置寻找天上的每一颗星星了。一天晚上，一个朋友问我那颗明亮的星是什么。我在回答的时候忽然想到，它根本就不是星星而是木星[①]。我的星空图也证实了这一点，这让我对自己所掌握的微薄的天文知识有了更强的信心。星空图软件覆盖了整个苍穹，即使是在风力最大最黑暗的夜晚也能提供重力数据。往下，在地球的另一边，国际空间站是当晚南半球的人唯一能观测到的事物。宇航员不断把他们观测到的东西以照片的形式发回地球，而地球上的人也会在空间站经过自己头顶时——就像一束光掠过各个大洲——把它拍摄下来。

一天早上，我在Facebook上看到一则消息，有人看到逆戟鲸正沿奥克尼的西海岸一路向北猎杀海豚。我赶紧动身往北山奔，希望能够看到这景象。虽然竭尽全力地寻找，但是我没看到鲸鱼，倒是看到了一艘大船缓缓驶出我的视野。我猜那肯定是一艘往北海油田那边去的重型油轮。但是，待我回到玫瑰山庄浏览海上交通网站时，却发现那艘油轮是俄罗斯货船“库兹马·米宁”号，它的目的地是俄罗斯北部的坎达拉克沙。我还在航空雷达网上看到，德国汉莎航空的一架从洛杉矶飞往法兰克福的飞机明天黎明时分会经过韦斯特雷上空。

我花越多的时间浏览网页，就能看到越多我需要的东西。我所找到的那些长曝光照片无一不闪现出超自然的光芒。通过浏览器上那些网页，我看到全球运输线错综交叉却从不会因此发生碰撞，就像一群星椋鸟不会互相碰撞一样。

海鸟被捉住后会被安装卫星跟踪定位系统——GPS数据记录仪，

① 星星（star）是指恒星，而木星是行星，本身不会发光，因而说它不是星星。

通过这个来观测（这种观测通常对这一种鸟而言都是第一次）它们飞到多远的地方去觅食。皇家鸟类保护协会的伊万和朱丽叶曾在科平赛岛上给一只暴雪鹱装上定位仪，发现它竟飞到遥远的挪威去觅食，然后再飞回自己窝里。还有一只秧鸡被装上了太阳能定位仪，结果发现它竟飞到了非洲。当秧鸡到达非洲后，会休息一下，然后便开始寻找较高的草丛钻进去做窝。这样一来，太阳能定位仪就不管用了。今年夏天，母亲在乘坐皮划艇时在斯卡帕湾看到了姥鲨。有一种传言说姥鲨如今在我们这片海域的数量明显增加。因此，研究人员在苏格兰西海岸安装了二十台监控仪，用来追逐姥鲨的行踪，这样我们便可以在网上近距离地看到姥鲨了。

我没有跟踪过神秘生物或濒危物种，我的所谓科学研究有一半是在探索自己，探索自己灵魂的深度。在我的Last.fm[①]上，每首歌都是我认真听过的，我不断更新“我喜欢的艺术家名单”，添加新歌。我在Facebook上添加朋友时，也首先选择与我有交集、能互相交流的。通过这些，我不断地改进和定义自己。我仔细记录自己的日常活动和行动轨迹，借此观察自己，收集无穷无尽的数据。我甚至会监测自己的睡眠周期，做了梦的话还会去解梦。另外，记录月经周期也是有必要的，这样就可以看它是否与月亮盈亏同步，这也是我进行自我观察的一个窗口。

一个风雨交加之夜，我在玫瑰山庄的卧室用手机录下了狂风和大雨打在窗户上的声音。根据手机软件的测算，我在床上听到的狂

① 以英国为总部的网络电台和音乐社区，是世界上最大的社交音乐平台。

风骤雨的声音竟达到了六十八分贝，即人类大声交谈的水平，令人根本无法入睡。我记起了小时候在农场的家中卧室里听到的风雨声，也仍记得当年在伦敦夜店里的音乐声——我总是希望能忽略那些音乐，听到别人跟我说话的声音。今夜，大风和手机是我仅有的陪伴。

我曾在克雷格鸟禽基地那里录过惊涛拍岸的声音，还有夜间灰雁奇异地鸣叫并起飞的声音、风在电报线间穿行的声音以及我最熟悉的螺旋桨飞机的嗡鸣声。我把我录下来的这些声音传到了网上，称之为“岛屿生活的二十二份感性报告”，蛮有诗意的。

然而有时候，网络虽然可以连接到一切，却会让我产生深深的孤独感。用Skype①聊天可以看到屏幕中的彼此，却总感觉挺假的，貌合神离的样子。在现实生活中我们绝对不会如此——对方发来消息，闪烁良久却得不到回应。然而我们在网络上花了太多的时间，以至现实生活只是众多交流渠道之一。如果我可以躺在铺着电热毯、暖和的床上看自然纪录片，那我还有什么必要非得跑到野外去看野生动物?

深夜半睡半醒之时，我会没来由地焦躁不安，四处摸索手机。网络至今仍能够给我安慰。当年在伦敦时，每当我喝醉了，我便会在网上疯狂地发邮件。最近我一直在清理过去我喝醉之后用许多不同的身份在网上留下的各种痕迹。过去我总是在网上过多地流露真情，如同倒多了的红酒溢出了酒杯。

所谓“上瘾转移”，指的是原本酗酒的人为了不喝酒，把自己过

① Skype，由微软公司开发的一款全球免费的即时聊天软件。

去对酒精上瘾的行为转移到了其他事情上，比如改为对食物、运动、购物或赌博上瘾都是比较常见的。而我则是把瘾头转移到了可口可乐、香烟、交朋友和互联网上。有时我嘴里还叼着一根烟，就已经迫不及待地渴望下一根了。我对新朋友过于上心，会挨个儿进入他们在网上的个人空间，想找出我们之间的相似之处。

主要是因为我太空虚了。因为不能喝酒，所以我就拼命找别的事情填充酒精留下的那一大块空缺。到底该选择哪一样？是咖啡、性爱、写作、爱情，还是新衣服或上网？我通过阅读了解了以上几种事物分别会给大脑带来怎样的影响，会引起多巴胺和肾上腺素怎样的变化。我没完没了地在几个熟悉的网站里流连，就像一只候鸟顺着河流或公路飞翔一样。每当有人给我发消息时，那红色提示栏给我的快感简直就像酒瘾上来时喝的第一口啤酒、炎炎烈日下灌的一大口冰水、累坏了时舒适的软床和打算沉没的瞬间放弃游泳时一样巨大。

我一共打开了二十个网页，每一个都如同无尽的旅程，让思维不断发散。我还不能去睡觉——脑袋里有太多想了解的东西，还未曾去看。我有种“饥渴难耐”之感，反复地看旧邮件，希望读出点过去没发现的新内容来。我确实想要找出一件可以替代酒精、填充内心空虚的事情来做，但这件事却总是躲在我的意识边缘、视线之外，我总也找不到。我肯定想到过可以做这件事，但是当时放弃了，于是就再也记不起来，它成了远在天边的海市蜃楼。

在这种空虚折磨中，我渴望酒精。我像思念前男友一样想念喝酒的快感。有时我觉得匿名戒酒会就像美国基督教原教旨主义者要改变同性恋者的性取向一样，也许强迫我自己不再喝酒实为一种莫大的残忍和不自然。我从不记得小时候我们家有谁会喝醉，虽然有时父亲会因微醺而变得格外兴奋。然而，自从我十几岁开始喝酒，我便一直有成为酒鬼的危险。我压根就是个酒鬼坯子，现在不让我喝酒，我真的很痛苦。

至少酒精为我做到了一点：填补了我的空虚感。现在不能喝酒了，我就得辛辛苦苦地解决自己精神空虚的问题。记得匿名戒酒会建议我们使用所谓的“十二步疗法”：第一步，我们要承认自己对酒精无力抵抗——我们的生活已随之失控。之前我去戒瘾中心治疗时，我还真的试过这第一步，但我不愿继续做后面的步骤。

在戒瘾中心的那段时间我学会了如何分辨自己的感觉，也让我知道了某个行为想要达到的目的是什么，而它实际起到的作用又是什么。我又往回想了想，发现当我的手机没电时，我就特别没有存在感，我去哪儿都不会有人知道——其实我真正想的是动用一切技术手段来控制自己的行为，不要再陷入酒精之中。我对自己有多大的酒瘾心知肚明。

虽然我住在偏远的小岛上，可是我却一直利用高科技手段使自己过主流的生活——我希望自己的生活环境变得更有意义。通过我的手机、相机等设备，奥克尼这里的飞机、海鸟和星星，都变成了可量化、可追踪的事物。我想通过这些来把自己在帕佩岛的生活与过去的日子连接起来，所以我才拍了韦斯特雷日落的照片发到Facebook上。我头顶的天空中几乎全是二进制编码——我的个人数据要先发送到卫星上，然后信号返回，通过海底光缆穿越群岛，由微波和铜线传导至你的电脑上。

20 海豹精灵

我和前男友谈恋爱的时候，交往的前几个星期他特别为我的个性所倾倒，只是由于我酗酒太严重，我们后来才分手的。记得有一天深夜，我们俩从住处附近的一个公共游泳池旁高达十英尺的墙上往泳池里跳，结果直接摔到了铺着瓷砖的池边上——次日，我们都发现自己身上伤痕累累的。那个寒夜里，泳池的水很温暖。我们在月光中、在闭路电视的监控下光着身子，戴着泳帽游了好一会儿。现在我仍保留着那晚的照片——我俩雪白的皮肤上泛着水光。

我既回到了奥克尼老家，所以打算再享受一下室外游泳的快感。我加入了一个很古怪的名为“奥克尼北极熊”的活动小组，每星期六早上都要去海里游泳，只是每次选择的海域不同。

游泳前我会喝点粥、听说唱音乐，为游泳做好准备。我们这伙人看起来相当奇怪：藏在汽车后面换游泳衣，头戴羊毛帽子，冻得浑身起鸡皮疙瘩。在海里游泳必须得成群结队，这样才能有动力一直前行，如果独自一人很快就会泄气。每个人在水里都有不同的风格——有的人是颇富激情地在水里“跑步”，而有的人则是在刚没过屁股的浅水带活动。

游泳能让人体验到季节变换和奥克尼的多变，海水的变化取决于潮向和风向。一个很小的海岛也会有几英里长的海岸线，基本上都是人迹罕至，对我而言非常有新鲜感。我们在主道旁的桥下游泳时，主道上路过的大货车常常对我们鸣笛打招呼。我们也曾开车沿长长的、坑坑洼洼的小路走到一片僻静的沙滩上去，冒着被荨麻刺痛的危险翻过篱笆去游泳。当然，我们也曾在岩石洼里、在港湾一起游泳。

我们经常遇到那些船只残骸，那是二战时用来封锁奥克尼海岸线的船只，生锈的船身就在我们头顶上很近的地方。在海里，我们可以从不同角度去观察海岸，有时还能遇到鸟类：有一次我竟然撞上了一只海鸠，看到北极燕鸥在附近潜水也是常事。

在海里游泳，与在水温高、含氯气、池子边缘分明的游泳池里感觉不大一样。有时游着游着，就会有好奇的海豹靠近我们，和我们一起前行。有个一起游泳的朋友曾潜入海底，捧了一大把蛤蜊上来，她把它们带回家去当午饭吃了。我们游泳的地方，有时底下是沙子，有时是石头、海草或淤泥。我们遇到过各种天气，当然经常碰到鸟儿飞过头顶、鱼儿游过身边。

只要投身大海，下暴雨我们也不怕了——大海能够挡住这一切，只是偶尔船只经过时掀起的水波会对我们的前进路径产生影响。海水总是不同的：有时暗沉如黑丝绒，有时却清澈平滑如玻璃。当阳光斑驳地射在海面上，我们在水下吐出的气泡也会被照亮。

五月一日那天，我们这里庆祝五朔节[1]，清晨五点十四分大家就聚在了奥克尼主岛最东边的海滩上——我们将一起在这里观看海上日出。刚到的时候，大海黑沉沉的，但是待太阳升起之后，阳光点亮了我们的一张张笑脸，海面也变得波光粼粼。

夏至日那天，我们在午夜过后的零点零九分到奥克尼主岛北部海域游泳，那时天空仍然很亮。次日清晨，我还能够闻到篝火和海盐的味道。在收获节[2]（庆祝当年第一次收获的传统节日）那天，我们要到西海岸去看日落。那天浓雾笼罩了夕阳，看不到日落，峡湾里简直就像有鬼怪出没一样阴森，我们脚下是滑溜溜的海藻，跟在后头的游泳伙伴的身影都被大雾遮得模模糊糊的。后来我到帕佩岛上去住了，而我们游泳小组还会在冬至那天夜里去海里游泳，戴着头灯，岸边的引导灯也会一直亮着。我们有很多这样的仪式，比如庆祝夏至、冬至和春分、秋分，这种活动往往是根据指南针、月相、潮汐和日历来确定的。

直到这次回到奥克尼我才注意到这些传统习俗，对它们的了解也越来越深入。然后我才意识到，我最后一次喝酒——也可算是我戒酒的第一天——正是春分那天。从那天起，每到夏至日、冬至日和春分日、秋分日我的戒酒时间就延长了三个月。我享受这种感觉：每一个很小的选择，很个人化的行为，都与太阳系的运转息息相关——比如在这一天游泳就是一种庆祝方式。

---

① 五朔节，欧洲传统民间节日，旨在祭祀树神、谷物神，庆祝农业收获及春天的来临。

② 收获节，英国的收获节是在8月1日和9月1日之间。

游海泳总是很冷的。夏天时海水温度会逐渐上升，到了九月，海水温度差不多是十三摄氏度，已经比较寒冷。但是，随后温度就开始逐步下降，到了来年二月会达到最低点——超级冷——只有四摄氏度左右。第一次感受这样的冷水，我觉得皮肤简直就像被烧着了似的，然而每周六的游泳让我越来越适应了——毕竟我们的身体都是有适应力的。虽然当年在夜店里我只是个一喝醉就哭哭啼啼的可怜虫，然而在这里，往往别人都还在防波堤附近蛙泳时，我就已经游完一大圈回来擦身了。这是一个充满欢乐的活动小组，我们经常会一边仰泳一边聊天。

我希望游泳能够让自己清醒。走出有供暖系统的房间，离开闪烁的电脑屏幕，去大海里感受一下寒冷，让皮肤没入广阔的海水，这真是给身体很大快感的一件事。我很希望能在岛上找到释放自己的渠道，让我不再惦记喝酒。游泳时所体验到的这种冰冷也会让人上瘾的。每当心情不好时，我都很渴望这种感觉，因此便开始计划下一次到湖泊、海湾或水库里去游泳，我希望能在岩石上遗留的弹坑里游。

前几次游泳时，我多少会有些害怕，因为知道下面深不见底，生怕自己会被淹死，吓得心跳都加快了。因此，我总是拼命游，尽快游到终点。当我爬上防波堤或随海浪一起冲上沙滩时，我感到自己获得了重生，身体重新充满了活力。

有人说通过游海泳可以让身体获得种种好处，会增强新陈代谢、提高免疫力，这是因为在室外游泳时水温较低，“会提升身体的适应和修复能力”。但是，我之所以选择在冰冷的海水里游泳，是因为想要获得一种快感——虽然只是短时间的，但接触冷水确实会令我的身体分泌出一种内啡肽，使我感到非常兴奋。就这样，我每周六都去海里游泳，为此连去超市购物都暂缓了。游泳让我有了笑容，也让我的皮肤因为寒冷和盐分而变成了亮红色。我们小组中的其他“北极熊”都说游泳令自己身体变得强壮有力，不过也有一个组员偷偷告诉我，她就喜欢让别人觉得她去海里游泳纯属有病。这确实是另类的爱好，每周一次的冒险。

搬到帕佩岛时，我决定每周六上午十点钟去游泳，保持我当时在主岛参加“奥克尼北极熊”活动小组时的习惯。我成了小组中“流落他乡”却仍坚持活动的成员。我骑车五百米，下到北威克湾那里，把车扔在沙丘上，迎着朝阳冲进绿松石般美丽的大海。北威克湾和南威克湾的海水蓝得犹如宝石，海水又清又浅，海底是沙子，但它这热带海域的色彩掩盖着它的寒冷。

每当我游泳前脱光衣裳把它们扔到岸边时，总会想起自己在伦敦时曾在陌生人的家里宽衣解带的往事。那时的沮丧和悲愤真是没齿难忘——这就是我所得到的，都是酗酒所致。如今我已不再痛苦了，然而我还是我，浑身赤裸，返璞归真。

只有真正进入大海，你才会发现其中的很多秘密。比如，海浪里是卷裹着石头的，大大的鹅卵石在海水里翻滚，毫不费力地翻来覆去。在海里，我可以从海豹的角度去观察，看到海鸥俯冲，最终落在海面上。它似乎根本没有注意到我这个游泳的人。一天早上，天空倒映在海水里，我觉得自己就好像是浮游在云层中似的。

独自一人游泳的时候，我总会怀念在主岛时有整个小组的伙伴互相鼓励着一起前行。在一个冷飕飕的星期六早上，我骑车来到海边，盯着海面瞧了会儿翻滚的浪花，然后脱下了我的马裤——此时真是海风刺骨，小雨和海浪一起打在我的光腿上，我简直没办法让自己走进水里。我已把自己逼到极限。

当时我们小组一起游泳时，海豹总在旁边探头探脑地跟着，对人类的出现特别感兴趣，用一双双和我们相似的眼睛盯着我们一个劲儿地瞧。我们和海豹仿佛是彼此的映像，都身处自己世界的边缘，只有这一小片岸边浅水地带是我们两个物种可以共享的地方。我散步的时候，肯定也有两只海豹一直在海里尾随着我，其中一只总是目不转睛地盯着我。透过清浅的海水，我也能看到它的身子在海中浮沉。

我不是第一个把海豹当作朋友的人。“塞尔吉”在奥克尼是“海豹”的意思，这个词背后有一个神话，关于一只海豹如何幻化成人的故事。那些塞尔吉会脱去海豹皮，变成一丝不挂而十分漂亮的人形，沐浴着月光在沙滩上跳舞，乔治·麦凯·布朗[①]在其作品《时间海洋之外》中这样写道：“那些男男女女——都是些陌生人——在沙滩上若隐若现地翩翩起舞！他们身旁的岩石上，还胡乱搭着海豹皮。”一旦海豹皮被丢掉或者被偷走了，这个塞尔吉就没办法变回原形了。于是便产生了新的故事：有的男人偷偷藏起了海豹皮，这样

① 乔治·麦凯·布朗（1921—1996），生于奥克尼首府柯克沃尔，诗人，剧作家，被认为是20世纪最伟大的苏格兰诗人之一。

就可以把那个丢掉了自己皮毛的塞尔吉娶回家去当老婆。但即使如此，这个女人还是属于大海的。

有人说所谓塞尔吉的传说是那些光棍儿水手为死去的海豹编出来的挽歌，但有人相信故事是真的。19世纪90年代，曾有一条美人鱼出现在奥克尼主岛的东海岸，据说“有上百个目击者可以证明确实有美人鱼出现”。

在大海里游泳时我也偶尔会做些惊人之举：既然我已不在陆地上，那么我就是这滔滔海水的一部分了，随海浪起伏，随洋流奔涌。当我裸身上岸时，感觉自己就是一只脱了海豹皮的塞尔吉。

我曾在日记里写下这样的话，但现在已不记得为什么会这样写：“无论冬夏，保持裸泳，你永远都不会死。”其实游泳一直是一种有治愈功能的活动。在帕佩的这段时间里，每次游泳之后我都会冲个澡。洗澡水是温热宜人的，刚好可以缓和海水对皮肤那种冰冷的刺激。这是我自己发明的“水疗法”，历史上就曾有用类似方法治疗酗酒的例子——在他们酒瘾发作时，让他们先后接受冷热水的刺激。“匿名戒酒会”的创始人比尔·W在20世纪30年代初期时曾因酒精中毒而接受过水疗。另外，酗酒且患有精神疾病的女演员弗朗西斯·法蒙曾接受过封闭式治疗，方法就是把她和其他疯女人一起关在笼子里，用热水管子和冷水管子轮流对着她们浇。

母亲每周都会去祈祷的那个教堂一贯是在奥克尼的海滩上举行洗礼仪式的。两位长老一人架着新生儿的一条胳膊在冰冷的海水里走一走，把小宝宝稍微在海浪上沾一下，象征着这个宝宝会追随耶稣，成为耶稣的不渝信徒。两位长老完成这套仪式回来时，浑身的衣裳都湿了，冻得哆哆嗦嗦的，可脸上却带着宛如新生的笑容。海水的冰冷是天赐的，它具有洁净身心的作用，就像人生来所饮的第一口琼浆一样。它也是一个很好的庇护之所，令人沉迷，令人甘心陷入。我满心都是投身大海的渴望。

在伦敦时，有一次我曾在伦敦东区的仓库派对折腾了一整夜。喝红了眼的格洛瑞亚和我决定，我们要到汉普斯泰德女士保健游泳池去游个泳。当时我们浑身都脏兮兮的，一副严重睡眠不足的模样，以为游泳池里的冷水会让我们精神焕发，甚至还奢望那次游泳能成为对自己的一种救赎。在我们去游泳池的路上，太阳升起来了，游泳池也开门了。在泳池里我们遇到了一群老太太，其中一位告诉我们她每天都会在室外游泳，不分冬夏，这一运动令她健康、给她快乐。

近日，我发现自己慢慢有了进步。过去，每当觉得压力大时，我的第一反应就是要喝酒，起身就直奔酒吧或售酒商店。几年前，有一次在搬家的时候，我因压力大而大开酒戒，导致当时已坚持了一个月的戒酒宣告失败。现在，我有时仍会有酒瘾上来时的那种冲动，但解决的方式已不只是喝酒一种了。早在夏天我为皇家鸟类保护协会工作结束的那天，我的心情非常沮丧，但那时我振作自己的方式就已不是猛灌一品脱啤酒，而是投身大海了。游泳缓解了我紧绷的情绪，令我放松，心情渐渐变得好了起来。现在我寻求一些新鲜的事情和乐趣填补自己的空余时间，我知道自己能做到，但情感上需要时间才能想得开。我比过去坚强多了。

我遇到的问题和过去是差不多的，只是解决方法在渐渐改变。过去我习惯在星期五夜里直奔喧闹的夜店，而现在我舒缓情绪的方式则是每星期六早上投身冰冷的大海。温暖的身子骤然进入刺骨的海水，令我瞬间精神振奋，身心洁净。

21 另一座荒岛

在谷歌地图上，帕佩·霍尔姆是个无人居住的荒岛，卫星地图对其暂付阙如，只显示出一片海蓝的颜色。在帕佩·霍尔姆岛上没法联网，所以就连电子地图都没办法绘制出来。

英国是欧洲的岛，奥克尼是英国的岛，韦斯特雷是奥克尼的岛，帕佩是韦斯特雷的岛，而帕佩·霍尔姆岛又是与帕佩隔海相望的一座小岛。当连帕佩岛上的生活都过于忙碌喧嚣时，帕佩·霍尔姆岛便是一个更好的去处了。

奥克尼群岛周围分布着许多的“霍尔姆”（发“家”的音[①]），这个名字来源于古斯堪的纳维亚语的“hólmr”，原意为“傍着大岛的海岸边的小岛屿”。帕佩·霍尔姆岛是帕佩岛的“幼崽”，它离帕佩岛仅仅几百米远，隔着清浅蔚蓝的海水。从帕佩岛往东看，常会看到帕佩·霍尔姆岛上石冢的楔形尖顶。退潮时两岛间的岩石纷纷露

① 霍尔姆（holms）与家（homes）的发音相同。

出海面。五千多年前，当人们还住在霍沃尔小山的时候，没准儿两岛还连在一起呢。

在一个安静而明媚的清晨，农民奈尔——他是位于帕佩岛中心的“荷兰农场”的主人，他家的农场在17世纪到19世纪时曾是岛主住过的地方——给我打电话，说他们要把一只公羊送到帕佩·霍尔姆岛去，问我要不要同行。我一跃而起，骑上自行车就往老码头去了。

那只小小的、已经长出犄角的公羊，被从一辆拖车里赶到了一艘小船上。到了帕佩·霍尔姆岛，它便要开始今年的工作了：和二十只被精挑细选出来的母羊交配，以便开春时能生下小羊。这一任务差不多要几个星期才能完成。我们这艘小船上装了四个人、一只小公羊和一条牧羊犬，用了不到十分钟就抵达帕佩·霍尔姆岛了。今天海上没什么风，所以我能够一眼就看到海底，水很清澈，海面十分平静。

登上帕佩·霍尔姆岛后，我们便成了这岛上唯一可见的人类，这让我有一种类似在科平赛岛上的感觉：既兴奋又恐惧。这里的海鸟和海豹似乎都更大，也更凶猛些。我尽可能地对暴雪鹱敬而远之，以防它们吐在我身上。另外，在正对着北罗纳德赛岛的那边，还有些隐秘的峡湾，只有那些海上的过客才会偶尔有机会看到它们。岸边的草地上躺着一头貌似死掉的小海豹，当我靠近时，它竟然蠕动起来。这下我才知道，它是躺在这里享受难得的冬季暖阳呢。有大约八十头“霍尔姆土产母羊”全年都生活在此地，到了冬天干草紧缺的时候，它们不仅“节粮缩食”，甚至还会吃海藻充饥。在整个冬天都没有额外“加餐”的情况下，这些羊还能活下来，真是非常顽强。我们家的农场里也养过这种羊，我特别喜欢，它们体格敦实、性格独立、善良温顺，腿脚更是别提多灵活了，连母羊都能跳过篱笆，常常会从专门饲养它们的草地逃到“世外桃源”那里去。有时小羊宝宝见母亲跑了，还会沿着铁丝网围成的篱笆在里面一路追赶。每年夏天，帕佩岛上都会举行“霍尔姆日”活动，这是奥克尼群岛所剩无几的集体农事之一，帕佩岛上的居民都会赶去霍尔姆岛帮忙剪羊毛。

没有证据表明帕佩·霍尔姆岛上曾有人居住，但它却是古人的墓地——这里有三座带分室的古墓，其中最大的一个被称为“南石冢”，已被充分挖掘且受到保护，现在由苏格兰政府下属的“苏格兰文物局”负责维护。由于交通十分不便，这里也是苏格兰文物局访客最少的历史遗迹。

从玫瑰山庄那边，我每天都可以看到石冢。现在真正站在石冢顶上，看着低低的冬阳把我的影子投在岛上，这感觉真有点怪异。我进了一扇金属门，顺着梯子下到墓穴里，打开了专供游客使用的手电筒，一路顺着坟墓中的甬道往前走，观察着每一间小小的墓室。石头上的雕刻有些像眉毛，类似于“韦斯特雷娘子”的眼睛。

有个朋友告诉我，“石冢”和奥克尼主岛上的梅肖韦古墓[①]一样，在冬至会与太阳对准。冬至日和前后的几天，在一年中罕见的无云的日子，太阳的光芒会直接洒进梅肖韦古墓的通道里。借助墓穴通道里的摄像头，一个寒冬的下午，我在网上领略了夕阳古墓的壮观

① 梅肖韦古墓，著名的新石器时代文化古迹，约建于公元前2800年，呈圆锥形凸出地面，内部由巨石建造，有迷宫似的通道和洞室。

景色——金色的光芒一直照射到古墓尽头的墙壁上。

我曾经有过一个大胆的想法：隆冬的某天，让农民奈尔或渔夫道格拉斯带我去帕佩·霍尔姆岛，留我一个人在那儿过夜——这样我便可以观测日出日落时太阳的光线是否与石冢的最顶端对齐成一条直线了。我自以为十分勇敢，没什么能够阻止我在这座古墓里住上一宿。然而此时此刻，刚刚在墓室里待了几分钟，我便已经受不了了，得马上上去不可——这儿又湿又冷，一团漆黑，我是绝对不会在这儿待一宿的。

我顺着梯子爬出了古墓，动身往帕佩·霍尔姆岛的东南角走去——这里是连谷歌地图都发现不了的地方，我觉得自己已逃脱尘世了，这里没有互联网。

我正是被这些地方的“边缘感”吸引的。我既渴望大城市的生活，也想要遁世于海岛——不是普通岛屿，而是荒岛。当年在哈克尼的一间酒吧里，我和格洛瑞亚曾受邀去两个和我们一起打桌球的男人的住处喝啤酒。其实他们所谓的“住处”不过是流浪汉住的旅社。几天之后，我们去了一家自带乐队的奢华酒店。凌晨时，我们偷偷溜到桑拿室，拿冰箱里的塑料瓶装水互相往身上浇，直到把冰箱都掏空了为止。我希望自己要么获得辉煌的成功，要么凄美地失败。

有时我会禁不住生出一肚子的愤懑：现实是多么不公平，如我般心地善良之人，运气也好，机会也够，还有家人朋友支持，可最终却落到了进康复中心的地步。然而，换个角度想想，其实这一点都不奇怪，对我而言简直就是顺理成章的：我是跟着精神病人长大的——无法预料的暴怒和不同常人的野蛮行为爆发后是长久的抑郁。

我仍记得儿时所见：父母在楼上动手相打，都一副恨不得把对方从楼梯上推下去的样子，一个邻居赶来把我领出了家门。待我回家时，父亲已经不在，去接受为期几周或几个月的治疗了。出身于如此有戏剧性的家庭，又住在一个沉船事故和风暴灾害频发的地方，更不要提充斥着动物的生生死死、奇异的宗教观和远离尘世的生活方式了——在这种天涯海角，可能会有令人兴奋的奇遇，而一旦出了不好的状况，便可能有非常恐怖的灾难降临。有时我会觉得，这种生活非同寻常，倒也是十分不赖的，因为我从小就渴望与众不同。然而从另一方面看，我们这种小地方的生活又是十分乏味和受限制的，我真希望自己能活得更感性、更有生趣一些。

我站在帕佩·霍尔姆岛的边缘上，原地转了几圈，把四周远在天尽头的几座小岛环视了一遍。在这里，我的手机信号和卫星视图都断断续续，为了让自己更加专注，我原地打起转来，就像我躲在灯塔底下睡觉时看到的旋转光束，就像我出生那天的那架直升机的螺旋桨。

我在帕佩·霍尔姆岛上没能待很久，奈尔说要回帕佩了。回去时船上因没有了那头小公羊而显得轻了不少，奈尔回去就接着干活儿了。这一冬天的徒步旅行及探险之旅，渐渐让我了解到自己的内心，看清了自己的渴望。但是，若要得到自己之所求，我还需要更多的帮助。

我第一次知道迪伊，是因为她通过发电子邮件的方式来支持奥克尼的另外一位戒酒女性。但当时我未曾料到，有朝一日我会和她生活在同一座岛上：她和她家莫先生是四年前搬来帕佩的。从那时起，帕佩岛上的一座废弃小农场就变成了一个温馨之家。我从未要求过任何人给我提供无偿帮助，只希望有人愿意听听我过往的遭遇而不会提到耶稣。

我第一次去参加匿名戒酒会的活动是在我进戒瘾中心前的四五年。参加活动之前我曾花了大量时间在网上读批评该机构的文章——一个允许人适度饮酒的另类项目，我还读了无神论论坛上的一些文章。我当时对该项目的强制性和宗教观有所质疑，希望能够看到更多的资料，如有可能，从中找到不去的借口。

匿名戒酒会也好，戒瘾康复中心也罢，它们所做的事情其实就是把我们曾经痴迷、沉沦其中不可自拔的东西从我们的生活中铲除。为了这个目的，大家整天在一起讨论、分析、回顾往事——有人认为，这种行为不过是换了一种沉迷的形式罢了。

那时我的心情很不好，我怕自己再也摆脱不了酒瘾——也许以后别人会把我归结到“醉鬼”那一类人中去吧？或者更准确一点，永远把我打入“不正常人”的行列。我不愿一遍遍地给新来参加戒酒活动的人讲自己的遭遇——为什么要喝酒，又是怎么逐步戒掉的。既然戒了酒，我就要干些与酒无关的事情。

当年在戒瘾中心时，我害怕那种以后会对我的人生观产生影响的治疗手段。在经过不断的自我反省和自我怀疑之后，我无比惊讶地发现自己其实特别腻烦那些“往事分享”式的治疗。难道是我的价值观出问题了吗？我们听“难友”讲自己的种种伤天害理的行为，讲他们犯下的滔天大罪，然后竟会称赞他们“诚实”！我整天和一帮子牢头、瘾君子和神经病在一起待着，某个难友给我讲他们一家怎么在孟加拉接头、使用巧计帮他哥逃脱了谋杀的罪名时，我竟然还频频点头！

我对匿名戒酒会的偏见颇深。在某种程度上，它一直在给我洗脑。我得听他们的，而不是依靠自己的理智判断。如果我星期六上午参加了匿名戒酒会的活动，那么星期天一早就得乖乖去教堂。我还必须真正笃信《圣经》。而且，我说话时开始高频率地使用以下词汇：怨恨、总结、复发、空间、醉酒、神的意志。

但在匿名戒酒会，有人宣称自己是无神论者，有人一直保持着自己风趣幽默、思想敏锐的个性，有人在竭尽全力地做着自己想做的其他事情。一位在匿名戒酒会上认识的朋友教我了一个好方法：把活动中常说的那些话当成一种“行话”，一种简短地表达复杂想法和经历的语言，这样我们就能更理解彼此。

如今我戒酒的第一步算是成功了，一天不喝——当然是一分钟又一分钟、一小时又一小时地忍着——都没有问题，但我却无法接受自己清醒的、没喝醉的状态。我一直挣扎于这种“不接受”，且又不大信任匿名戒酒会，所以就必须寻求他人的帮助。

能在帕佩这等荒僻小岛上遇到一个已成功戒酒十年的女人，这可真是极偶然的相遇。我怀着忐忑紧张的心情请求她在我住帕佩岛的这段时间带我完成“十二步疗法”。于是我们便从学习匿名戒酒会的理论开始了。此时我真的很难决定，自己到底是该继续自律下去，还是索性不再戒酒。

★ ★ ★

隆冬季节的天空永远是阴沉沉的，黄昏时分我沿着海岸、顶着狂风暴雨一路走到了霍沃尔小山那里。我躲在新石器时代遗留下来的建筑中避雨，顺便也欣赏了一番已有五千年历史的精雕细刻的墙壁。如果我像住在玫瑰山庄里那样住在这儿，又会是怎样一番情形？这里也有壁炉，有碎石头可以用来砸碎谷物、制作面包。我猜住在用鲸鱼骨做房梁、兽皮做屋顶的屋子里一定很舒适。

虽然太阳被灰色的乌云遮得严严实实，但我却还是觉得应该来观赏一下冬至这天的日落——这一天太阳可直射进梅肖韦古墓的通道——我想以此来庆祝自己戒酒期又延续了三个月。这样傻傻地等实在是有点呆，但就在下午三点一刻时，日落了。帕帕·桑德海域的海风逆潮而刮，引起阵阵波浪；韦斯特雷岛的灯塔也亮了，犹如闪烁在黑暗中的八颗明星。

在这幢早已没了房顶的新石器时代建筑里面，我看到了一架从韦斯特雷来的飞机，亮着两只白色的机翼灯和一只红色的尾灯，正在帕佩机场跑道灯的引导下降落。新修的机场跑道灯意义非凡，以后冬夜里飞机也可以起降了。观光客往往喜欢我们此地的古迹，但其实这些现代化奇迹也一点都不逊色的。刚刚那架飞机也许打破了我对远古新石器时代的幻想，却也令我生出另一份敬畏之情：我们的交通运输系统真是相当发达，在如此猛烈的大风中，飞行员仍能够在机场指示灯的引导下，开着飞机平安返航。

22 私人地质学

我一直想回忆起最后一次酗酒的情形——那是大约两年前的一个周末，当时我还没开始戒瘾治疗。那晚我绝对是受了别人的撺掇，待走出位于伦敦南部的那家酒吧时，我跌跌撞撞都走不稳当了。我打了辆车，却没钱付车费，只得在快到我的住处时，趁司机等红灯跳了车，在贝思纳尔格林住宅区的人行道上狂奔，一路心脏狂跳。这么狼狈地过夜并不是我的初衷，从来都不是。

“酒精”往往被描述成一种导致恶性循环之物：“会支配人的感受，喝醉的人虽然隐约记得酗酒时的情形，自己却因为厌恶而不愿意承认。”于是，为了忘却这种羞耻，也为了摆脱对酒精的恐惧和生怕染上酒瘾的紧张，酗酒者会喝更多的酒来麻痹自己。

喝酒的夜晚总是隐藏很多秘密，有美妙的事情发生，但也会有糟透了的坏事降临。那时我时常会遇到熟悉的酒友，但他们不知道，我在白日里清醒的时候、工作的时候，根本就不是那副德行。有时我会喜欢自己疯狂而又危险的一面，但当我靠酒精来缓解往日的痛苦记忆时，我便知道自己又完了。孤独而绝望的我，早已沦陷在书中所讲的“自怨自艾、自哀自怜的沼泽”之中了，而且越陷越深，早已对酒精缴械投降了。

在帕佩岛上溜达时，我总忍不住思考土地最初究竟是如何形成的。就算是一小段海岸线也会有形状各异、生趣盎然的岩石，比如平行四边形的，这种岩石周围大多散布着水洼，水泛着阵阵涟漪，活似大海的波浪。这些岩石层次分明，就像书页，站在高高的悬崖上也看得一清二楚。不同岛上的岩层在群岛还是一片完整大陆时曾是一体的，但上千年的海水和冰川不断侵蚀使之成了现在的样子。海蚀拱、海蚀柱和岸边的洞穴就是持续侵蚀的证据。

奥克尼群岛的大部分岛屿都是由“凯斯内斯石板”构成的。那是本地人习惯称其为“石板”的一种灰色的沉积岩，可追溯到四亿年前的泥盆纪。将这种沉积岩分割成片状，是筑造堤坝的上佳材料。有些地区——比如霍伊岛和伊迪岛——还有奥克尼砂岩，这是一种红色的石头，当年曾经用来建造柯克沃尔的圣马格努斯大教堂。

最后一个冰河纪过去之后，大海的水位线趋向稳定，当时的奥克尼群岛与今天差别不大，但是缺少“细节”——海水数千年来蚀刻海岸形成的海岸线。在一些受到周边海岸庇护的海岸尚有平和的海景，但暴露在大洋中的西海岸可饱尝了穿越大西洋而来的滔天巨浪，因而造就了海蚀柱和高耸的悬崖海岸，比如霍伊岛的圣约翰海角，比海平面高出了三百六十五米。

帕佩岛上的微缩地理模型也显示了这个悬崖，还有那些倾斜的岩石和位于大西洋边缘的深深的峡湾（就和“世外桃源”西面的峡湾一模一样）以及东海岸平静的海湾。这些都在提醒我，奥克尼群岛中的每一座岛屿都在逐渐变小——被大海吞没。

从奥克尼的地质图上可以看到有一条纵贯帕佩岛的断裂线，穿越玫瑰山庄所在的位置，撕裂了北山。尽管我不确定断裂线究竟什么样，但我在岛上时经常去寻找它。

我一直在反思为什么自己会沦为酒徒。也许真是由与生俱来的生理因素决定的。在匿名戒酒会的活动上，我时常听人说“亲酒体质”的人身体对酒精的分解能力异于常人，即我们体内有丙酮过度堆积或分泌过剩的现象，而丙酮正是用来分解酒精的，所以我们比一般人都更能喝酒。这种说法太过于简单，如今医生已不再这样解释酗酒问题了。

另外，虽然据我所知，我们家除了父亲之外没有其他酒鬼，但我很可能遗传了父亲——是父亲的精神疾病导致我酗酒的。我读过各种关于躁郁症的资料，都说焦虑是儿童患有躁郁症的表现，或者说，患上躁郁症的儿童很可能会焦虑。孩童时期如受过这方面的不良影响，就会增长其长大后养成不良嗜好甚至成瘾的概率。我青少年时期是有过痛苦经历的——父母离婚，还有更小时候也遇到过一些伤心事。但是，当我的戒酒辅导员引导我从童年中寻找酗酒的“病根儿”时，我却被激怒了。因为虽然从小多少有些抑郁，但我的父母和弟弟都深爱着我，他们从未虐待或伤害过我。这种分析法太简单武断了——不就是为了开脱自己的责任，把问题一股脑推给父母吗！可是他们已为我尽了最大的努力。我时常想，就是因为我过度放任自己才养成了酗酒的坏习惯，而多年酗酒对我的伤害就像海浪对岩石的侵蚀一样，旷日经年，沉疴难愈。

有一天，我正在山上散步时，忽然刮起了东南风，克雷格鸟禽基地附近海浪滔天。于是我坐下来，一边眺望着大海一边想着父亲——最近我发现他状态不大好。虽然他已十五年未看过心理医生，也有十几年没吃抗抑郁的药物了，但最近几个星期他确实有些微微的烦躁，情绪不稳定，动辄就激动。我担心他可能又要进入一个冗长的狂躁发作期了。

父亲最后一次发作是在我十几岁的时候。发病前几天，他还给了我一张空白支票，让我到城里去买点东西——我猜他是想让我买一部无绳电话。我很开心，但这份愉悦却因为担忧而消解了，因为我知道这种冲动消费正是狂躁症发作的前兆。冲动消费和病症发作之间仅仅一线之隔。发病之前他总是充满夸张的想法并且大手大脚地消费。

如今父亲学会了使用Facebook。这玩意儿对于在偏远地区且彼此住得很分散的农民而言确实有用，但父亲却用它来和女人调情，写些令人面红耳赤的话在上面，完全不是平日里那副老实巴交的奥克尼农民形象了，真令人难堪。一旦别人不评论或者不点赞他就感到很沮丧。皇家医学院将狂躁症的前期表现描述为“充满了格外幸福、乐观、精力旺盛的感觉”且“思想和行为都很浮夸”，很快就会变成“容易被那些不认可他乐观主义的人激怒”。在这种愉悦亢奋状态下，他会令别人都感到紧张。

然而，我对父亲却充满了同情。他就像被撞碎在沙滩上的海浪，他的水花溅到了我身上，令我想起酗酒时的自己，我对他的感受深有体会。狂躁症其实和酗酒有点相似：一开始会觉得情绪高涨、心情乐观、思维敏捷，却渐渐失去判断能力，变得越来越冲动，行为也开始毫无节制起来。因此一开始可能挺有意思——特别乐于跟人沟通，满脑子豪情壮志，自信满满，厚着脸皮什么都敢说，还希望得到别人的回应。我就曾强拽一个不想跳舞的人和我一起下舞池，为了闯入夜店和保安吵架，还振振有词地跟男友说自己什么也没做错，只是想找点乐子、打破陈规、享受“真正的人生”罢了。

我忽然就产生了一些以前从未有过的想法：也许我喝酒是为了达到某种父亲有过的狂躁状态。这样一来酗酒的原因就变得简单了，和我以前给自己找的借口不同，这个想法似乎更有道理些。虽然我并非精神病患者，但我身上也存在一定的狂躁基因，所以我找到了酒精这东西，企图借此来抚慰自己。在某种程度上，我醉酒就是在模拟狂躁症患者的发病状态，甚至更确切地说，我是在模拟父亲的状态——野性、自由而充满生命力——虽然模仿得不太地道。

对我而言，喝酒是一种能让人们更加敞开心扉的方式。我希望能体验到心灵彻底开放的感觉，但我故意忽略了这么做所产生的问题和他人的抱怨。不管是清醒的人还是脑子不正常的家伙都会觉得这么做真够烦人的。和我这样的人在一起他们深感不快，不知道我接下来还会干出什么过分的事情来，我毕竟不可能一直跳舞跳个没完。

每一次狂饮烂醉都是一次小型的躁郁周期：先是达到兴奋和愉悦的顶峰，然后渐渐演变成难以自制的危险行为。到了次日，就不得不忍受宿醉的折磨，不可避免的情绪低潮期便随之而来。每隔一段时间，我便会如此折腾一番，之后又得检查喝醉后是否得罪了什么人、破坏了哪些人际关系，然后去道歉，保证以后再也不会了。可这样一来又会害我沉浸在自怜自哀中不可自拔。

我骤然警醒，一下子从我坐的石头上站了起来：我想明白了。大海和狂风赐予了我能量，我终于弄清楚了自己过去的酗酒行为是怎么回事。在戒瘾治疗所的诊室里也好，通过“十二步疗法”也罢，又或者是和迪伊聊天，我都无法真正想通。只有像现在这样，置身于大自然之中，眺望着汹涌的波涛我才真正明白。我一直在阅读流体动力学和数学上对海浪破碎的分析。当浪高超过浪长的七分之一时，海浪便会破碎，海浪破碎有很多种方式——如泼出、飞泻、迸泻。就算破碎的方式不同，但有一点是一定的：海浪在到达那个高度时就会崩塌。

★ ★ ★

当我在酗酒过程中越来越早地出现身体僵硬或者轻微癫痫的症状时，我就该知道，我是注定要酗酒的。

一开始总是以手腕无力为警示信号的。然后我的手肘就像冻住了似的那么僵硬，端起酒杯的动作简直就像机器人似的。然而不管身体有多难受，我都得把酒送到嘴里去。把烟掐灭也十分困难。紧接着就是不能说话、不能吞咽、开始流口水。我会不停地垫着脚尖抖腿，简直要撞墙才能甩掉那种紧张感。或者，我的身子会缩成一团动弹不得，甚至从椅子上摔到地毯上也还是那样子。我想要把自己挪到沙发上去，但这次又失败了——我很清楚自己没法动弹，简直就像被绑上了似的。这种状态深深伤害了我，让我为自己一个人偷偷藏起来喝酒的行为备感羞耻。

但当我在外面和一堆人一起喝酒时，这种僵硬状态也会出现，每当这时我便会强拖着僵硬的腿脚躲到洗手间里去，用我紧攥成拳的手费力地锁上厕所门，快速弹跳着直到身子足够放松可以重新加入派对为止。在身体发僵、口涎直流的情况下仍若无其事地喝酒是我的常态。我知道这种僵硬感是身体对我喝酒的警告，但很长时间里，我唯一的目标就是克服这种僵直感，让自己能继续痛饮。

从那以后，我便开始查阅有关酗酒性神经病的有关资料——酗酒和维生素缺乏都会对神经造成损害。当时，虽然我一直拼命地喝，但我心里清楚酒精已经开始伤害我的大脑了。美国作家大卫·福斯特·华莱士①也是个瘾君子，他曾这样描写药物成瘾："它给人一种感觉，就是它可以解决由它所引起的问题。"甘心被这种虚假的感觉引诱简直是疯了，然而我无力逃脱。

★ ★ ★

在北山上，我发现了貌似断裂线的东西，还发现了坍塌的岩石山脊。断裂线的成因以及源头其实无关紧要，重要的是我的问题，即匿名戒酒会在"十二步疗法"中的第一步里所说的，"无能为力

① 大卫·福斯特·华莱士（1962—2008），美国小说家，代表作有小说《无尽的玩笑》等。

和不可自控”。接下来的第二步和第三步，要求我得“心甘情愿地”给自己对症下药，然后是努力过上不喝酒的人生（第四步到第十二步）。但不喝酒其实只是一个开始——只是生理上戒了酒而已——我还必须得让自己对酒不再有欲望，以免再喝起来。虽然很久以前我的身体就已完成了排毒和康复过程，但心理上仍怀有对酒精的迷恋。

第二步是说“我们要相信一定能够战胜自己，恢复理性”。迪伊让我在下次她为我做辅导之前先想清楚，我是否相信有这份战胜自己的力量。

虽然不太情愿，我还是反思了自从回到奥克尼之后所感受到的大自然的力量：来自狂风和大海的力量。比如冲蚀和腐蚀，腐蚀是奥克尼地区一个很严重的问题，在小小的帕佩岛上更是如此。这里的海风里含有盐分，在暴风雨过后窗户上都能刮下盐来。金属制品比如汽车或自行车，在此都很容易生锈。

我还想到了动物本能的力量，它可以引导秧鸡一路飞去非洲，也可以让烂醉如泥的我大半夜摸到前男友家。我想到了熵的概念，有序必然堕入无序。在海滩上我曾看到过碎玻璃碴子，也许是个碎了的烟灰缸吧，因为在大海里浸泡了太长时间，它们都有点石质了。

虽然迪伊的问题把我的思考推进了唯心领域，这是我比较难把握的，因此我也有些不快，但我还是决定相信“我一定能够战胜自己”——无关乎上帝，只是根据我的所知来判断的，如今已长大成人的我，已经足够强大有力。

“十二步疗法”认为，如果想要恢复正常，酗酒者就必须改变生活习惯，而这种改变必得有精神支持才成——也有人称其为“重大情感转移及情感的重新投入”。这令我想到了大海对陆地的改变。大海推动沙滩和岩石，虽然缓慢但有时却会忽然发生巨大的质变。在一夜东风和大浪之后，清早起床，有时会发现夜间涨潮时的水位线明显上升到了前所未有的高度。一夜之间，海浪卷走了成吨的沙子，可能会把这些沙子运到另一处海岸，形成新的岩石层。当帕佩岛早已不复存在时，也许会形成新的岛屿。

经过几个世纪的逐步侵蚀，在不远的将来，这里将发生地质巨变——海蚀柱会倒在海中，将其砍倒的正是当初塑造它的力量。然而，随着腐蚀作用的持续，海边崖壁会被削出新的海蚀拱，然后变成海蚀柱，最终再坍塌倒进大海。因而，这座岛一直在变小，悬崖也正被大海更复杂地侵蚀。这里的生活则会愈发困难，当然也会更有意思——所有的伤害和痛苦都会像海岸线上的悬崖一样被大海渐渐冲蚀。

★ ★ ★

冬日里我每天早起出去散步时和夜晚在玫瑰山庄里一样冻得瑟瑟发抖。这时，我总会忍不住琢磨为什么我会沦落至此，我到底该如何改变自己的人生才好？而我的性格是长期形成的，父母的行为会在无形中对孩子产生影响，让孩子有样学样。

从长远来看，我只要每天做好分内之事便好，千万不要因为这不是什么了不起的事情就放弃不做。我不会再去追求一时的兴奋或满足，而是开始考虑别人的感受和每一件事情的后果。

有一个可喜的变化：我开始承认自己其实很怀念醉酒后那几个小时飘飘欲仙的醺然，而在某些特殊的庆祝场合我不能和大家一起举起香槟来庆祝、不能和心仪的男人分享一瓶烈酒或上了一天班之后连瓶冰啤酒都不敢喝，这也实在令我害臊。我允许自己为此而感到失落。但是，相比于保住工作、留住男朋友或维持脑袋的正常状态，这些失落都是微不足道的事情了。根据先前的经验，我能够想象一旦我又开始喝酒了会怎样：先是醉酒胡闹，然后抑郁无比。

酗酒是个恶性循环，是反反复复地犯错，是一条不归路。诸如酒能舒缓神经或让人兴奋的感觉我再也不能体会了，它已经逃离了我的世界，就像远在地平线上的岛屿。否则我会一直喝下去，直到自己无法承受为止。

我听说欧洲和美洲大陆正日趋远离，因而冰岛的火山熔岩会填进地壳板块之间的缝隙中。我不仅从大型地质变化中发现地质学，那些诸如砂石碎解的小规模事件也在展示地质变化。在奥克尼不同的海滩上，鹅卵石的大小也不同；有些区域布满了整块的贝壳，有些地方则满是碎贝壳，还有一些地方则只有细沙。在帕佩岛的东北部有一道小小的海湾，这里沙滩上的沙子是由沉船的铁屑堆积而成的。我发现了二十亿年前的雨痕化石，那可是太阳离地球比现在远的时候留下的纪念品啊！

在心胸开阔之时，我站在高高的、空气清新而自由自在的山顶上，独自研究着我的“私人地质学”。我的身体就是一片陆地，夜间发生着各种地质变化。我是个磨牙症患者，一睡着就磨牙，好像板块运动似的。我眨眼睛就是阳光闪烁，我呼吸就可以让天上白云飘飘、岸边海浪翻滚——而且和我的心跳频率相一致。我每次打喷嚏都是打雷，而每当我做爱到高潮时，便发生了地震。高出海平面之上的海岬，就好比从浴缸里凸出来的我的四肢。我脸上的雀斑是地标性建筑，眼泪则是河流，而我所爱的那个人——铁石心肠的他简直就是硬邦邦的地质板块和石头教堂。

23 特里都纳的传说

我去帕佩岛南部的机会比较少——大冬天的，我又没车，去趟商场就算跑得相当远了。但是今天我却第一次去了特雷德韦尔湖。因为吃不消太多的泥沼，我只得扔下自行车，徒步走进位于大洋、海湾和湖泊之间的那片沙地。这里是一片与北山大有不同的栖息地，不像北山一样有大片裸露的荒野，而是一大片湿地，浅水中竖立有大门和栅栏，这里几乎水陆各半。

我惊扰了那些吃草的灰雁，吓得它们纷纷飞走，在空中顺顺当当地从两条飞行队伍转换成一个V形阵。秋天的一个周末，官方统计了整个奥克尼群岛的灰雁——超过21000只，如今岛上的灰雁比人都多。及至冬季，北方会飞来更多的候鸟，奥克尼群岛的灰雁数目可达到76000只，大致相当于冰岛灰雁数目的一半。这种鸟类种群的成功却使它们成了农民眼中的“害虫”，因为它们在农民的草场偷食。最近几个月，有几百只鸟被农民开枪打死了。

有一个半球形的岬角一直延伸到特雷德韦尔湖里，就如住在帕佩岛的“荷兰农场”上的乔斯林·伦德尔在她介绍帕佩岛时所说：“这些早已毁灭的遗迹虽然混乱，却乱得十分诱人。”这个圆形的小小半岛，曾经是一个完整的岛屿，早期曾是基督教基地，因此还存有8世纪的教堂遗址。和很多重要的地方一样，这座8世纪的教堂又是建立于更古老的建筑遗址之上的，因此具有巨大的考古价值——这里遗留下来的一段断壁残垣，竟可追溯到铁器时代。1879年，这片历史古迹第一次被帕佩岛的领主挖掘出来——沿着湖边找到了一条地下隧道。

我坐在土丘顶上抽烟，慢慢看出为什么虽然已经过去了几个世纪，这里仍是个特别的地方——就像奥克尼主岛上的布罗德盖石圈一样，这里给人一种“它是本岛的心脏”之感，被一湾环形湖围着，视野特别好，可以隔海看到帕佩·霍尔姆岛和其他更远的岛屿。在奥克尼，陆地通常只是海天之间狭长的分割线：满眼只有大海和海湾。

航拍照片更加凸显了这块与湖形成同心环绕图案的与众不同的陆地，上面盖着一座教堂。今天下午天色异常昏暗，暗沉沉的天空被岛上的湖泊和大海反射出不同的样子来：湖水被风搅起阵阵涟漪，而大海中则是波涛翻滚。飞回主岛的小飞机从天上掠过，传来螺旋桨的嗡嗡声。在这片平静美丽之地，我的心情也渐渐平静下来。

圣特雷德韦尔岛又叫圣特里都纳，特里都纳是一个皮克特国王所爱过的圣处女或修女的名字——他因为一双美目而爱上了她。因此，特里都纳把自己的眼睛挖出穿起来献给了这位国王，作为对他一往情深的报答。但关于这个传说，我曾读到过不同的版本，有人说其实国王想要强奸特里都纳，作为自我保护她才挖掉眼睛的。但其他人则坚持认为她献出双目的做法是出于对国王的爱情。

关于特里都纳的故事略有滑稽之处，似乎不大可靠。没准儿她其实是个异教女神，打着圣处女的幌子在此地招摇撞骗也未可知。帕佩岛与特里都纳有很深的渊源，相传她殒身之后是埋葬在此地的。也有人说她曾独居在湖边的教堂里。另外，在她死了很多年之后，这里似乎曾挖出她的遗骨和遗物——如果她是个真人的话。

在苏格兰北部有很多据说是纪念特里都纳的遗址。在圣马格努斯大教堂的彩色玻璃窗上，绘有她安宁的头顶光环的神像，彩色玻璃代表着她再也无法看到的灿烂阳光。

到了12世纪，湖中的这座教堂成了朝圣之地，尤其是对于盲人或患有眼疾的人。这些朝圣者认为，他们可以在帕佩岛上找到治眼睛的好办法，因此他们从奥克尼群岛各地——甚至更远的地方——前来此地参拜。古代奥克尼有这样的神话故事：1201年，曾有一个人被割掉了舌头，眼睛也被人用小刀戳瞎了。后来别人送他去了圣特里都纳住的地方，他不仅恢复了说话的功能，眼睛也治好了。

直到五百年后的16世纪，仍有信徒远道而来，到此参拜。因此长老会牧师约翰·布拉德才会将此地形容为“迷信之人的朝圣地”。“朝圣者会多次前往帕佩南部的湖泊，他们认为如果能在接受治疗前多用湖里的水洗洗，治疗效果就会更加完美，因为他们仍相信到这里朝圣可以治疗疾病。”据说，这些信徒会围着湖走上三圈，然后再用湖水清洗眼睛。

我特别腻烦宗教——尤其对我母亲常去的那个教堂深恶痛绝，

正是这种反感令我不大愿意接受“十二步疗法”。我总是回避谈论上帝、信仰之类的话题，这些会令我心跳加快、怒火上升。参加匿名戒酒会的活动时，有人说正是这种“不满”导致我喝酒的。尽管我不想因失去清醒和理智而发火，但我是真心想戒酒，我也知道自己必须得像戒瘾中心里的人所说的那样，面对一切不满的感觉。

我曾经也是笃信宗教的。那是在我小时候，母亲会带我和弟弟汤姆一起去教堂。不过我们去的可不是什么苏格兰传统教堂——那种教堂遍布奥克尼群岛，一有婚丧嫁娶便会十分热闹，是奥克尼这里绝大多数居民的选择，已可算是此地的一种生活方式。

奥克尼基督徒团契还会到学校里或社区活动中心里去举行活动，没有赞美诗，反而会有人抱着吉他唱流行歌曲，同时举起双臂大呼“哈利路亚”。我看着这些富有魅力的传教士，听着他们的一个个救赎故事，被他们的那些话，比如“重生”“圣灵”“得救”“见证”灌了个耳满心满。

我一直所受的教导是：所谓教堂，绝非指某一座建筑，而是人——我们必须让耶稣真正住进自己心里才成。还有地狱和魔鬼，那些都是真实存在的。犹记得我十二岁那年，我周末去上一个“爱之课”，在课上老师告诉我们，同性恋和自慰都是绝不可犯的大错。我在底下忍不住用方言反驳老师。十三岁那年，我患了头疼病，连医生都不知道到底是怎么发病的，于是母亲带我去南方参加了一个美国传教士举行的活动。在那里，我看到老弱病残之人排着队让他摸额头，然后虚抓一把扔到地上去——他“扔掉”的是“精神中的邪恶”。

新进入母亲所在的那个教堂的信徒往往都是和母亲差不多的外

乡人，搬来奥克尼，苦苦挣扎于世俗生活之中。而他们的主教虽然是好人，作风却十分霸道，喜欢搞个人崇拜。

当我十四岁的时候，我开始听到其他人的一些说法了，其中包括父亲的话。我渐渐受到教堂以外的影响。整个青春期我都在纠结到底是否应笃信宗教。我既会去读现代美语翻译的《圣经》，也会读很多已故诗人的著作，还有音乐杂志。未成年之前，我一直都在农场的自由生活与教堂的清规戒律之间摇摆不定。

然后我失去了对宗教的信仰，不肯再去教堂，还对母亲大喊大叫说我永远也成不了她想要的那种女儿：我绝对不可能跟着耶稣去升天，我最后肯定得下地狱！再后来，我就成了一个总是傲慢而面带恨意的家伙。母亲星期天早上去教堂，高举双手大声唱诗，而我则总是在星期六夜里流连于夜店。我会这样为自己找理由："至少我知道自己迷恋的到底是什么。"

然而，一旦被刻上了宗教的烙印，便很难再回头了。这种信仰的力量异常之大，它会让信徒疏远其他不信教的人——哪怕是朋友，哪怕是家人。

★ ★ ★

"十二步疗法"中的第三步是让我们"心甘情愿地了解上帝，并在他的庇护下生活"。而我却坚持不愿重信上帝，并且认定所有人都做不到这一点，但我仍要做出决定。迪伊却让我换个角度想问题：匿名戒酒会上所谓的"信上帝"，其实不过就是一种治疗方法罢了。越是瘾君子便越要学会控制自我，让自己的心智重新发挥应有的作用。既然我目前的思维已把我引入歧途，那么不如换一种行为方式试试看。

事实上，这种做法也并无神秘之处，和“认知行为疗法”非常相似。一开始会建议你打破思维定式和惯有行为，然后开始改变，让你做事一定要前前后后想清楚，在行动之前先盘算好这样做会带来什么样的后果。

我和我的思想苦苦斗争。似乎我内心一直有两个独立的自我，一个想要把自己送到戒瘾中心和匿名戒酒会去，且在之后的二十二个月零二十天里滴酒不沾；另一个却正好相反，一心就想喝一瓶，而且无论我的外在表现如何，这个想要痛饮的我才是“真实自我”。我其实舍不得抛弃这个最本真的自我，我心里至今都是给酒瓶子留了位置的。

我长久以来都是个没信心的家伙。但今天我要尝试这些新东西，我必须给自己举行一个小小的朝圣仪式才行。我的朝圣是围绕特雷德韦尔湖逆时针徒步。从我手机上的GPS导航来看，这一圈一共有三英里多，差不多要花上七十八分钟。我从电围栏底下钻了过去，爬过带刺的铁丝网，沿着石头堤坝晃晃悠悠地一路走过去。地面既不平又湿答答的，虽然穿着雨靴，可我还是走不稳当。走到一半时天开始下雨，雨水直浇到我脸上，最后流进海里去。我想起了曾经那些生病或半盲的羸弱之人，他们也走过我现在走的这条朝圣之路——安安静静地围着湖走上三圈。

我来到帕佩岛其实就是在重复绝望的朝圣者走过的道路，他们是历尽艰辛才来到这座圣岛的。即使在维京时代，这座岛也非同一般，奥克尼的传说描述过罗恩沃尔德伯爵的尸体被运回帕佩岛下葬的故事。

难道特里都纳也是这样一路走来的吗？那么她又会有怎样的感受呢？如她般年轻漂亮的女人，竟然会有这等旺盛的精力和坚定的信念，以至于她宁可自残也不屈从于国王。她的行为既浪漫又坚贞，表现出坚定的信仰，造就了几个世纪的崇拜。

忽然一只白尾鹞俯冲而下，惊散了湖面的野鸭和涉禽类，也打破了我沿湖徒步的平静。我摸了摸我后脑勺上的伤疤，忍不住想如果那些大鸟把我抓走了会是什么情形：我吊在两只鸟中间，身子向后翻滚，就跟蹦极时的状态差不多。现在我的心就像被两只鸟抓住一样吊在两个地方之间，一边是我身处的帕佩岛，一边则是我在网上神游的伦敦。我虽然抗拒所谓的精神疗法，但希望自己能够尽快好起来。

如今来这里的朝圣者仍是有目的的。那么我希望从这一朝圣中获得什么？我跑到帕佩岛上来，勇敢地一个人面对这里的漫漫寒冬，这真的会治愈我，让我变成一个更好的人吗？我是在期待奇迹发生吗？如果我就这样一圈圈地环湖走朝圣之路，特里都纳真的会治好我的酒瘾吗？

做运动会令我身心放松——先是精神松弛下来，然后身体对酒精的饥渴便会缓解。因此我会用散步和游泳的方式压下喝酒的冲动。海泳对我而言越来越重要，因为它能够缓解我经常感到的轻微焦虑感，海水的冰冷可以驱走我一切心理压力。海水袭来时，我的身体忽然就有了酒瘾之外的其他问题要去面对。游泳是父亲教给我的一个比较温和的戒除酒瘾的方式。

走完了我的朝圣之路，我又小心翼翼地顺着内环的围墙走，同时确保我的GPS导航仍有信号。在我的笔记本上，我已把自己完成的“十二步疗法”中的第三步记上了——“祈祷”。我也仔细读了那些上帝赐予力量的案例，但说实话我并不真心相信，因此我只能用自己觉得舒服的方式来完成“祈祷”这一步。我从海角这里捡了一块小石头，把它握在手里，然后开始大声读起祷告词来。我其实蛮排斥祷告内容的，但在大声诵读的时候我反而从中获得了信心和力量。想到迪伊所说的“换个角度思考，这不过就是一种治疗手段”，我把手里的石头抛进湖里，看着它激起的涟漪荡漾并渐渐消失。

我现在不恨母亲了，也不再讨厌她的教堂所教给我的一切，同时对古代那些为了治病来此朝圣的人也不再反感。从某种角度而言，我反而蛮佩服他们的信念。如果不是真正笃信宗教的话，又怎能做到他们那样呢？如果他们对《圣经》的理解正确，即所有未得到救赎之人最后都一定会下地狱，那么他们这些信徒则一定是可以升天堂的。

宗教其实是另外一种超越寻常人生、赐人以安慰的东西。从这一点上来讲，它的作用和酗酒、恋爱、迷信、狂躁是一样的。如果没有了这些，我们的人生将会非常无聊乏味。虽然母亲的信仰形式比较极端，但现在我绝对不会将其剥夺。

我投的石头沉了下去，湖水再度平静下来。我不是一个18世纪来此虔诚朝拜的眼睛上裹着绷带的凯尔特女孩，我是个21世纪的异教徒，包着我脑袋的也不是绷带而是围巾，我的脚上穿着现代的雨靴。我得回去了，我的手太冷了，而且还得去买东西——今天是星期五，商店只营业两个小时。

24 费尔岛的冬季

对于住在帕佩的我而言，费尔岛真可谓是远在天边，简直就像一只看不见的精灵一般。在玫瑰山庄的厨房里，有一幅绘制于1654年的奥克尼及设得兰岛的地图——就悬挂在餐桌正上方——其上标出了费尔岛，介于奥克尼与设得兰之间的一个形状不规则的小小岛屿。奥克尼、设得兰及费尔岛都位于同一海域，每晚临睡前，我都会听见海洋天气预报里说："风力：东风或东北风，6~8级强风。海浪情况：大浪转巨浪，容易掀翻船只。可见度：良好，但偶尔会出现可见度不高的情况。"

奥克尼的天空广阔无际，所以我能够时时观测天象，掌握天气变化情况。帕佩岛的北风都是从费尔岛经北山刮过来的。如果只是想要掌握短时间内的天气情况，那么往窗外瞟几眼就足够了。但我还是喜欢如饥似渴地阅读网上的天气预报，当然BBC的天气预报网站也是我中意的。另外，我还会看由一个名叫戴维·惠勒的人所运营的网站"北部岛屿天气"，我喜欢把戴维·惠勒想象成一个特立独行的气象学家，独自一人在遥远北方的费尔岛上研究天气。

新年前夜，有人告诉我，帕佩岛上有些居民原是从费尔岛那边迁过来的一家人的后代，他们是从本岛北部的埃尔文峡湾那里上的岸。之所以搬来此地，是因为19世纪初期费尔岛上生活条件十分艰苦，所以即使是落后的帕佩岛对他们而言都显得极具吸引力。于是，这家人把细软统统装进一只小船，然后便划船南下了。虽然不太清楚自己想要登陆的具体位置，但他们却知道自己再也回不了家乡了——只有在天气晴朗的日子里，才可以隐隐眺望到那座远在天边的小岛。

接下来，关于费尔岛的说法层出不穷，我想要去费尔岛一探究竟的愿望也变得不可动摇了。于是，在“疯狂星期五”那天——帕佩岛上的居民对圣诞节前的最后一个周五做如是称呼——我在柯克沃尔的一间酒吧里，做出了一个特别鲁莽的决定：一月初去探访费尔岛。这个计划几乎遭到所有人的反对。但是，我决定乘坐夜航渡轮从柯克沃尔到设得兰的勒威克去（其实费尔岛亦是设得兰群岛的一部分），然后再换飞机去费尔岛。当我去买机票时，售票员警告我，我很可能会被困在费尔岛上，滞留时间将远超过计划要待的时间，因为每年的这个季节，渡轮和飞机都经常会因为天气原因延误：比如大雾、狂风、恶劣的海况……

圣诞节后的第十三天，我乘坐“岛民”号飞机从设得兰主岛上的廷沃尔机场飞往费尔岛。作为唯一的乘客，我和那些积压的邮报挤在一块。俯视下方，我看到设得兰山羊成双成对地在悬崖边吃草。往西边则可看到富拉岛的一部分。我们在海面上飞了几英里，然后费尔岛进入了我的视野。它很威严地出现在了海面上。从地图上看，它是一座与帕佩十分类似的小岛，根据官方统计，其面积只有7.68平方公里，比帕佩还小些，帕佩岛有9.18平方公里。但是现在我身处其间才发现，由于这座岛的最高点是217米高的沃德山，岛的边缘遍布悬崖峭壁和碎石与草丛交杂的高边坡，因而这座岛看起来比帕佩要大。

今天在这个季节中算是非常难得一见的好天气了，我朝着北灯塔的方向往岛的北部溜达，一路下行的道路窄窄的，一直能走到一个早已废弃不用的雾号①那里。费尔岛的人口和帕佩差不多，大约70人，全部住在岛的南部，房子大都是苏格兰国民信托委员会建造的那种白色农庄，能够扛得住恶劣气候，即使在海边也十分安全。在帕佩岛上时，我们还可以远眺到周围的其他岛屿，然而费尔岛四周却只是一片无边无际的大海，感觉更加偏远荒凉，因此受恶劣天气的影响也自然会更大。事实上，费尔岛不仅是全英国最偏远的有人居住的岛屿（虽然富拉岛也如此宣称），也是全英国风浪最大的地方。

费尔岛与我之前去过的其他任何地方都不一样，也许能够与之比肩的只有霍伊岛的洛克维克——那是坐落于悬崖之间的海湾里一个与世隔绝的小村子。在费尔岛上，不管你往哪个方向瞧，都只能够看到充满情调的海岸线——弧线突出，峭壁耸立。羊岩赋予了这座岛一种十分奇特的气质。虽然看似荒谬，但直到1977年，这里都是饲养山羊的地方——用吊索和滑轮将山羊送来这里，或送回船

① 雾号，大雾时用来发出响亮而低沉的声音以警示船只。

上运走。

还有鸟窝，与悬崖垂直地挂在山边，一到暴雪鹱繁殖的季节，悬崖就会变得很热闹，简直可说是“鸟满为患”。黑背鸥则会把窝做在悬崖之巅冰雪未融的地方，就像高高在上的君主一般。

费尔岛正是因其鸟类观测站而出名的，许许多多的鸟类学家都会来此观察海鸟繁殖，春秋时节他们也会来在迁徙的鸟类中搜寻珍品。作为周边相当广阔的一大片海域中仅有的一块陆地，又位于斯堪的纳维亚半岛、冰岛、法罗群岛和欧洲其他地方之间的鸟类迁徙路线上，这里是大量鸟类经停之地，不论是常见鸟类或是珍稀品种。岛上的山谷里埋伏着鸟类研究专家设置的陷阱，专门用来捕捉鸟儿，以作研究之用。

翻越爬梯的时候，我一下子失去平衡摔进了地上的草丛里。我摇摇晃晃地站起身，回头往堤坝那里看去时，发现有辆车停在那里。司机下了车，从后备厢里拎出一只死羊，在悬崖边将其踹进了底下的峡湾里，被海水带走了。这里真是有很多“悬崖边”的。

我只在从奥克尼离开时的夜航渡轮上断断续续地睡过一会儿，而眼下这种春天般的好天气让我不禁琢磨着是否要找个避风的地方，裹上雨衣打个盹儿。刚躺下，我脑袋底下枕着的那块石头就冰得我马上想起此时才是一月份。从奥克尼来的船上，颠簸使我犯恶心，无法入眠。我曾经在书上读到过，早在10世纪，北欧伯爵的帆船也曾经过这片惊涛骇浪的海域。此时此刻，我似乎穿越时空与历史上的人物神会了。

在早年间那个传奇时代，费尔岛曾是兵家必争之地，那时这里设有烽火台，一旦点燃狼烟，便是在警告奥克尼的保罗伯爵，来自设得兰的罗恩沃尔德伯爵率领船只靠近此地了。然而，罗恩沃尔德伯爵先声夺人，放出了一艘做诱饵的假船。“当费尔岛那边点燃烽火的时候，保罗伯爵这方的人也马上在北罗纳德赛岛上点燃了烽火，随后奥克尼各岛渐次点燃了烽火。农民们都纷纷投奔保罗伯爵，形成了一支规模庞大的军队。”

在经过这场虚惊之后，罗恩沃尔德伯爵便开始向费尔岛派送间谍了。“尤尼一共选了三个年轻的设得兰人，与他一起乘坐六桨渔船来到费尔岛上。”尤尼假装自己是个饱受罗恩沃尔德伯爵凌辱的挪威人，希望能在费尔岛看守烽火台。等到罗恩沃尔德伯爵的船真正到来时，他们四人已消失不见，而烽火台也泡了水，没办法点燃了。于是，奥克尼那边便根本得不到警告，那天晚上自然也无从召集军队了。

早上六点钟，船长拉铃通知我们抵达勒维克了，这令我又不禁想象山头上的烽火台被接连点燃的情形，就像现在的灯塔似的，在黑暗的海面上闪烁着光芒。

作为费尔岛上的天气预报员，戴维·惠勒同时也是机场的管理人员、农场的农民和当地政府的办事员——负责管理和记录本岛人的出生、死亡和婚姻情况。另外，他还是一名专业摄影师，同时在学校里教计算机课。他的老家在约克郡，20世纪70年代初期来到此地，经过一番努力，说服苏格兰气象局，令他们相信费尔岛上必得有一个气象预报站才成，这样才能弥补网络气象记录里关于此岛的空白。戴维这样解释在费尔岛上的谋生之道："得找到适合自己干的事儿。"他还给我们讲了媳妇珍如何饲养奶牛——在费尔岛上可是稀罕物种——还出售牛奶。他们两口子令我想起了我的父母，同样也是20世纪70年代搬来此地，我至今仍记得照片上他们当时的样子，穿着羊毛夹克，梳着与此地格格不入的发型。

虽然如今戴维的天气预报设备已经相当现代化了，但他每天还是要从早晨六点钟开始就实时传送天气信息到苏格兰气象局，直到夜里。他给我看了在他农场里的小小"气象站"，就隐藏在羊岩底下的阴影里，里面有测量空气温度、草坪温度和地下温度的温度计；有十米高的风速仪；还有一个相当漂亮的装置，看起来犹如水晶球般，是用来记录光照情况的。戴维告诉我，这个"水晶球"上有一个"焦点区"——是一张可以接收太阳光的长条卡片，用来计算光线长度，以此来算出日照时间等数据。这张卡片每日一换，太阳落山后便会被撤下来。

我观赏了戴维最近几个月来通过固定镜头拍摄的照片。虽然地点不变，但这些照片都是一小时拍一次的，可以体现出不同季节、不同日子里天气和光线的巨大变化。我看到，照片从茵茵绿草和蔚蓝的天空变成了严冬季节荒芜的土地。清早，阳光是从羊岩背后射过来的，羊岩处在一片阴影中。但到了晚上，阳光却把羊岩的每一条沟壑都照得清清楚楚。夕阳西下，天空、悬崖和山坡，都笼罩在一片粉红色之中。有时，天空阴沉沉、灰暗暗的，甚至还会出现

“乳白天空”[1]。还有时，羊岩笼罩在一片浓雾之中，或者赶上下雨，雨水打湿了长焦镜头。在特别晴朗的日子，太阳表面会出现很多黑点，相机也没办法处理这种奇异光象。

★ ★ ★

大风意味着我明天没法按照原定计划去帕佩·霍尔姆岛了。正如来之前售票员跟我说的，飞机航班都取消了。这令我开始正视“自愿来此地”与“被迫困在此地”的巨大差别。记得十几岁时我曾这样吼道：“我又没求着你们把我生在这鬼地方！”因为那时，我想去哪里都必须由父母带着，就是怕一旦天气变化会把我困住。

于是我又在南灯塔那里的守灯塔人家里多住了一宿。这座灯塔始建于1890年，于1998年重修，成为全自动灯塔，其正面装有雾号，声音嘹亮，四十公里之外就可听得清清楚楚，直到2005年雾号才正式弃用。灯塔周围的草坪看上去好像有管理员保养似的，但实际上是疾风和海盐让它们无法长高。

我一边在海边走，一边听着BBC的广播，感觉自己就像大海中的一分子似的。我决定走到马尔柯姆角去，因为有人说那里是古代烽火台的遗址。不过在这么个大风天，去那里也真是够胆大的。我上了山，找个地方蹲下，那些可爱的居民们便一览无余了。像个气

---

① 乳白天空，又名乳白景象，是指地面积雪而天空又充满云层时，地面景物和天空均处于白茫茫一片之中的景象。这时天地不可辨，分不清方向及景物远近，易产生错觉。

垫似的，我吞吐着大风，呼吸新鲜空气——这的确是一个全身都会参与的动作。周围的声音十分响亮，掩盖住了我吞吐呼吸的声音。海浪撞碎在悬崖边，随之海水泡沫溅到了我的脸上。我以为今天大海非常平静，然而大风又掀起浪涛了。

除了观鸟者之外，还有一些“岛屿背包族”到这里来，他们会尽可能多地探访苏格兰的岛屿。1861年的人口普查中将岛定义为“四面环水的坚实土地，可以提供充足的植被以饲养一两只羊，或是有人类居住”。哈斯维尔－史密斯的著作里傲慢地否认了斯凯岛[①]和奥克尼地区巴雷岛、南罗纳德赛岛的现状——斯凯岛与苏格兰之间通过一座桥连接；巴雷岛和南罗纳德赛岛在二战时期就和主岛连接了起来，即丘吉尔首相为了抵御德国的U型潜艇所造的屏障。也有一些专门寻访各处灯塔或“玛丽莲”的背包客。他们也许已经挑战过所有的蒙罗丘——苏格兰对高于三千英尺的山丘的称谓，现在正寻访各地高于四百九十英尺的玛丽莲，费尔岛的沃德山便是其中一座。

还有些人搬来费尔岛是为了追溯其家族的历史。在美国和加拿大有很多费尔岛人的后裔，多半是姓斯托特和欧文的。当时我一说想要来费尔岛，便有几个奥克尼的朋友告诉我，他们的曾祖父母就是费尔岛人。我的朋友罗恩沃尔德·莱斯利给我看了一张他曾祖父乔治·莱斯利的照片，他相貌英俊，微带异国风情，看起来颇似蒙古人、因纽特人或萨米人的样子。这也许只是巧合，但费尔岛上确实会有一些从更远的北方迁徙而来的精明强干之人。罗恩沃尔德说，

① 斯凯岛，苏格兰西部赫布里斯群岛中最大最北的岛屿。该岛长约五十公里，最宽处不到八公里，岛上多山地与高位沼泽地。

乔治住在一个名叫庞德的小农场里，戴维告诉我那里是岛上仅有的两座民居遗址之一，并且指给我看它的方位。浓雾之中，我在这座破败的房子遗址周围转来转去，这里如今只是存放牲口饲料的地方了。我发现20世纪初期，贝德福德公爵夫人来费尔岛观鸟时就是住在庞德的。我很兴奋地告诉罗恩沃尔德他与贵族之间的关系。

一月的费尔岛游客罕至，因此在我来之前这儿的居民就都已听说过我的大名了，连开小商店的女人都知道我的住处。但是一个单身女子，冬天来费尔岛究竟做什么，这实在不太好解释。我不是观鸟爱好者，也不是来追溯家族历史的人。我自己其实也不确定来此地的目的。我只是在谷歌地图和维基百科上看到这个岛很多次，所以就来了。如今我的闲暇时间不再用来喝酒和泡夜店，而且我又没有照顾孩子的责任，所以我必须得给自己找点事情做。我便开始往北边走，跟着地图一直走到最北部的边缘。任何人一旦不酗酒了，大约都会这样做，这就是戒酒换来的自由。

我过去并不能预测戒酒后都能做些什么，只是闷着头就往前走了。我那时无法预见自己会回到奥克尼老家去，也不知道有朝一日自己最大的愿望竟是听见秧鸡叫。至于在大海里游泳、认认真真地写作，更是预料不到的事情。最想不到的，便是我竟会在一月冒着狂风大浪独自一人来到这个英国最偏远的小岛，还爬上了陡峭的山坡。但是，我必须给自己一点出来走走的机会才行。

“费尔岛”的“费尔”之名曾引起过激烈的争议。也许它和“航道”或“通行”有同样的根源[①]，因为它位于奥克尼与设得兰之间航道的中途。如果是这样的话，那么这个名字真的是很贴切的。离费尔岛最近的两个地方——奥克尼的北罗纳德赛岛和设得兰的萨姆堡角，看似远在地平线，其实距费尔岛只有大约二十六英里。费尔岛并非与世隔绝，北罗纳德赛岛上有全英最高的灯塔，从费尔岛都能看到它的灯光。另外，这个岛风景秀丽，称为“费尔”（即英文中“美丽的事物”之意）也是再准确不过的。

作为声名狼藉的船只失事多发地，费尔岛有许多方式警示人们避开危险的岩石。除了两座灯塔、雾号，这里还有一座只用了一年的火箭站——始建于1885年，其作用和雾号一样，是为了警告过往船只此地有岛屿。大雾或大雪天，这里会每隔十分钟就发射一枚火箭弹，射到海拔八百英尺的高度。在马尔柯姆角的顶部，维京时代的烽火台旁边，还有一座19世纪的瞭望塔，在拿破仑战争期间曾用来监视敌方舰艇。另外，在沃德山上，至今还保存着二战时的雷达站和海岸警卫队藏身的木屋遗址——海岸警卫队队员曾在此处靠肉眼寻找遇难船员的遗体。

如今费尔岛不再是军事重地了，但因其孤立而远离群岛的特殊位置，它仍是观测鸟类和天象的重要基地。

我在费尔岛住的最后一晚，刚睡着一个小时，一颗小行星以相

① 费尔（Fair）与航道（fairway）和通行（thoroughfare）都有发音类似的部分。

对较近的距离飞过了地球。当小行星99942[①]被计算有2.9%的概率于2029年撞击地球时，一度造成过恐慌。但是，天文学家每年都在改善计算小行星运行轨道的模型，今晚它是在八百多万英里之外飞过的。加州一家天文监测机构的信息显示，我们周围有十几颗比阿波菲斯还要危险的小行星。

最后一晚我住在灯塔里，从我卧室的窗户往外看，迷蒙的海雾中，有四条光束每半分钟便会旋转着组成独特的图案（从海上看，这些光束颇似闪电。不久之后在返回奥克尼的渡轮上，我站在甲板上忽然明白了这些光束究竟是什么）。我在光束中再度入睡了，梦见了很多预警设备：烽火台、灯塔、火箭炮、卫星和望远镜。我还梦见了许多危险的情形和我们试图预言、测量并收入囊中的奇珍异品，它们跨过大海、穿过天空，甚至从外太空直奔我们的小岛而来。

---

① 小行星99942，2004年科学家发现并将其命名为阿波菲斯（埃及神话中的灾难和破坏之神）。该行星正以非常快的速度接近地球，被认为是未来撞击地球概率最大的近地天体之一。

25 帕佩陀螺之夜

在戒瘾中心的墙壁上，挂着很多参加艺术治疗课程的“难友”的艺术作品——比如彩虹、励志口号什么的，还有一幅画，画的是一只尾巴着了火的小狗。在无穷无尽的小组讨论会上，我总忍不住把目光投向那只小狗，它似乎在跟我说话似的。

我在戒瘾中心的最后一个星期，我们这儿来了一个新人，是个小伙子。他是“二进宫”了——我们这里很多人都会这样反反复复。然而我却惊喜地发现，他竟是个艺术家。见我喜欢他的画，小伙子也非常开心，高高兴兴地给我画了一幅作为临别礼物。如今我一直把这幅画带在身边——一只尾巴着了火的小狗——挂在了玫瑰山庄的墙上，作为十二周戒瘾中心经历的纪念。但愿我不要再进入那种机构，我绝对不想再经历那一切，不想再陷入无尽的恶性循环了。另外，这幅画也提醒我，如果我闻到什么东西烧焦了，那很可能是我自己身上着了火。

★ ★ ★

当收垃圾的车来到帕佩岛上时，竟然还会使人们兴奋，因为比较大块的垃圾可以在这时候被拉走，运到岛外去，而不是像过去那样往悬崖底下一扔了事。过去，连羊死了我们都是随随便便地推下悬崖——在我们的农场里，会直接扔进峡湾。而现在，这种垃圾处理方式已成为违法行为，因此父亲也在田野一个远远的角落里放了一个金属槽，一旦有牲口死了就往那里扔。每每经过那里，我都能闻到腐肉的臭味。

处理垃圾的另一种方法是用火烧，在此地也十分常用，所以绝大多数人家的院子里都会有一块块烧黑的痕迹。每天都会看见火苗从海拔较低的岛上蹿起来，还呼呼地冒烟，到了星期天更是火光冲天。虽然我们这儿人口很少，却有三种不同的教会团体——苏格兰长老会、福音堂，还有贵格会。不过，选择以焚烧方式处理垃圾的往往不是基督徒。

帕佩岛上有五人规模的消防队，尽管投入时间和训练强度不足以组建一只专业队伍，但这几个人还是得到了一笔工资。过去在伦敦看烟花秀时，总会有戒备森严的消防员在外围做防护工作。不过在我的记忆中，我们奥克尼也会每星期搞一次垃圾焚烧，那股烧装青贮饲料的黑塑料袋的气味至今难忘，而我们也从未出过安全问题。

除了派上实际用场之外，在帕佩，篝火也会被用于庆祝活动或特殊场合。在过去的三年，每到二月中旬便会举办名为“帕佩陀螺之夜”的当代艺术节，这一节日是由本地艺术家伊万诺夫和陈梓开创的。他们夫妇于五年前移民此地，如今已在帕佩岛生下了女儿。在此地创办艺术节可谓惊世骇俗之举，尤其又是反季节举行——毕竟二月的帕佩冷得要命，昼短夜长，正是旅游淡季。

其实陀螺之夜的活动在帕佩古已有之，原是举办于二月的第一个月圆之夜，小男孩会在这一天夜里出门，由大哥哥们带领在月光下跳舞。然而，到了1914年，这一活动却被取消了，直到百年后的今天才又重新面世，这是对“现代艺术振兴传统文化”的最好诠释。

如今的陀螺之夜比较偏重实验电影艺术。有很多艺术家为此特意来到帕佩岛上参加活动，与他们同来的还有一拨儿对此充满热情的国际游客和好奇的奥克尼本地人。因此，在举办活动的一周，帕佩的小旅馆家家爆满——过去可没听说过这个时节旅馆会供不应求——本地的女人们负责给游客做饭。

艺术节最有意思的部分，是看到这么多本地居民与外来游客，从小孩到老人，从农民到表演艺术家，都久久立于冰窖似的海带店里，坚持看完一个多小时的不知所云、令人费解的实验电影。虽然在伦敦的艺术馆里，观众远远比这儿的懂行和投入得多——我注意到时不时就会有人借口孩子困了，带孩子一起溜掉，毕竟不是每个人都能欣赏艺术这玩意儿——但是，这种活动却使岛上居民获得了更开阔的视野和更开放的头脑，对这座岛有潜移默化的影响，还为它带来了更高的人气。

一位挪威艺术家在玫瑰山庄附近的废弃小农场里用一周时间弄了个“动态雕塑”。那阵子我常常会用望远镜眺望他顶着大风布展的情形。还有一位来自美国明尼苏达州的人类学家到帕佩岛来办讲座，竟然把投影仪架到本地陈列的巨型抹香鲸脊椎骨上。还有香港的艺术家蛙王[①]把他的场地设在学校里。

我仍记得，伦敦东区的艺术馆每月的第一个星期二会推迟闭馆，这一天人们既可以在艺术馆里自由徜徉，亦可享受免费提供的酒水。许多梳着夸张发型的女孩和穿着复古夹克的男孩站在马路边狂喝啤酒。满怀希望的艺术家一到此时，则会整宿住在艺术馆里，展示那些充满城市浪漫情调的照片，对自己窘迫的生活和无钱支付房租的贫寒绝口不提。

有一天夜里，我却破坏了伦敦的这个艺术展。作为装饰，展厅里布置了很多垂吊在钢丝上的锡箔片，就像枝形吊灯一样，满怀好奇又喝得烂醉的我竟然拉着一根钢丝把自己悬了起来。保安过来了，拍着我肩膀喝令我立刻松手，吓得我赶紧滑下来，不想竟把钢丝也扯下来了，还连带把几件艺术品也摔到了地上，发出一片巨响。

后来我们帕佩的陀螺之夜举行了一场篝火设计大赛，要求是得全部可燃——即在艺术节期间完成从建造到燃尽的整个过程。主办方收到了来自世界各地的设计方案：学建筑的学生在谷歌地图上搜索帕佩岛上的最佳点火地点——一座原本也要被烧掉的房子。其实点篝火这一活动本身便是一种“制造可控性混乱”的行为。艺术节开始的第一天夜里，我们都参加了持火炬游行的活动，从山下的商

---

① 蛙王，1947年生于广东，在香港长大，1970年毕业于香港葛量洪教育学院美术专科，当代艺术家，曾在多个国家举办艺术展。

店一直走到旧码头那里，然后一起把手中的木制火炬当作燃料投入篝火中。

帕佩岛上不存在光污染问题，我可是知道这里能达到怎样的黑暗。每到隆冬白天最短的时候，我下午三点半便得拉上窗帘了。对面的奥克尼主岛有每年四次在山头点起橙色大火的习俗，就在不久之前还刚刚结束了一次——这种特大篝火是为了纪念四个古已有之的节日：圣诞节、五朔节、夏至日和万圣节。17世纪时人们会把病弱的牛马带到篝火那里去，让它们绕着火堆行走，以获取火焰的能量来让身子健旺起来。那会儿的篝火都是靠鸟类羽毛和煤渣点燃的，如今燃料则多半是一次性包装袋、一次性餐具或旧栅栏、旧柱子之类的。篝火点亮了冬季的黑夜，令人兴奋，给人希望。

冬季月圆之夜或新月之时——包括举办陀螺之夜艺术节的那些夜晚——都是捉竹蛏①的好时候。在潮汐最低的时候根本不用船就能捉到这种细长的贝类。

在一个新月如钩的夜晚，提姆带我去了岸边最好的捉竹蛏之地——人称“竹蛏沙滩”。我们一边倒退着走一边寻找竹蛏——其实它们就藏在沙子底下，只是因为受到我们脚步的惊吓，都纷纷钻进更深的沙子里去了——留下了泄露秘密的小气泡。倒着走更容易发现竹蛏气泡，对准气泡用铲子快速挖，然后再戴上橡胶手套把它们拣出来就可以了。我能感觉到沙子底下的竹蛏正在用力地拽我的铲子，这可真是一场女人与竹蛏间的斗争。但无论如何我还是捉到

---

① 竹蛏，海产双壳软体动物，两壳合抱后呈竹筒状，喜栖息于潮间带中下潮区至浅海的沙泥滩中。

了它，把它扔进我的水桶里去了。那天晚上，我把这些竹蛏用大蒜炒熟，当作意大利面的浇头吃掉了——虽然是蛮简单的一顿饭，我却获得了久未体会过的巨大满足感——捉竹蛏令我享受到了自由和快乐。

到这一日为止，我已戒酒二十三个月了。我记得二月二十一日是过去的难友萨德的“戒酒成功日”。之所以会记得这个，是因为那时在戒瘾中心里，我们每周都会把萨德的成功案例拿出来讨论一番。当时他可是极少数的经过三个月治疗后未复发的人之一。但如今我也有一年多未与他联络过了，几个月前我还给他发过一条短信，可惜他却没回。这让人很不开心。我给另一个难友发了一条。

我的另一条短信发给了戒瘾中心一个与我要好的女孩。她是个既幽默又娇弱的姑娘，指甲晶莹剔透如宝石般可爱，但这样一个人却不仅酗酒，还有很严重的厌食症，且长期受男人的虐待。由于她承认在治疗期间，有一天晚上因深感绝望而偷吃了男朋友的处方止痛药，戒瘾中心把她开除了——这是中心的铁则。后来我还在匿名戒酒会的活动上遇见过她，她总是只能坚持戒酒几星期，然后便忍不住喝酒，戒戒喝喝，周而复始。后来她终于给我回了短信，告诉我她在因涉嫌破坏公共安全而被逮捕后，如今已被送进了精神病院。

我有时也会想起在戒瘾中心认识的另一个女人。她是从康复中心出来的，当时她曾带着自己的男婴在康复中心接受了几个月的戒毒治疗。她是个说话很坦诚很实在的女人：“我戒毒之后感觉皮肤好难受。”“我还是好想吸毒。”她绝不会只说戒瘾中心的辅导员们爱听的话，甚至有时还会厚颜无耻地讲起自己的“甜爹”[1]，甚至直接评论戒瘾中心的小组活动着实无聊，不过就是一帮因瘾头上来而坐立难安的人挣扎着完成任务罢了。

后来这个女人从戒瘾中心转到当地的戒毒康复之家去了，我说可以帮她“搬场”，然而那天她却没有按时到我们约定见面的地方来，连电话也没打一个。不过我可是一点都不意外。那个周末之后，她没有再回到戒瘾中心，我几乎可以肯定，她一定是又走回老路去了——一边当暗娼，一边用赚来的钱吸食海洛因。反正她的儿子已经被领走了。

在我看来，这些人实在是误入歧途太深，世间的一切帮助都已无法将他们拉回正路来了。因为对这样的人而言，正经过日子实在是太没意思的事了。之所以会想到这个女人，是因为虽然我至今也没再复喝，可我却很能体会她的那种感受：不甘平凡，一肚子的不满足。然而，我也深知，最终还是逃离了正常人生的她，现在肯定也是毫无幸福快乐可言的。

每当我回忆起这些人，想到他们再次沉溺恶瘾不可自拔，我便越来越坚定一个信念：我决不能、也决不愿重回酗酒的人生了。

在一个天清如洗、风平浪静的夜晚，燃烧石蜡的气味在明亮的星空下氤氲着。我们都来到了山下的篝火边，当时我还忽然想到，此时此刻如果来上一杯酒，一定会更爽的。如此欢庆之夜却不能喝

---

① 甜爹，施恩或送贵重礼品以博取年轻女人欢心的老色迷。

酒，这感觉的确有点诡异。毕竟酒精是能够帮助我融入现实的好东西。这样的想法开始出现的时候总会令我心绪纷乱、焦虑不安，但很快，我就变得更加自信且富有活力了。

当有人把酒瓶子递给我时，我摇头婉拒了。我不禁微笑起来。那个手持威士忌的家伙哪里晓得，在酒面前我是个别无选择的人。像我们这种人，因为酗酒或嗑药问题太严重，以至于最后不得不进入戒瘾中心去，那么如果不强制停止喝酒或吸毒的话，最终一定会导致如精神错乱、终身监禁，甚至一命呜呼的恶果。那么，为了不复喝，我必须给自己找到新的乐趣，学会以喝酒之外的其他方式庆祝。

透过缭绕的烟雾，我又看到了那位搞“动态雕塑”的挪威艺术家。他正在朝我微笑。前一天我们曾在海滩上遇见过一次，当时他竟拎了一个装有六种不同海藻的大口袋。他看起来跟我一般高，应该也差不多大，梳着长发，简直就是男生版的我——我们都是被海浪暂时冲到这个岛上来的流浪艺术家。

我现在其实也会经常想到饮酒。我很希望自己不要忘了过去，因为如今的我才是真正活着的。如果仍想体验以前那种由酒精带来的极致快感，那我就必须找出能够在戒酒后给自己满足的事情来做，必须要足够勇敢才可以。有时我不禁怀疑，没有了酒精的帮助，我还能在异性面前表现得大胆和妖娆吗？如果能够做到这一点，那我可就所向披靡了。在过去刚戒酒的若干个月里，我一直都在修复自己受伤的自尊心，同时也忙着抚平焦虑——这是相当耗时的事情。我也渐渐学会了清醒着好好说话——虽然对方可能还准备着要听我几句昏乱的醉话。

我喝酒原本是想让自己兴奋起来，可作为一个懒得动脑子又没什么想象力的家伙，我每次都会一通滥饮，直到人事不知为止。每当我交到新朋友，我们会一起到她家去，一边试穿她的衣裳一边聊我们最喜欢的某位作家。更多时候我独自一人跌跌撞撞地走在凌晨三点的大马路上找夜班公交车，外套都不知丢到了哪里。

看完篝火，有人让我搭便车，我谢绝了——我正在和挪威雕塑家聊天。他碰了碰我的胳膊。满天亮星，所以我便提议到海边去走走，欣赏一下星光。在路过北威克湾时，我给他讲了塞尔吉的传说——它们都是溺死者的灵魂变成的，注定要永远活在海中。

后来他跟我一起回了玫瑰山庄。我生了火，两个人围炉坐下，从海藻谈起，后来又说到各自的家庭和喜欢的艺术。聊着聊着，我脱了鞋，把脚搭在了他的椅子边上。他注视着我，跟我说着话，把手放在了我的脚踝上。这种肌肤之亲令我身子放松、满心愉悦，数月来的孤寂都得到了抚慰。我忽然明白了，不仅今夜，在以后的日子里，性爱都将是我唾手可得的享受——就算这个人明天一早就回挪威也没有关系，因为我的生活已重新变得开放和进取了，自然也就重新充满了各种闪闪发光的美好可能性。他抚摸了我的另一只脚踝，我们说话都语不成句了。

我希望自己能“厚脸皮”一点，在男人面前表现出足够的魄力和胆量。真的好期待能再次获得过去那些男人给予我的抚爱。在如此隆冬时节，风大得能把人吹跑，我真心想找点能让自己振奋精神的事。搞艺术节这段时间里，有时我真的好想开怀痛饮、借酒消愁一番，因为我早已预见，等那些艺术家走了我一定会失落的。我已经浪费了太多时间。

我听说在1952年时，奥克尼主岛上的一座山忽然整个着火了，风卷着火焰照亮了夜空。每年的这个时候，岛上便有一些奇异的生灵和人们混在一起，我们的祖先也会回来。这些时日我们将搜寻贝类，夜晚点燃篝火照亮黑沉的夜空。这是人们欢聚在一起，燃烧过往、提振精神的时候。

26 水下世界

我仍记得小时候的不少事情：一个农场里走失了一只猫，它是为了追兔子一直追到"世外桃源"那里才迷路的。几个月后它回家了，比之前胖了足足两倍，带着疤痕的脸上少了一半胡须。这只猫特别自信地走进它的原主人家，着实把大家都吓了一跳。父亲曾有一次从七英里外的斯特罗姆内斯镇走回家，一路上一边往外扔身上带着的东西，一边横冲直撞，冲过田地翻过篱笆，终于在凌晨时分到了家里——当时我们都还没起床。父亲一回家就对着家里那头大黑公牛吼叫。

当医生过来问话的时候，我回答说我们家没有心脏病史、癌症史或糖尿病史。但我们家族确确实实存在精神病的遗传因素，父母双方都有——我姥爷也是躁郁症患者。最近我才刚刚知道，我的曾祖母是因为精神问题自杀的。我曾想过好几次，如果我果真戒了酒，可能也会发现自己有精神病，只是长久以来我一直用酒掩盖着罢了。如果我发神经了，那真的一点也不奇怪。

小时候的生活在我看来并无异常之处，直到后来我去了伦敦，回首往事时方才察觉到不对劲。十几岁的时候，我们喜欢从沙滩上捡海螺，整桶称重卖给当地的贝类经销商，然后他会把这些海螺卖到西班牙去，或者送去养鱼场用于净化水质。我还记得每到夏天我便会爬上位于奥克尼主岛中央的那座山的山顶。从那里看去，家家农场的地上都有一块一块的“黑补丁”，那是冬天焚烧垃圾留下来的。还有，父母干活儿去了，我会自己爬着玩，眼睛在贴着地皮长的羊胡子草丛里搜寻，或盯着水面滑游的虫子看。

我和汤姆发现，有很多水母被冲进了农场边的峡湾里。它们都贴在岩石上，数量多得要命。我们俩实在怪可怜它们的，于是我们勉强从水母中间扒出一条路来，然后一只接一只地把这些凉冰冰、黏糊糊的东西捡起来，抱在胳膊弯里，送回大海。这种水母名为“月亮水母”，虽然不会蜇人，却会分泌少量类似蛇毒的毒素，我们接触过它的胳膊和手掌都微微有些红，热辣刺痛，但是我们却毫不在乎：作为孩子的我们，其实是在演习“救灾”任务。我们怀抱水母，就像抱了一大堆透明的粉红色鹅卵石似的。

由于洋流作用，这种水母大规模地被冲上岸的事情经常会在春天发生。由于水母只会漂在水里做向上的动作，所以潮水和洋流都能够将它冲走。英国沿海各地的水母或水螅水母都拥有特别诗意的名字，比如蓝、指南针、风中水手、月亮、狮鬃、紫红、葡萄牙战争……我们找到的月亮水母是粉红色透明的，身体里面却有蓝色的小圈——生殖器。水母可以顺着洋流一直漂到远洋去。

我曾经看过一些海底的照片——那可真是令人叹为观止的美景。

奇特美丽的生物颜色绚丽，令人想起热带，然而这些照片就是在奥克尼海域靠近海岸的浅水地带拍摄的。本地潜水者发现那里有很多种类的鱼、贝、海葵和水母，所以就拍下来了。他们还看到了海胆、海绵、海星和海蛞蝓。

在皇家鸟类保护协会工作的朋友安妮从主岛来到帕佩，教我如何浮潜。我们俩选定了北威克湾那儿一片岩石较多的海域，换上潜水服，还戴上了手套、头套、脚蹼和潜泳面罩，像一只海豹似的滑进了水中，那动作还真是毫无优雅可言。

第一次浮潜给了我很大的震撼，令我生出以前从未有过的感觉：首先，我是第一次在防水服的保护下入水，通过呼吸管呼吸；其次，我第一次近距离地看到了海底的情形，以前深藏于海水里的世界如今都被我清清楚楚地看到了，这也是最难忘的一点。虽然浮潜这日风大浪高，并非最理想的下水条件，但是能够换个角度观赏“另一个世界”真是太好了，难怪安妮总是会热情洋溢地谈到海底世界。

安妮送了一套浮潜装备给我，然后，在下一次月圆夜过去，浪头比较低的时候，我就去试着自己浮潜了。往海里走时，我觉得非常紧张，以至于浑身冰凉、抖作一团。然后我选定了海湾角落的一个名为“威力丹”的比较安全的地方——这里被岩石环绕，活似一个环礁湖。我慢慢进入水中，几分钟后，我意识到自己已开始使用呼吸管轻松地呼吸了，且因为穿着潜水服，我一点都不觉得冷。我终于放松下来，开始享受浮潜。

我不用一直移动，只要浮着就好了，这样我就可以一边随着潮水流动一边观察周围的景物，简直像一具尸体。我忘了自己其实只是在海水上层，却感觉自己是在深深的海底。我用手推开岩石，拨开海藻，想要寻找沉船和船上的宝藏。寄居蟹一旦被我碰到，就会吓得赶紧缩回它们寄居的壳里去。我还看到了红色海葵和海蜈蚣的卵——小小的电光绿色果冻状的圆球，紧紧吸在岩石上。我还看到了一块锈迹斑斑的船体，估计是船上的锅炉那部分。

退潮时我们时常在岸边看到海带，还有被冲上来已经死掉的水母，在水下它们却都是活灵活现的。再往深处潜一些，我就被生机勃勃的绿色、棕色和红色的挺立着的海藻包围了——就好像是在郁郁葱葱的森林里一样。

我是在一片非常陌生的世界里探秘——就好比在宇宙中一样。这令我回想起我第一次去夜店的那种兴奋感。那是一家位于轻轨拱桥下的夜店，里面有穿着华丽的哥特式服装的家伙，还有打着耳钉的金属乐手。现在我置身于这些从未见过的、浑身斑纹的奇异生物之中，忽然发现，走进这个原本只在电影和音乐视频中看到的神奇世界竟是如此容易。在水下，我会生出一种走进了画片窥镜里的美妙感受。

当我意识到自己正漂浮在海里，我把头伸出了水面，用肚皮贴着水面前行。我也不知道自己究竟在海里待了多久。我很难判断时间、距离，自然方向也难以分辨。由于水下光线折射，各种事物都显得更大更近，声音也比在空气里传播得快。这些失真性都会干扰我对时间、方位等的判断。比如在海底时我想要捡起一个贝壳，却发现我根本够不到它，伸手抓住的只有海水。

没过多久，水下世界变成了我现实生活的一部分。海草在海面下摇曳，把影子投射到水面上，成了我的另一片天空。在每个天色阴沉灰暗的日子里，我便会戴上氧气面罩，想要立刻钻到水下去——因为那是一个更广阔、更明亮的世界。当我换好潜水服后站起身，我感到自己将无往不前，即使穿着它走过整片荨麻地再蹚着湖水走上一大段也没有问题。回到家里，我脱下潜水服时，觉得自己像是一条剥下自己外皮的塞尔吉。

安妮经常在网上发布照片：海胆、北欧杜父鱼、吸盘圆鳍鱼，还有七爪海星。她更希望能够看到章鱼，甚至如果能够打破奥克尼超过一百五十年未见海马的记录就更好了。她经常在斯卡帕出海口那里潜水，说当自己身处那么多海洋生物中间时，竟会觉得自己是在一个大大的鱼缸里！我也想要学更多、看更多，因为大海远比陆地要深邃得多，虽然它的表面积比较小，然而它却是多层次、立体的。自从学会潜水以后，我忽然觉得奥克尼大了许多倍。“在奥克尼，我们的‘森林’都是海底森林。”我的朋友山姆告诉我。

海洋中差不多有一百万种生物，其中至少有十分之一尚未被人类发现。奥克尼这儿若飞来一只罕见的鸟儿，人们就会纷纷出来瞧它，却不曾想在海里还有那么多我们见所未见的生物。政府虽然有“海洋保护区”的相关政策，但仍鼓励探索海洋稀有物种。最近有一项新调查说，在主岛东岸附近发现了一种“没有面孔的、长得像鱼一般的无脑生物”。

帕佩岛上的渔民道格拉斯在一年中的绝大多数日子都会驾着他名为“黎明大丰收”的船出海，在近海的海底放置捕虾笼，捕捉龙虾和螃蟹，然后出售给韦斯特雷的贝类加工厂。过去在帕佩附近通常出没着三条捕虾船。而更早以前，很多农民都有小渔船，打鱼供自家食用，也出售一部分换来微薄的收入。

如今再开船出海，道格拉斯关注的已不仅仅是什么小须鲸①、露脊鲸②或逆戟鲸了，还有翻车鱼——一种硕大的、圆溜溜的鱼类，活像个拖拉机轮子，游泳的时候背鳍会挺立在水面之上。道格拉斯告诉我，韦斯特雷曾有渔民的渔网缠住了一头热带海龟。他还给我讲起了塘鹅。还有一次，他拉起一个放置在海面以下55米深的海底的捕虾篓，竟捉到了一只海鸠。

安妮从未看见过活章鱼，但道格拉斯坚信奥克尼海域是有章鱼的。道格拉斯用螃蟹来引诱章鱼，但章鱼非常聪明，赶在他来捉自己之前把螃蟹吃光，逃出了鱼篓，鱼篓里只剩了一堆蟹壳蟹脚。

★ ★ ★

早在夏天的时候，我曾去奥克尼群岛上唯一的一片森林里捉过蝙蝠——要使用特殊的探测器材把它们发出的超声波转换成人类能够听见的声音才可以。这里比我想象的更加多维：有我们听不见的声波，也有我们无法生存的栖息地。进入异类的领地——哪怕只有

---

① 小须鲸，须鲸科小型鲸类，背鳍靠体后，背部与体侧呈带有浅蓝色的暗灰或黑灰色，腹面白色，主要以虾类及小型鱼类为食。

② 露脊鲸，露脊鲸科大型鲸类，无背鳍，背部黑色，腹部色淡，在脐前后有不规则白斑，食物主要为磷虾等浮游甲壳类，属濒危物种。

一会儿工夫——总会让人心惊胆战。

我曾经读过关于“如何拥有超越五种感官的感觉”的文章，比如将皮肤变成热传感器，在没有接触到热东西之前便能够感受到其热度，我也看过一些关于“如何预见自己将要遇上麻烦”的文章。

刚到帕佩时，我发现如果自己每天住在这里、行走在这里，我就会和岛上的一草一木都熟悉起来，也能认识这里所有的居民，这种生活方式深深地吸引了我。小岛生活当然比城市生活简单多了，我当时以为这里的一切我都能搞明白。然而，后来我就发现了所谓的“海岸线悖论”，也就是无论如何都没办法测量出海岸线的精确长度，这岂不是很难解释得通的咄咄怪事！这条海岸线，如果用比较小的测量工具量呢，得出的结果就会长一些——因为它是锯齿状的，有很多小小撕裂海岸的水湾、裂缝和海岬、海角突起，从几毫米到数百英里规模不等。对奥克尼地区海岸线的测量方式不同，得出的结果也有差别。我在帕佩岛上住得越久，就发现有越多未知的东西待我探索，我既兴奋又有些泄气。

在匿名戒酒会的活动上，那些戒酒时间比较长的人曾说，戒酒最大的好处就是，他们过上了以前没敢想过的新生活。他们还说，你觉得你想要的，其实你并不一定真正想要，事实上，珍惜已有的才是王道。

我从来不觉得自己是那种健康的“户外活动型”女人，也绝对不想变成那样。然而这段时间我那些令人兴奋、激情澎湃的经历正使我改变：一天下午，一只银色的雄性白尾鹞曾飞在我的车边与我并行了几秒钟；坐船的时候有一群海豚在我们的小船边露出头来；

在室内关了一冬天后，牛群被放到草地上，它们兴奋得又跑又跳，尾巴直直地朝天翘着，那场景真是幸福到妙不可言。

虽然如今我过着没有目标的生活，但这些美好的记忆我是真心想要抓住的。也许这就是我的人生吧。我以前喝酒嗑药、不信上帝，又爱错了人，而今我在周遭的世界里发现了生活的乐趣。

浮潜给了我全新的体验。我进入了一个完全陌生的生态系统，这给我的思维和感官以巨大刺激，让我把过往那些伤心事也渐渐丢开了。这种焕然一新的感觉让我很开心，好想告诉别人我的感受：海底那片如此陌生且难得一见的世界其实离我们的日常生活非常近，我们的海滨停车场边上或码头底下就隐藏着大海的秘密。

幸好我没有变成疯子。父亲虽然多年患有躁郁症，却从未以药物控制过其病情发展，这些年来他也没有严重发作。父亲已找到了一种控制自己的方式——找到发病的原因并学会依靠大海来舒缓自己，避开这些诱因。

自从我戒酒之后，有时我会很吃惊，在平淡无奇的现实生活中我竟然也能遇到开心事——如此惊人的事实简直如同幻觉。浮潜的时候，面朝下进入海水里，通过管子呼吸，我竟有种回家的亲切之感。我以前从未意识到，生活其实远比我所知道的要广阔、丰富得多。

27 海洋带来的事物

1952年是奥克尼狂风大作的一年，鸡舍全被吹坏了，有七万只鸡丧命，本岛的养禽业彻底终结。有人这样描述当时刮大风的情形：“用绳拴着的牛被吹上了天，简直像放风筝。”

刮大风的日子，小学低年级的孩子都不许到室外玩耍。1951年12月的几场大风把父亲农场里的喂牛装置——直径六英尺粗的钢环——吹到了很远的田地里，甚至穿越了篱笆和堤坝。还有那个我曾经很喜欢躲到它后面的旧冰柜，竟被刮到了田野那一边，差点就撞上了我们家的房车。在柯克沃尔的特易购买的购物小推车也被吹残了。

其实奥克尼属于气候温和之地，由于墨西哥湾暖流影响，这里的温度比同一纬度的很多其他地方都高，只是经常刮风，冷酷无情的狂风往往是新居民最怕的事。本地农民也得整天和大风做斗争，但往往都是大败而归。父亲就曾经计划开辟一片新草场，但刚着手便被狂风毁掉了。

狂风以及含盐度极高的空气是导致奥克尼不长树的主要原因。人们也不必为脆弱的喂鸟器或温室烦忧，因为这些会被大风轻易摧毁，这里就连打伞的人都很少见。今年帕佩的圣诞树也是全军覆没——全拜圣诞节前最后一场大风所赐。

因为我在这里长大，所以我倒是很喜欢风：它令我兴奋，就像刮风天农场里的小牛犊总会特别活泼一样。还有，风也像火一般能够赐予我能量。我记得刮风时会拉闸限电，电灯和电视闪烁明灭；人们用手电筒和蜡烛照亮，学校也暂时停课。一场东风降临帕佩，浊浪排空，冲刷着克雷格鸟禽基地。我出去刚走了短短的一段路便因为大风抽得耳朵直痛而折返了。我房子上有个风向标，很快就被风吹坏了，滴溜溜地直转。

这场大风的风速其实并不算快，但它对船舶的影响却是非常大的："足以吹毁经济舱"，"没有船帆能够抵御得了"。今年冬天我曾经在狂风中探险，顶着阵阵大风往北山去过几次。帕佩岛和我们家的"世外桃源"一样，都在大西洋上完全暴露、毫无遮蔽，也最接近低气压通道。因此，在这里，风不仅是由气压变化导致空气运动引起的天气现象，更是一种生活方式。

今晚帕佩有东风预警，说风力达到暴风的级别。我看了天气预报网站——名为"气象局和戴维·惠勒"——发现风力加强的速度异常之快，奥克尼很多地方都已经红色预警了。这竟令我感到一阵战栗。从柯克沃尔到帕佩的渡轮下午便取消了，不过飞机还可以降落。我看着那些飞机慢慢下降，竟然也被风吹得微微摇晃。

屋里生了火，我从火苗便可看出气压骤降，接着风声四起。风是突然就嗥叫起来的，然后便以不同调门在玫瑰山庄四周呼啸不停，简直像来了一整支乐队似的。我到室外待了半分钟，被喷了一脸咸浪，狼狈而归。

奥克尼人总会轻描淡写地说“有点风”，但今晚每个人在网上都承认“这可真是一场狂风”。奥克尼人今晚都用板条加固了鸡舍，估计带轮的大垃圾桶和蹦床将被刮得满天飞。我给父亲打了个电话，他在房车里，打算在那儿过夜——以免农舍的房顶掉下来砸到他。

从下午五点钟开始，大风就转为暴风，从父亲房车的窗户长驱直入，在房车里面形成了旋风，把那些自从我们住在农舍就一直留在父亲身边的东西——包括照片和家具——刮起来又摔下去。父亲的农舍里也进了风，他打开门想要缓解室内的压力，然后还努力把木板拖过来盖住窗户，可惜都是些只能维持一会儿的办法。

两个清晨之后，风暴终于平息了，帕佩岛上被刮得一片混乱，人心惶惶。暴风造成了多大的损害？我虽然没被刮跑，但我屋外的一货箱浮木却被大风吹到了别的地方。我从马路那边的田野里找到了我的堆肥箱的盖子。

我到岛上的东海岸那里去散步，想要看看是否有什么好玩意儿被冲到了岸上，毕竟在涨潮的时候赶上刮东风还是很罕见的。由于大风、气压、海浪、洋流和降雨的综合作用，这种天气往往会对海岸一带造成巨大的损失。

有些沙丘被吹散了，海浪竟一直扑打到马路上。虽然现在潮水已退去，但仍有很多岩石、海藻和其他杂七杂八来自海里的东西散落在路上。北威克湾里堆积了巨大的“海藻山”，两天前没刮风时还没有这些。过去的沙丘被刮没了，其他地方却堆起新的高高的沙堆。成吨的沙子被大风刮去别处，很多地方连沙底岩石都露出来了。

在北罗纳德赛岛，原本有一条长达两千米的著名的堤坝，是用来保护本地的羊群的——羊会去那里找海藻吃。如今这条堤坝竟被冲垮了，造成了七十五年来最严重的一次损失。在沙平赛岛，数量惊人的鱼类被冲上了海岸——蝌蚪鱼、小鳕鱼、青鳕、布谷隆头鱼、贝氏隆头鱼——都在一个供船舶停靠的地方被冲上了岸，待潮水退去，便搁浅在了沙滩上。

我继续前行，过去曾是海带店的地方如今倚着门垒着几块砖头，里面躲了一只小海豹。我停下来与它对视了一会儿，它便尖叫起来。此时海豹父母应该就在不远处的海边，我希望它们能够听见小海豹的叫声。

我特意给野生动物专家提姆打了电话，咨询海豹的事情。原来这个小家伙很可能是从无人居住的法雷岛那边被冲过来的——法雷岛上有专门的海豹训育基地——因此与母亲失散了。很可能它第一次练习下海游泳就赶上了暴风。因为这小家伙身上仍保留着婴儿海豹的白色绒毛，但小牙齿已经挺锋利了，这就意味着它独自流落在大海里有可能会活下去，但夭折的可能性也很大。

到了次日清晨，小海豹仍滞留在此，但是提姆来了，要把它装进麻袋送回大海里去。它立刻抓住了这个重归自然的机会，强壮有力地游走了。

几年前，我曾因为醉酒而加入了一场本不该参与的争吵之中。对方为了驳倒我，便直呼我为“废柴”，这句话深深地刺痛了我——究其原因无他，只因说得太准确了。当时的我是个无业游民，蜗居在伦敦东区的一间小屋里，因为没人愿意喊我出去玩，所以只能心碎地独自一人喝闷酒。我原本是个对未来充满期待之人，所以才会去伦敦闯荡，可如今这份勃勃野心已变成了满肚子的苦涩和无奈。我只得一再退而求其次，却不知退到哪儿才算个头，只能沉溺于性爱和回忆中去寻求安慰。当时我的人生已成为无法梳理的一团乱麻。

初回奥克尼的那阵子，我总觉得自己犹如搁浅的水母般，奄奄一息地趴在岩石上，即将完蛋的事实是有目共睹的。我确为废柴一根，再也折腾不出个所以然来了。

于是我开始盘点自己已失去了什么：指南针、笔记本电脑、两只鞋——一只掉河里了，另一只是我坐在行驶的车里丢到车外了，还有我的男朋友。但是回来后我亦从大海里得到了不少：乘渔船，观海豹，还有我们家那块儿所谓的“龙涎香”也是来自大海。我之所得，哪怕是旧了坏了也不会变得一无是处，毕竟它们记载着往事。

我住在帕佩时的一个星期天，在北罗纳德赛岛海边，有一头极为罕见的动物被冲上岸来了——一头海象。这种大型海兽又叫“北大西洋海象”，在格陵兰岛和挪威北部比较常见，但自从1986年以来就再也没有出现在奥克尼海域了。帕佩岛上的所有居民都拥出家门去看它——那是个长着象牙般的獠牙的庞然大物，却装出一副温顺的乖样儿，老老实实地待在沙滩上。还有许多野生动物爱好者和摄影师特意订了最近的一班机票赶来看它。等到夜幕降临，这头海象便拖着沉重的身躯返回大海，一路游泳北上了。几天之后，它——根据其身上的斑纹判断确为同一头海象——便已抵达了挪威海边。

在海边散步时，我总会留意是否有鹅卵石之外的东西露出来，比如深埋沙下的一块塑料布、一只饮料瓶、一桶1993年产的薯片或一个装鱼用的箱子。这类垃圾数量特大，又是不会腐烂的那种，对鸟类及海洋生物是巨大的威胁。不过，可能直接把这些东西定义为“垃圾”也太武断了些，譬如我的朋友安妮就会从中挑拣破玻璃瓶子来做装饰，我也常捡浮木当柴烧。

今天，我被缠结成一团的废物中的一个物件吸引住了。我把它捡了起来，那是一个小小的瓷像，小到可以装进一只火柴盒里，但因其无头、无手、无脚而显得格外瘆人。我把它洗干净后才看出它是个白瓷裸体人像，有着圆鼓鼓的肚子和臀部。

在1868年的一场大风暴里，从德国不来梅驶往美国纽约的一艘名为“莱辛”的船在费尔岛那里撞上了岩石。“莱辛”号上共有乘客四百六十五名，都是到美国去讨生活的新移民，被费尔岛上的居民一个不差地全部救了起来。但是，船只本身破损严重，上面的货物也没保住，全部四散在海里，其中就有些瓷娃娃——后来那些破损的瓷娃娃就被摆在设得兰群岛博物馆里，与我手里这个倒是蛮像的。

我时不时就会想到这个小瓷像，我把它和之前那个“韦斯特雷娘子”小雕塑一起装在口袋里——这都是沉船赐予我的礼物。它们都已在海底躺了好多年，受尽惊涛骇浪的洗礼，然后才借助大风和潮水在这个冬日来到了帕佩岸边。最终，它们都归我所有了。

这是一个循环过程；我们丢在大海里的东西最终还会回来——

比如破损的汽车零件。然而，由于海洋是百川汇集而成，最终这些水会回到源头。没准儿我也能在奥克尼的海滩上捡到我在伦敦丢的鞋子。随着我待在帕佩的时日临近尾声，我的心又开始如水母般飘忽不定起来，我不知接下来的生活会是什么样子。

长久以来，我都是屏住呼吸、咬紧牙关地苦苦忍耐，每日流连于海边，就是希望戒酒后的自己能够好受点。有时为了抵御饮酒的冲动，我甚至会用牙齿紧紧咬住舌头。虽然如今我感觉略好些了，但过往的心结却依然存在。我仍能摸到后脑勺上的伤疤。夜深人静之时，我仍会思念前男友，埋怨自己为什么当时没能及时戒酒以挽救我们俩的感情。前男友如今在美国，和他女朋友住在一起，我听说他们已经有了一个孩子。

人们总爱跟我说，我看上去“不错”，但他们哪晓得深夜一人时我仍会心碎，甚至怀疑失恋的伤口永远也无法停止流血，更不可能愈合了。走出上一段感情对我而言确为难事。每到心痛之时，喝酒不失为一个“解决问题”的途径。而所谓“戒酒”，并非一朝成功万事皆顺，它是一个必须长期坚持的、漫长的重塑自我的过程，其间会遇到许多犹疑和诱惑。

在经历了十分痛苦的一夜之后，清晨时分我走到帕佩的东海岸，无意中看到岩石中间夹了个塑料瓶，便去把它捡了起来。那是一个从斯堪的纳维亚半岛漂来的芬兰伏特加酒瓶，里头还残存着一口酒呢！我扭开瓶盖，深深地嗅了一口，酒香立即把我的思绪带回了十几岁时的一次派对——迪斯科舞厅里的黑灯舞会、塑料杯子里的烈酒——干掉一整瓶后我便醉倒在一条死胡同里了。忽然，从我的内心深处蹿上来一阵强烈的渴望，让我很想把这口混了海水和水手唾沫星子的伏特加喝下去。有时这种想喝酒的欲望让我觉得好笑，不用太当回事，骂几句也就过去了。但我心里有一部分，在听人说“狂饮到死”这种话时，竟会受到极大的诱惑：他们这样做其实等于让自己解脱了。伏特加的酒香令我的脑袋晕乎乎的，多么完美的琼浆玉液，况且它还是来自大海的馈赠。

幸而，我去年一年所经过见过的种种，都已赋予我更强大的心智：那些夜幕中闪烁如眸的亮星，那些饱睡之后焕然一新的清晨，都让我觉得自己其实并不是个糟糕的家伙。一天结束的时候，我是清醒的，没有喝醉，这才是真正自由的感觉，会令我感到力量倍增。于是，我又把那瓶伏特加的盖子拧上了，酒瓶子也丢掉了，我不禁高声纵情大笑起来：你就只有这两下子吗，北海？我还受得了！从现在开始，不管你丢给我什么，我都能扛得住！

我大步前行。飞机从我头顶上飞过，对于乘客而言，我只是一个身着雨衣徜徉在海边的孤独身影——一个又一个清晨，把帕佩岛都踏遍了。然而，在我的内心深处，正是这些“修炼”使我成了一个意志坚定、心性强大之人。我看着那只已然摔碎却仍十分诱人的、差点就害我再度沉沦的酒瓶子，满怀感激地深吸了一口海边冰冷的空气——我又一次获救了。

28 每一天都是崭新的

我们家那里的“世外桃源”是个挺隐秘的所在，位于一座矮山那边的海岸附近，从很多人家里和马路上都看不见。因此，它被定为即将开建的大型变电站的“首选地址”，该站将用于维护拴系在主岛西部海床上的潮汐能和波浪能设备。

奥克尼地区的强风、大浪、潮汐，都是丰富的自然资源。由于群岛位于大西洋与北海之间，加之岛屿之间形成的洋流通道，这意味着奥克尼周边有很多强有力、流速快的洋流：我们这片水域可算得上能源丰富。

群岛上，利用自然资源的传统古已有之。19世纪以前，人们用水车来碾磨谷物。而在帕佩岛上，直到1930年，粮食依然是依靠风力脱粒的——风能则靠船帆获得。群岛的居民都是靠海吃海，从事与海洋有关的不同工作：打鱼和捕鲸，运输和休闲娱乐，还有海洋石油工业。如今利用可再生能源的新兴产业成了另外一条利用本地资源、技术、知识和设备发展生产的新途径。

在可再生能源开发方面，苏格兰政府野心勃勃。他们的目标是苏格兰到2020年实现百分之百利用可再生能源发电。由于全球性的化石燃料枯竭，且各国都在提倡低碳生活，作为可再生能源利用技术“全球中心”的奥克尼群岛给世界带来了新的希望。

在过去的十年中，本地议员、商界人士和来访的政府要员都谈到了奥克尼可再生能源所带来的经济效益。然而这类发展需要改进大量的基础设施，比如新码头正在修建，目的是将来能为开发新兴产业助力，便于大型作业船靠岸。

奥克尼是欧洲海洋能源中心的总部所在地，研究人员会来此开发新技术。在主岛往西的大海里，正在测试潮汐和波浪能发电的装置——“海蛇”波浪发电装置里设有充油泵，能够将波浪运动转换为电力，潮汐能发电设备“牡蛎”则通过水压来驱动发电机。

我从伦敦回到奥克尼之后，注意到群岛上最大的变化就是遍布岛上的风力发电机。现在，奥克尼的小型风力发电机占全英国总数的四分之一，几乎每个农场都有一个。风力发电机在现代生活中是像“史前立石”般具有魔力的事物，将奥克尼的风景切割成了一块一块的。在最黯然无光的苏格兰天空下，它们投下了一道道样子很特殊的灰色影子。

来自能源企业的代表在父亲的房车里与他见过面，然后就走到了“世外桃源”那里，展开了地质、环境和相关工程的调查工作。他们在地图上指给父亲看，告诉父亲他们即将投入多大一笔钱，就这样详详细细地给父亲讲了他们在“世外桃源”这里的建设计划。

奥克尼周围的海底是属于“皇冠地产”所有的土地，在经过招标后，已租赁给不同的几家能源企业。皇冠地产的目标是，到2020年发电1200兆瓦——这就足够周边75万户居民使用了。主岛西侧的海底被分为13块，大量的能源开发装置将安放在这片区域里。

这些专业人员建议，粗大的钢缆可以穿透岸边峭壁，从海平面之下直接将发电设备接到变电站。变电站会将这些电能收集并输送给国家电网。另外，它也负责为周围设备提供建造、安装以及对机器维修保养所需的电力。

一月中旬，在我们家农场外的海滨，在我们曾经游过泳的多岩水潭，一个巨大的金属质八角状、重达数吨的东西被我们邻居发现了——这玩意儿当时就躺在一堆岩石里。

它是由可再生能源公司生产并安装在海里的“甜甜圈”，可以漂浮在大海表面，另外一头则由绳索连在海底的基座装置上。这个大浮标沉沉浮浮，将波浪运动转换成加压水，然后就可以驱动涡轮发电机产生电力了。

绳索耐受力极强，但是海里还是有什么东西将它磨断了，因而那个巨大的“甜甜圈”被海水冲了出来。

最大的问题是，开发商尚未制造好能够使用较长时间的测试设备，现在这些价值百万英镑的设备竟接连坏掉——在浩瀚大海里被砸坏或扭坏了。不过奥克尼人对此倒是一点也不意外。我目睹过大海有多大的能量——能够将一头海豹从海里抛出来，一直扔到篱笆这头；能够在一星期的暴风雨之后，让一条整整一英里长的海滩完全改变模样。

而在陆地上，最值得关注的就是风力发电机的生锈和破损问题——这些风力发电机竟首先禁不起这岛上的巨大风力了。还有空气里的盐分导致易腐蚀生锈的问题也一直困扰着岛上的居民，因此再生能源公司必须赶在设备开始盈利——或开始赔本——之前另觅他处。更有讽刺意味的是，帕佩岛上的风力发电机竟然被大风吹倒了。

这些大型工程试验都是在顶尖科学家的带领下完成的，然而他们却注定要输给他们原本想要制服和利用的海浪、洋流和大风！成吨的设备垃圾从哪儿来还被送回了哪儿，这深深打击了他们，看着让人心生遗憾。

奥克尼就是因为海洋动力强大，是利用波浪能和潮汐能的最佳地点，所以才被选中建造变电站，然而它的这些特点造成了如今的种种困难。将大海能源转化为电能向国家电网输送的日期一再延宕，将来奥克尼海域里的能源能否被利用，都是不确定的。

我在成长的过程中受到过一些极端思想的影响，以至于后来我还把这些想法灌输给了自己，不自觉地模仿我并未刻意记住的行为方式。现在，我仍然一心想要往上爬，却已经知道该用更适合自己的方式去追求进步了。就算希望自己能遇到风流韵事，我也一定不会为此喝酒。我选择了强大、美丽和创造性作为自己的修行方向。就像这些发电设备一样，我希望能够找到适合自己的方式来释放能量，即使为了追求人生目标，也不要摧毁自己原本有的优势。

之所以再也不喝酒，是因为酒精导致上瘾，且并不真正解决问题。只是因为它能够缓解我的心情，所以当时我才一直沉溺其中，一次又一次地追求它带给我的海市蜃楼，可其实这会令我感觉越来越不好。对我而言，酒精本身就似幻境，它其实不能为我解决问题，可我却忍不住幻想它能，所以不断地投入它的怀抱。

现在，每当我有想喝酒的冲动时，我会多思考一会儿，想想它其实是虚假的承诺和安慰。遇到困境时，我当然希望有什么能够给我提供安慰，让我好受些，把我从绝望的边缘拉回来。但是如今我已意识到，焦虑的情绪是需要靠时间来缓解的，甚至有时我开始喜欢绝境——身陷绝境才能刺激我想出更好的办法，让自己绝境逢生。所谓“绝望的边缘”，简直就是我的精神家园！

喝酒是解决不了任何问题的。喝完之后，问题仍在那儿，只多不少。我之所以去伦敦，是为了躲避奥克尼的生活还有我的家人，因为想要彻底和他们断了联系才出逃的。回到奥克尼之后，我发现老家在努力留住我的心。这里的人都十分善良，也乐于为他人提供机会。而且，这里还有那么多我尚未去过的峡湾、海角和岛屿。岛上的波涛声鸟鸣声、说话声、都令我心情开朗，想要马上乘坐渡轮出海探访一番。

我不确定以后的人生会是怎样，也许在帕佩岛过完今冬，在充分享受了躲在海边堤坝后面的野餐之后，我将回到伦敦生活一段时间，过一阵在摩天大楼第四十层用餐的日子。如今的我，已从过去的疯狂酗酒者变成了恪守戒酒清规的修士，不管是在大城市里还是在偏远的海岛上，都绝不会破戒。我追求纯粹的自我感受，就像章鱼可以舔到自己全身的皮肤一样，如今，我觉得一个人过也蛮好的，生活在哪里也都可以。

有地产开发商想要购买一百英亩的土地——其中百分之六十二是从父亲那里买，包括“世外桃源”的大部分，剩下的从邻居农场购买。他们计划在我们家农场那里建造两座大楼，每一座占地都足有十英亩那么大。由于这项开发任务十分重要，就算我父亲等农民不愿意出售自己的土地，他们也可以强行收购的。

我就是在这个激动人心的时刻回到奥克尼的。我对利用可再生能源特别感兴趣，因为这就意味着以后将有更新的方式来利用我们的土地和自然资源，让岛上居民的收入真正达到21世纪的标准，减少燃煤，给岛上的老龄农民发放养老金。然而这片美丽的土地是我从小生长的地方，我曾在这里放过羊、看过鸟、和弟弟玩过捉迷藏，想到它要变成一片工业区，真有点令人茫然无措。那些电脑模拟的未来建筑设计图勾起了我的回忆和怀旧情绪。父亲和邻居也都茫然若失。

事情在继续向前发展。对我而言，农场在我儿时便早已变了样，再说母亲离婚后把家里的房子也卖掉了。原本“世外桃源”应该早卖给政府建变电站使用的，但是海浪反复冲击着那边的崖壁，工程师们在铺设钢缆时察觉到了震颤，所以最终就作罢了。那一阵阵刮进我粉红色卧室窗口的大风也能够吹动风力发电机的轮片，轮片转动，永无休止地削切着空气。

春天来了，海鸠回到了克雷格鸟禽基地的峭壁上，皇家鸟类保护协会的工作人员也马上就要来玫瑰山庄办公了。对我而言，离开帕佩岛的时候到了。走的时候，我特意不坐飞机，而是选择了慢得多的蒸汽船。

春分很快就来了：这意味着我已经戒酒整整两年。虽然如今我仍得依靠自我疗法——徒步行走和游泳——但我已经完成了“十二步疗法”，开始为自己设计一种可持续终生的生活方式了。“十二步疗法”中的第九步是“与被自己伤害过的人和解”。所以我给前男友写了封信，虽然我永远都不会寄出，但始终把信装在包里，万一偶遇他时可以给他。我过去在戒瘾中心的一个难友——一个女孩子，她当时已被关进精神病院里了——给我发了个短信，告诉我她已坚持九十天没喝酒了。“九十天”是匿名戒酒会为大家设置的一个“戒酒里程碑”，她也是第一次坚持了这么长时间。而且，现在她还成了一名护士生。

我与生俱来的力量如今正以意想不到的方式被我利用着。我现在会回收曾经被自己看作无价值的东西加以利用。也许我确实曾经沉沦过，但我仍可以涅槃重生。在这两年之中，我曾经投入全部心力去寻找秧鸡、风流舞者和罕见的云朵，也曾投身于冰冷的大海里游弋，围着古代遗址“石圈”裸跑，坐船去无人岛探秘，乘过小型飞机，最终我回了家。

我要赶去看刚学步的小侄儿乔——他是在我戒酒后不久出生的——这孩子再也不会看到我喝醉的丑态了。这令我觉得自己很强大，同时也希望自己能够比他人做得更好。每到夜晚我便会陷入回忆：所有我曾趴在窗台抽烟的窗口、所有我喜欢听的歌曲、所有我参加过又故意忘却的派对，还有我从飞机上看到的羊圈，那里可以挡住四下来风，为羊群提供一个庇护所。那天夜里我像平日一样没有入睡，然而这些过往经历却忽然赐予我醍醐灌顶般的觉悟：真正的“清醒”，其实是指该清醒的时候清醒，该睡觉的时候就睡觉啊。

大雨浇在我身上，火辣辣的，就好像是闪电以慢动作袭击了我。我也可算是个深不可测的神秘之人。现在，我的内心十分激动，也已经准备好了做个勇敢的人。我在“索尔芬”号轮船的顶层大厅里目送帕佩岛渐渐消失在地平线上。我过去两年的生活渐渐起伏闪烁着向后退去，如同船尾的波浪。我的内心渐渐充满了力量。

致谢

致——杰里米·艾伦、周芳、凯特·芬利森、阿梅利亚·格林、珍妮·费根、亨利克·赫丁、凯瑟琳·希伯特、凯伦·欣克利、米拉·曼格、莎拉·佩里、约翰·罗杰斯、迪·昆塔斯、戴夫·惠勒、山姆以及所有“海岛一日”项目组的同事同仁、皇家鸟类保护协会所有在奥克尼的员工、“奥克尼北极熊”俱乐部全体成员、Facebook上的全部好友及帕佩岛上的每一位居民，多谢你们赐予我灵感、给予我支持。

每个写作阶段都能碰到愿意阅读我初稿并加以指正的读者，实为我之幸运——在此多谢特里斯坦·伯克、马修·克莱顿、帕特里克·赫西、凯伦·欣克利、约翰·麦吉尔和马拉奇·塔拉克。我也对我的经纪人、来自安东尼·哈伍德有限公司的詹姆斯·麦克唐纳·洛克哈特，以及本书（英文版）的编辑、坎农格特出版社的珍妮·罗德表示深深的感激之情。

我还要特别致谢罗宾·特纳、杰夫·巴雷特和安德鲁·沃尔什，多亏他们三位最初将本书的一些零星文稿发表在大河网上并为其点赞，这鼓励我渐渐将其扩写成一部完整书稿。

住在帕佩岛的那段日子里，我的生活一直是由“创意苏格兰”所拥有的艺术家基金资助的，对此我深表感激。

多谢家人的挚爱，这本书就是为你们而写的。献给简、约翰、汤姆、佩吉、约瑟夫和斯泰拉。